李迪文学作品评论集

李培禹 主编

群众出版社·北京

图书在版编目（CIP）数据

李迪文学作品评论集／李培禹主编. —北京：群众出版社，2021. 5

ISBN 978-7-5014-6142-4

Ⅰ. ①李…　Ⅱ. ①李…　Ⅲ. ①中国文学—当代文学—文学评论—文集

Ⅳ. ①I206. 7-53

中国版本图书馆 CIP 数据核字（2021）第 057396 号

李迪文学作品评论集

李培禹　主编

出版发行：群众出版社
地　　址：北京市丰台区方庄芳星园三区 15 号楼
邮政编码：100078
经　　销：新华书店
印　　刷：北京市泰锐印刷有限责任公司

版　　次：2021 年 5 月第 1 版
印　　次：2021 年 5 月第 1 次
印　　张：9. 5
开　　本：880 毫米×1230 毫米　1/32
字　　数：273 千字

书　　号：ISBN 978-7-5014-6142-4
定　　价：42. 00 元

网　　址：www. qzcbs. com
电子邮箱：qzcbs@ sohu. com

营销中心电话：010-83903991
读者服务部电话（门市）：010-83903257
警官读者俱乐部电话（网购、邮购）：010-83901775
文艺分社电话：010-83901350　　010-83903973

出版说明

李迪，当代著名作家，北京人。生于 1948 年 11 月 29 日，2020 年 6 月 29 日病逝。他去世后，中国文学界给予了他很高的评价和赞誉。中国作家协会主席铁凝在纪念文章中称赞他是时代的记录者，是人民的歌者，是一位“无愧于时代和人民的作家”，并倡议全体文学工作者以李迪为榜样，“把滚烫的心放进与人民同心的作品中，让这波澜壮阔的历史、这昂扬奋进的精神成为永世流传的中国故事。”

李迪一生创作了 40 多部小说、报告文学、儿童文学等作品。他长期坚持深入生活、扎根人民、扎根基层，他长期坚持为人民写作的道路，他的作品关注现实、关注社会、关注人民、关注普通的劳动者，他的作品结构新颖、语言简练、生动形象、脍炙人口，形成了自己独具特色的艺术风格。李迪的创作道路，也给当代作家提供了一个现实的样本和标杆，提供了一个可以学习、借鉴的启迪，那就是要想创作出无愧于时代和人民的优秀作品，就必须坚持深入生活、扎根人民，做时代的记录者、人民的歌者。

文学的发展从来都是与中肯的文学评论紧密相连、互为促进的。关于他的主要作品的评论，也是研究当代中国文学史的一笔宝贵资料。为了回顾和总结李迪对中国当代文学所作的独特贡献，以及评论家对其作品的评论历程，我社特别编辑出版这部《李迪文学作品评论集》。

本书收录了有关报刊公开发表的关于《丹东看守所的故事》、《花自飘零》（又名《我的眼泪为谁飞》）、《警官王快乐》、《社区民警是怎样炼成的》、《听李迪讲中国警察故事》、《英雄时代——深圳警察故事》等六部作品的评论文章和部分作家、评论家在这些作品研讨会上的发言，以及其他散见于书报刊或刚刚创作完成的相关评论文章，共60余篇，全面梳理、展示了李迪文学作品评论成果，并将“李迪的文学道路研讨会”发言摘要，李迪作品研讨会有关报道，李迪主要文学作品发表、出版年表附在书后。

本书在编辑出版过程中，受到了文学界众多作家、评论家的特别关注。我社特邀李迪生前挚友之一、北京市杂文学会秘书长、《北京日报》文艺副刊部原主任、高级编辑、著名作家李培禹先生担任本书主编。我们希望通过我们的努力，通过这本书，能够为当代文学研究者和写作者提供在小说与报告文学创作方面的研究资料及可资参考、学习的写作态度、写作道路、写作技巧。

由于整理、编辑时间有限，本书难免有所遗漏，在此深表遗憾。最后，谨向书中所有作者和封底雕塑作者袁成龙教授致以衷心的感谢！

编者

2021年5月8日

一位无愧于时代和人民的作家（代序）

铁凝①

李迪去世，我感到震惊、痛惜。前一段时间，我得知他住院了，病得很重，即使在那时，我也不曾想过会有最严重的结果。李迪七十一岁了，但在我的印象里，他与迟暮衰老无关，他永远活力充沛，永远谈笑风生，永远激情澎湃。他好像永远穿着一件大红上衣，他真是一团火，跃动着、燃烧着，给这个世界送来热量和温暖。这样一个人，我想，他是累了，他需要休息、需要调整。我没有想到，最终传来的竟是这样的消息，他竟走了，那团火，熄灭了。

但是，他的作品在，他书中的火是不灭的。从《丹东看守所的故事》，到《警官王快乐》，到《加油站的故事》、《听李迪讲中国警察故事》，到刚刚印出的《永和人家的故事》、刚刚写成的《十八洞村的十八个故事》，他是多么喜欢“故事”这个词，而他正是一个讲中国故事、传中国精神的作家。从这些作品中，我们感受到的是广袤的大地与奋进的人民，

① 铁凝，中国作家协会主席，中国文联主席。

感受到在一个一个人物身上、一个一个平凡而伟大的战斗者、劳动者身上那推动历史发展的伟力。这样一个作家，是时代的记录者，是人民的歌者。

习近平总书记在文艺工作座谈会上的重要讲话中深刻论述了文艺与人民的关系，人民需要文艺，文艺需要人民，文艺要热爱人民。新时代广大文艺工作者的根本道路，就是深入生活、扎根人民。在这条道路上，李迪为我们做出了榜样。这些年来，从西部山区到东部沿海，从公安一线到边地加油站，从塔克拉玛干沙漠到湘西苗寨，烈日骄阳、风霜雨雪，李迪走过了很多地方，不是走马观花，不是蜻蜓点水，而是心入情入，是全身心地扑进了人民生活的海洋。时至今日，那些公安干警、那些工人农民，提起李迪，都是那么亲切，干警们叫他“老李”，村民们叫他“李老师”。我也有过下农村经历，我知道，当村里人叫你一声“老师”时，这包含着沉甸甸的信任和敬重。对李迪来说，人民不是抽象的符号，是一个一个有血有肉的具体的人，李迪和他们成为了贴心人。他的作品是质朴的，没有华丽的修辞，他努力写出人民心里的话，他的风格温暖明亮，他的态度情深意长，这在根本上源于他对人民群众深切的情感认同。

心在人民中间，李迪把书写中国人民创造新生活、创造历史的伟大实践作为自己的职责和使命。他生前的最后一次远行是去湖南的十八洞村，那是习近平总书记去过的地方，是决战脱贫攻坚的前沿。在那里，这个年过七旬的老人，这个北方汉子，在南方湿冷的天气中开始了他一生最后一次战斗。“战斗”这个词，在这里一点儿也不夸张，李迪曾经是中国人民解放军第十四军宣传队的战士，他的一生是作家，更是把祖国和人民放在心中最高位置的战士。在身体已经严重衰弱的情况下，李迪在病榻上奋力写完了他的最后一本书

《十八洞村的十八个故事》。支持着他的，是一个战士对新时代伟大斗争的澎湃激情，对中华民族伟大复兴光辉前景的信念和承担。

李迪远去，李迪的精神长存。这是一个作家、一个文艺工作者把自己的命运与祖国的命运紧密相连的精神，这种精神，体现在李迪身上、体现在广大中国作家艺术家身上。2020年，是决胜全面建成小康社会、决战脱贫攻坚之年，中国人民经受了新冠肺炎疫情的严峻考验。在这样的时刻，广大作家艺术家始终和人民在一起，奔赴脱贫攻坚的第一线、奔赴抗击疫情的第一线，记录和讴歌中国人民在以习近平同志为核心的党中央坚强领导下艰苦卓绝的奋斗和感天动地的业绩。李迪就是其中的一位杰出代表，他是习近平总书记关于文艺工作的重要论述所指明的道路的自觉、热情的践行者，他的生命和创作有力地感召和启迪着我们：无愧于时代、无愧于人民，就要把全部生命投入与时代同行的路上，把滚烫的心放进与人民同心的作品中，让这波澜壮阔的历史、这昂扬奋进的精神成为永世流传的中国故事。

（原载《人民日报》、《文艺报》2020年7月6日）

目　录

《丹东看守所的故事》评论

《花自飘零》(又名《我的眼泪为谁飞》)评论

《警官王快乐》评论

《社区民警是怎样炼成的》评论

《听李迪讲中国警察故事》评论

《英雄时代——深圳警察故事》评论

其他评论

附录一 “李迪的文学道路研讨会”发言摘要

附录二 李迪作品研讨会有关报道

附录三　李迪主要文学作品发表、出版年表

《丹东看守所的故事》评论

彰显文学使命的独特文学样本

——读《丹东看守所的故事》① 有感

阎晶明②

《丹东看守所的故事》这本书，真是一本非常好的书，也是我个人到中国作家协会这么多年，还有作家定点深入生活以来，看到的最有分量、最扎实、最文学的一部作品。

我在看《穿蓝马甲的女人》的时候，真是掉眼泪了，写得太好了。当时的第一感受，就是小说家干什么去了，这么精彩的故事，为什么在我们的虚构文学作品中没有能够表现出来，让我们感觉到这就是我们的生活，这就是我们生活中的人和事。《穿蓝马甲的女人》的故事，不但精彩，而且非常奇特。还有第 17 个故事——《阿萍，你听到了吗》，非常奇特。我们搞影视剧的，特别是电影导演干什么去了，为什么这样精彩的故事没有在银幕上、荧屏上表现出来。但这并不是说小说艺术、电影艺术就一定比报告文学高，我

① 《丹东看守所的故事》，群众出版社，2011 年 8 月第 1 版。

② 阎晶明，中国作家协会书记处书记，曾任《文艺报》总编辑。

指的是我们的文学存在使命。作品感动人心的地方是让我们感觉到生活这么复杂：有这么多的人做了那么多恶事，内心又是那么丰富；我们的民警，在我们以前看来都是威严、刻板的，原来内心也是那么丰富。这些东西糅合在一起是多么好的文学样本。

这部作品之所以成功，确实可以说，作家深入生活的程度造就了作品的本色。李迪两年来了那么多次。如果你来到看守所两个月，来二十天和戴所长、王副所长见一下，和其他人见一见，谈一谈，再和犯人谈一下，时间也就差不多了，作品很可能是蜻蜓点水。这本书讲在人格上民警和在押人员是平等的，不是说这边是高的，那边是低的，看看这些人如何管教那些人，不是这样写的，这是这本书最成功的地方。

所有的故事，我发现它的切入点没有一篇是从戴所长、王副所长切入的，全部是从在押人员案件切入的。在押人员是这本书的主体。在押人员犯罪的过程，以及最后的结局，书里实际讲的是这些东西。整个民警的所作所为都是他们在故事中如何发挥作用，这是这本书里所有故事提供给我们一个最后出来的主题。这个写法不能说是创新，甚至也不能说是自觉，但我认为是非常好的叙述方式。而这个叙述方式首先得益于，李迪把这里所有的人和事都搞清楚了，感动他的不仅是民警的作用，甚至是在押人员的恩恩怨怨，以及他们内心的复杂感情。

如果不把在押人员的复杂感情表现出来，不把他们经历的曲折、离奇、不得不去做的东西写出来，民警从所长到副所长这些人，再怎么用人性去感化，都会让人感到要么刻板，要么虚假。本来是死刑犯，为什么要搞成死缓？我认为正是这些使这本书的品质显得特别好，是人性的品质，是等量的。哪怕有两条人命，也一定要把人性的闪光点放在死亡之前。这个闪光点，从法律角度说，当然该受什么惩罚就得受什么惩罚。最可敬的是看守所的民警，真了不起，真不容易，对于在押人员他们是身兼三种身份，既是家长，又是心理教师，还是医院大夫。

但是这本书你看完之后，作品中的人物没有情大于法的东西，也就是没有把法和情搞乱了。最高法院认定这个人怎么样了，该受的都是他应有的惩罚，但是内心世界所经历的这些东西一定要在最后时刻表现出来。用文学的方式表达，我认为特别好。书中没有动摇法治观念，如写成坏人是好人，或是好人坏人差不多，没有这样写，而是分得很清楚。该受什么惩罚，该受什么罪责，都按照应有的来。但是在看守所的民警看来，在押人员谁在这里待一天，我就是你的心理医生，我就是你的家长，我就是你的管教。书中从第一篇到最后一篇都把这一点保持得特别好。

这本书首先是从在押人员的故事开始的，可读性就强。如果从民警的故事开始讲，每天就讲这个道理，大家看了也就那么回事，跟报纸差不多。现在这本书是从在押人员的故事出发，每个人都是离奇的。有的人迫不得已，神经质，心理疾病，什么都有，你看了以后惊心动魄。而在描写整个过程时，李迪把民警的人性之美也都写出来了。跟咱们看的德国侦探片一样，觉得这个写法太奇特了。这本《丹东看守所的故事》，我准备推荐给我认识的朋友。其中有一篇写同性恋的故事，我看有的知名专家讲了二十年的同性恋都没有讲到这种深度。李迪完全可以把这些东西扩充为好几部长篇小说，这些都是作家李迪后半生永远的财富。

（本文为作者在2011年9月24日至25日举行的“作家定点深入生活现场座谈会暨《丹东看守所的故事》研讨会”上的发言，根据录音整理）

我们要有作家责任的担当

王必胜[1]

读这部作品，我是一气呵成看完的。

李迪这部作品，给我们今天的创作带来一个重要的启示，就是我们要有作家责任的担当。虚构小说有它的标准，非虚构小说也不一定达到了它的高度。李迪这部作品对纪实文学创作是一个很好的交代。前天开会，我跟一个朋友推荐这部作品。监狱的题材有过不少，但真正写监管人员和在押人员的关系、从人性的角度阐述的不多。这一点，在几千名中国作协会员里，李迪这样确实体现了他对这条战线、这些特殊人群的关爱和关注。

另外，这部作品的内涵是文学。我们现在的纪实文学更多的是写历史场面，很大的东西，而写一个特殊群体、一类人，尤其是写不同的人物心理的纠结、思想的碰撞，我觉得还比较少。但是文学

---

① 王必胜，《人民日报》文艺部原副主任，高级编辑。

在李迪这部作品中得到了充分的体现。

李迪的作品在把纪实文学还原为文学方面作了很多努力。一般人认为，纪实文学是七分题材，三分写。题材是优势，“写”却让很多作家忽略。这主要是对纪实文学的认识不足。经常看到新闻体的报道，写得也不错，也吸引人，但却缺少感动的力量，其中缺少文学是一个重要问题。

李迪的作品，是小说家写纪实文学。怎么样在纪实文学里还原文学，我觉得是一个很敏感的话题。搞不好，可能会造成纪实文学小说化，或者诗化。但我还是认为记录历史、反映人物真实的状态，更多的是要用文学笔法还原。这部作品好就好在，首先细节上饱满、扎实和充分。很多的细节，尤其是细节的呼应上做得比较好，三个不同的角度出现《兰亭序》，把所长这个人物的人文情怀写得很充分。

还有日记体和博客的运用，我感觉也很好，增加了作品的可信度和文学的色彩。韩峰的那篇博文写得相当精彩，可以作为一篇美文来阅读。还有《张俭捡捡捡》也是一篇很好的散文。李迪写人物是通过写在押人员来写监管人物。首先写在押人员的命运遭际、现实状态，同时把监管人员的对立性带出来，有对话、细节、场景，还有闲笔，还有看守所天空下的星星，三言两语就把当时的情境勾勒出来。文学的饱满使我们阅读起来更有深度，更真实，更有快意。

李迪把自己的情绪隐藏起来，这是写好纪实文学的基础。有作者冷静的笔法，又有文学的情感和累积，两种结合得很好。

（本文为作者在2011年9月24日至25日举行的“作家定点深入生活现场座谈会暨《丹东看守所的故事》研讨会”上的发言，根据录音整理）

在大墙内播撒人性温暖

——读《丹东看守所的故事》

彭程①

读李迪《丹东看守所的故事》，是一次灵魂备受感动的过程。感动于辽宁省丹东市看守所以人为本、实行人性化管理的先进事迹，感动于看守所领导和普通干警为了社会的稳定和谐而默默奉献的高尚情操。

这部报告文学，为我们呈现了一个特殊的场所：看守所；一个特殊的人群：等待判决的在押犯人。在外人眼中，看守所是一个神秘的地方，高墙之内的生活鲜为人知，潜意识中总是和冰冷、压抑、恐惧的氛围相联系。但这部作品却让我们了解到，在丹东看守所，生活呈现出和传说中完全不同的一种面貌。看守所的在押人员是触犯了刑律的人，理应受到法律的惩罚，但在这里，管教人员在

---

① 彭程，《光明日报》文艺部原主任，高级编辑。

严格执法的同时，也给刚性的法律中融入了柔性的情感。我们看到，丹东看守所的干警，本着“教育、感化、挽救”的人道主义精神，以博大爱心和真挚感情，用春风化雨般的细致和耐心，感化犯人，挽救犯人，让那些万念俱灰的在押人员，重新产生了对生命的信念；对那些死刑犯，则让他们用有尊严的方式告别生命，走完人生最后一段路程。用戴晓军所长的话就是：“要让他们生活在希望中，人没希望就成了绝望。哪怕被判了死刑，也要在死前尽量满足他们的愿望，不能让他们带着怨恨离开这个世界。”他们的爱心和付出，深深感动了在押人员，温暖了他们的灵魂，对稳定他们的情绪，对劳动改造的顺利进行，也对他们将来的重返社会，都产生了积极良好的效果，自然，也对维护社会的稳定有着重要的作用。

一部成功的文学作品，当然要传递作者的某种思想、某个理念，但首先必定是用情感打动人的，这是文学的本质和功能之所在。或者换言之，只有首先做到了打动人心，也才能更好地传达思想和理念。读这部报告文学，始终沉浸在深深的感动之中，欲罢不能。全书通过描绘出不少栩栩如生的人物形象，更通过一系列鲜活生动的故事、情节、细节，展现了看守所管教们的爱心和责任感，也展现了在押犯人被这种爱和关心所深深打动，灵魂深处发生蜕变的过程。

在《鸭绿江畔的山》中，管教韩峰发现一位异国在押人员因不会说汉语无法与人沟通而精神郁闷，马上冒着大雪跑到书店买了《朝汉词典》送给他，使其感动得流泪。管教陈贵东带七十多岁的在押人员李中去医院看病时，没有电梯，他就背着李中从一楼到四楼爬上爬下，累出一身大汗。李中感动地说，我活到七十多岁，还没有人这么背过我呀。类似这样的做法，对丹东看守所的干警们来说实在是再平凡不过了，不值一提，但因其真实朴素就更加动人，在打动在押犯人的同时，也无疑能够有力地叩击读者的心灵。

《风中，那一把红雨伞》，更是把民警对在押人员的细心体贴、悲悯情怀和内心的善良表达得酣畅淋漓，感人至深。被评为“我最喜爱的十大人民警察”的女管教王晶，以其倾心付出而获得了女死刑犯周杰的信任，打开了她封闭已久的心扉。在死刑很快要执行而后者尚不知情的情况下，王晶主动问她喜欢什么衣服，自己掏钱为她买了一套运动衣，并安排监室的人给她洗了个热水澡，以便能整洁干净地走向刑场。王晶的行动中，包含了对即将逝去的生命的痛惜，对人的尊严的维护，即便这个生命是属于一个罪犯的。为了满足死刑犯和生身父母见一面的愿望，她发动家人多方寻找，终于找到，并在押赴刑场执行之前，想方设法使周杰遥遥地见了年迈的老人一面。她信守对周杰所做的承诺，像女儿一样为周杰的二老送终，像母亲一样照顾周杰的孩子。这篇不长的作品中，有对生命误入歧途铸下大错却无法挽回的痛惜，有对干警美好心灵的刻画，都令人动容，催人泪下。

书中的第一篇《等你到天亮》，颇有些当下流行的悬疑文学的因素，结构布局巧妙，叙述一波三折，充满了悬念。一开始，就通过一幅鲜明的画面把读者的目光牢牢吸引了：冬天的寒冷早晨，看守所铁门下坐着一个人。接下来用倒叙的手法，交代了在押人员西宝犯罪的经过，他和妻子玉珠何以离婚，他与妻子复婚的梦想是否能够实现，等等，整篇作品仿佛一篇精彩的短篇小说。管教魏红召和妻子为了他们两人能够复婚而煞费苦心，甚至点燃了许愿灯，更是让人感动。

因篇幅所限，不举更多的例子。但这些也足以说明了，在这部报告文学集中，文学的手段得到了很充分的运用和调动，产生了很强的艺术感染效果。不论是人物对话、内心独白，还是场景刻画、细节描写，等等，都十分生动和传神，不少篇章写出了管教和囚犯的个性，展现了他们感情和精神的世界，特别是对于干警的博爱精神、悲悯情怀给予了充分的体现。

正是经由这些生动的描写，读者能够强烈地感受到，在这些令人感动的事迹的背后，有着管教们对于自己的岗位和职责的忠诚，有着对于自己的工作的意义和价值的深刻理解，有着对于国家和民族的一份忠诚。在艰苦的条件下，他们用自己的一言一行，来为构建和谐社会的大厦添砖加瓦。犯罪分子本来是与社会对抗的、对稳定和谐产生破坏性作用的人群，但在这里，却发生了巨大的转变。在干警们的关心和帮助下，很多人被成功感化，服从改造，愿意洗心革面重新做人，读来让人欣慰，也充分证明了“教育、感化、挽救”的监管政策的巨大效果。

阅读这部作品，同样也为作家李迪不辞辛劳、深入生活进行创作的行动而深深感动。年逾花甲的作家，两年中七赴丹东，两次在看守所过春节，深入管教所采访，让我们看到了作者强烈的社会责任心和使命意识。这部作品的成功，也再次佐证了一点：优秀的文学作品，是拥抱生活的产物，是作者爱心的凝结。文学，必须从生活的深井中挖掘，才真正具有生命力，才能够迸发出打动人心的力量。

（原载《文艺报》2011 年 9 月 28 日）

人性之美、人生之苦、人间之爱

孔庆东[1]

我其实还没找好我发言的状态。我在江湖上被认为是不大正经、不大庄重的人，今天迫不得已用非常庄重的心情来到非常庄重的地方，参加一个非常庄重的会议，因为读了一本非常庄重的书。

我对这本书意见非常大！假如有人让我写书评的话，第一感觉书评的名字就叫《读不下去的故事》；我一见到李迪就想打他一拳，折磨我这么长时间。

我应该是属于职业读书人，除了备课、读一些经典著作，每个星期都有厚厚的一摞书需要读。读书对我来说不在话下，我可以一天读两本长篇小说。但是《丹东看守所的故事》我读了第一篇，就是《等你到天亮》这篇，便意识到这不是一个好事。勉强读了两篇之后，我就知道这一宿我甭睡了。不敢读了，再读就不是等你到天

① 孔庆东，北京大学中文系教授。

亮，而是哭到天亮。

这本书我不是一次读完的。

这本书读不下去。每一篇读一半的时候就得克制自己的眼泪。

一般来说，我们什么文学技巧没见过，能够打动我们这些人是非常难、非常难的事情。我第一感觉就是读不下去，我第一天就知道今天不能读完了，早早躺下睡觉，折腾半天睡不着，第二天白天读，白天读了以后，又改成吃不下饭。睡不着觉，吃不下饭。我是分了四五次才把这本书读完的。

一开始我想，李迪是不是把催人泪下的故事放前头了，于是跳着读，读到《最后一片落叶》还是不行，李迪对我采取的是“全面包围”的办法，无论往哪个坑踩都陷了进去。

我对这本书有多方面思考。我这个学期在北大讲通俗文学，隔几年讲一次通俗文学，从根上讲，启发学生从根上思考文学到底是干什么的，文学一开始是雅的还是俗的。文学走到今天已经非常复杂了。社会上对文学有很多的议论，议论的人大都不读文学。但是从另一个角度讲，大家为什么对文学的意见这么大，我认为文学界自己也要来反思，必须反思这个问题。

从李迪写《丹东看守所的故事》，我想到的是一整套的我们的文学“怎么办”的问题。读这个故事很多人都有共同的感觉，就是催人泪下。在我看来，催人泪下不能完全形容它，我感觉字字都闪着泪光，我认为这是近年来罕见的一本好书。

李迪不是用了很前卫的文学技巧，意识流，打破时空，切碎空间；不是，就是凭实力，就是靠“情真意切”打动你。读者被这本书感动，被书的作者感动；你不认识这个作者，但知道作者是用生命在写这本书。

今天上午我参观了丹东看守所。详情一言难尽。推荐全体国人阅读李迪《丹东看守所的故事》，真挚真实真切，十人读了九人落泪。中国其实有大量的好警察好监所，但是媒体报道不够。是李迪这样的好作家，七赴丹东，与在押人员同住，才写出这样的好作品。我读这本书，触动非常大，这本书让我终生难忘。

讲到书的内容，感受很多，我归纳讲三点。

第一，这本书让我感受到人性之美。

现在我们的社会表面上看是信息网络非常发达，但网络越发达，人们之间的交流反而越容易出问题。比如大家聚会，都拿出手机发微博，都拿出手机跟遥远的人联系，你面前有朋友为什么不谈话？面前有好朋友为什么不拥抱？然后又跑到另一个地方聚会，到那里还是发微博。信息网络发达不见得能带来人与人距离的贴近。所以我们的社会充满了隔膜、冷漠、误解，对文学有误解，对公安更有误解。

读了《丹东看守所的故事》，让我们重新看到人之初、性本善，我认为这是李迪创作的非常朴素的出发点。在他看来没有天生的罪犯，人都是一样的，儒家讲的人之初、性本善在这里体现为人人都有真善美的一面。作家努力地在无论是在押人员身上，还是管教人员身上，都挖出他们的真善美。这个真善美没有拔高，还原到生活本真中去，是他们如何热爱生活，努力工作。他把在押人员身上的真善美和管教人员身上的真善美挖掘出来以后，就使人觉得社会本来应该是美的，人本来应该是好的，每个人都可以好。既然每个人都可以好，那为什么不好了呢？我今天上午到看守所里参观，在楼下走了一遍，又走了一遍，就想起了尼采的话：我很想上去拥抱他们每一个人，说，我受苦受难的兄弟！很想说这样一句话，本来就是我兄弟，因为某件事情就犯罪了，我的小学同学、高中同学、大学同学都有犯罪的，当年跟他们写作业、玩的时候大家不都一样吗？这个书的深度就在这里体现了出来。

第二，这本书让我感受到人生之苦。

这本书不是简单地唱颂歌的书，不单是为了赞美管教的仁德之心，他们就是英雄，不全是这个。这本书不经意通过一个看守所写出了一个大社会，每个人都有故事，一个一个感人的故事，引出当下社会人格思考的很多问题。我擦干眼泪，一想他们的故事，这些人为什么犯罪，真善美为什么被摧毁了，多数是因为生活困难。本来家里的日子好好的，突然间一个变故，特别是家里有人生病了，他得不到正面的援助，这时候人性不正当的欲望诱惑了他，这种情况下人就犯罪了。

这便让我们想到鲁迅前辈说的，人活着是苦的，人间是苦的。读这本书之后充分地感到人间的苦。我想着鲁迅的话，深知人世间的悲凉，并在这本书里读到了悲凉。一对“80后”大学生，好好地谈着恋爱，怎么突然拔刀相见把对方杀死了，这种事情就一定要发生吗？

人生之苦和人性之美是矛盾的，矛盾怎么解决？怎么来超越它？我觉得李迪用了另一个因素来超越了它，这就是——

第三，人间之爱。

我们如何战胜人间的痛苦？有的时候明知道痛苦，就是自己管不住自己，就是因为自己有欲望，或者知道别人也是这样的。我觉得李迪写《丹东看守所的故事》，他就是挖掘出了在押人员人性中的爱。怎么发掘人的爱？得自己先拿出自己的爱。北京市一个十佳出租车司机有一句名言“有理让无理”，明明我是有道理的，但是我要让着没有道理的。人要先拿出自己的爱和善，你献出自己的爱，人家才能把人家的爱拿出来，用爱来超越前面我讲的矛盾。

其实管教的生活是非常平凡的。在平凡中遭遇极限情感。看守所里的在押人员容易陷入极端的思考，这里跟监狱不一样，他不知道前途如何；有的人知道大限来临，就容易出现极端想法。看守所是观察人性的好地方，被李迪给捕捉到了。

现在的中国是一个充满矛盾的时期，是一个苦乐交织、苦乐不均的时代。在我看来是一个杂色时代。《丹东看守所的故事》，用活生生的故事讲出来，从传统文化中找到仁爱，整理出这个社会的碎片，超越了人性美和丑的矛盾。

体会到这里，我觉得不应该把这篇评论命名为《读不下去的故事》。

我想到了另一部伟大的作品，这就是俄罗斯作家陀思妥耶夫斯基写的《罪与罚》。当年我读大学的时候，俄罗斯文学史学了一个学期。读俄罗斯文学史太苦涩了，老师讲得很快，每个星期讲一个大师，一个大师那么多长篇小说，《罪与罚》就是我最读不下去的小说，那是灵魂的拷问。一个杀人犯不断地反思自己，不断地想为什么杀人，人性是怎么回事，很折磨人。但是作者通过杀人犯的故事，把人性反省到非常深的地方。李迪写的《丹东看守所的故事》，可以看成是当下中国的罪与罚的作品。犯罪当然要惩罚，惩罚不仅仅是判刑，限制自由，怎么样才是真正的心灵惩罚？惩罚的目的如何？过去有句话叫“惩前毖后，治病救人”，还是要救人，也要救其他的人，还要救这个社会，达到罪与罚的深度。《丹东看守所的故事》不是一个简单的故事，会引起一系列的连锁反应，会引起很多作家效仿。

由这三点感受，想提两点建议。

第一，希望这本书的素材，是否可以考虑拍成电视剧或电影作品。用这种方式让更多的人知道，我们有这么一个优秀的单位，用人间挚爱改造人性。共产党是古今中外改造人性的大师，共产党不是从肉体上消灭敌人，而是把坏人改造成好人，从思想上改造。

第二，一个现实的建议。参观看守所以后，我希望能够提高管教人员的待遇，我觉得他们的工作太辛苦了。我之所以佩服李迪，我很仰慕他，是因为我觉得我在这儿待不了。一次两次还行，让我七下丹东，两过春节，将心比心我做不了。再想到戴所长一年回家二十多天，常年在这儿住，我觉得他们尊重在押人员的人权、人性，整个社会也要尊重他们的辛劳，在可能的情况下提高他们的待遇。这样，良性地循环，让更多的地方充满人间挚爱。

（本文为作者在2011年9月24日至25日举行的“作家定点深入生活现场座谈会暨《丹东看守所的故事》研讨会”上的发言，根据录音整理）

灵魂手术的生动报告

——李迪《丹东看守所的故事》简评

李朝全①

有人说过，人的一生有三个地方必须要去。一是火葬场，它让人懂得惜命，珍惜生命；一是贫困地区，它让人懂得惜物，珍惜财物的来之不易；还有一个地方便是监狱看守所，它让人惜身，就是珍惜自由之身。辽宁省丹东市看守所戴晓军所长说，所有的人都是怕死的，在宣布死亡即将到来时，几乎没有人能不颤抖不害怕。他对于生命的洞察、对于人性的思考，已然达到了哲学的高度。李迪长篇报告文学新作《丹东看守所的故事》为我们揭开的就是看守所的神秘面纱，让读者生动形象地看到在那样一个灵魂改造场所，戴晓军、全国“我最喜爱的十大人民警察”王晶等管教干警们所进行的一桩桩灵魂手术。

---

① 李朝全，中国作家协会创研部副主任。

冰心先生倡导爱的哲学。她说："有了爱就有了一切。"又说，"爱在左，同情在右，走在人生路的两旁，随时撒种，随时开花，将这一径长途，点缀得鲜花弥漫，使穿枝拂叶的行人，踏着荆棘，不觉得痛苦，有泪可落，却不是悲凉。"李迪笔下的管教干警都拥有大爱情怀和高尚品德，他们对在押人员亦是左手执爱，右手执同情，有着人类最基本的也是最宝贵的相互沟通、交流和理解，亦即人最基本的感情，就是人性。

以戴晓军所长、王晶、魏红召等好警察为代表的丹东看守所这个集体，他们看守的是这个社会的一扇"恶"之门、"罪"之门，他们是国家机器具体的操作者，也是平安中国的守护者。李迪作品最大的成功，在于成功塑造了一群管教警察。这群警察给我们读者的感觉是可爱、可敬、可尊重的，每个人都个性鲜明、精神彰显。在看守所里，一方是"好人"管教干警，另一方是在押囚犯，两者之间是管教与被管教的关系，似乎本应是对峙对立的局面，但作家却着重描写这两大阵营之间相互体谅相互理解以至关系的和谐融洽。马克思说，人是一切社会关系的总和。李迪写优秀干警这些人物，正是将其放在社会关系中来刻画，着重写他们同在押人员的关系。在这些被社会抛弃、被常人所敌视和不齿的人面前，警察们表现出了敬畏生命、尊重人权、忠于职守，以人之常情、常理与常心去对待他们，带着真诚的感情去管教他们。"情"是这部作品的文眼或核心。文学是处理情感的艺术。李迪把文学和管教干警的工作很好地契合起来。通过这部书我们看到，警察对待囚犯是用心去体察触摸他们内心深处的苦与痛、冤与仇、情与恨，尽力给他们以生的希望、生的乐趣和价值。戴所长有段名言："得给这些人希望。谁都不易！谁没父母儿女？谁没犯错的时候？这些人原来大都是好人，一失足成千古恨。他们犯法，有法律管着。但到我这儿，得让他们吃好、住好，别死人，更别跑人。同时，还要让他们生活在希望中。人没希望就成了绝望，就会出事。哪怕被判了死刑，也要想办法满足他们的愿望，让他们在死前尽量过得快乐。让他们带着感恩去死，而不是带着怨恨离开这个世界。"话语非常朴实，却异常深刻。

警察们用真心去抚慰在押人员，他们给予的是人文的、人性的关怀，有不少甚至是临终关怀、终极关怀。我们常说，教师、作家是人类灵魂的工程师，但是李迪这部书告诉我们，管教警察直面的是这个社会的堕落者或零余人，期待着这群人发自内心的忏悔醒悟、重新做人，他们试图救赎的是这群人失陷的灵魂。这是一个极其艰难的过程。因此可以说，他们既是心理医生，亦是灵魂医生，他们对在押人员的拯救就是对“罪”与“恶”的拯救治疗，他们所从事的是一桩桩极其复杂的灵魂手术。这是一种超度，一种大善和大德。这一桩桩艰难复杂的灵魂手术通过李迪的报告生动曲折地表现出来，令人震撼。

整天和囚犯打交道，长年累月一般人都会疲惫不堪、心情沮丧，甚至搞得灰头土脸。丹东看守所的干警之所以能顽强地坚持下来，而且这么多年都做得那么好，那是因为他们都有一种强大的精神力量的支撑，他们都是内心强大者。这种力量来自于理想与信念，来自于修养与品质，来自于集体的凝聚力、善和道德的伟力。

中国作协党组书记李冰说，作家要有定力、接地气、敢创新。年过花甲的李迪为了写这部书，两年间七进丹东看守所，总共待了七个多月的时间，有两个春节都在看守所度过，吃住皆在监区内，甚至与在押人员共用盥洗池和卫生间，每天同他们及管教警察们面对面地进行交流和采访，用了近两年时间打磨这部作品。在创作上满怀真诚、激情和深情，大胆借鉴小说笔法，采取从讲述一个个囚犯的故事这一角度切入，以他们为中心，辐射开去，刻画警察形象，给人耳目一新的感受。

（原载《北京日报》2011 年 11 月 10 日）

李迪访谈：生活是写作的宝藏

颜慧[1]

前不久，笔者跟随参加“作家定点深入生活现场座谈会暨《丹东看守所的故事》研讨会”的一行人来到丹东看守所。所里的条件非常艰苦，干警办公室和宿舍都在阴暗潮湿的一面，常年飘着刺鼻的气味。里面的各项设施已非常老旧，我们刚走出看守所的走廊，突然有一盏灯的灯罩掉下来，摔得粉碎，幸好没有砸到人。正是在这样的条件下，李迪发掘出一个大宝藏，在看守所中发现人类的真挚情感，从一件件普通小事中观察到公安监管工作的历史发展与进步，写出弘扬社会正气、讴歌人间真情的《丹东看守所的故事》。在深入生活的过程中，李迪还与看守所干警们结下了深厚情谊，他们说，李老师，这里就是你的家，希望你常回来看看！

---

① 颜慧，作家出版社副总编辑。

颜慧：这次实地来到丹东看守所，真切体会到书中描述的一切。所里的条件是常人不能想象的，而你两年内七次来到这里，在这里住了七个多月的时间。

李迪：的确，这里破旧、漏雨、阴暗、潮湿，一处外墙皮因随时可能掉下来而不得不贴出警示“请勿靠近，后果自负”，20 多个号里关着 500 多男女吃喝拉撒，冲进鼻子的全是人味儿，而人味儿是最不能闻的。但是每一天发生在这个有限空间里的常人难以想象的感人故事，又以无限大的力量撞击得我寝食不安。看守所在常人眼中是个“恶的世界”，实际并非如此。跟监狱不同，进监狱的犯人早晚要出来，熬过已知的刑期就能重获自由。而看守所关押的人或者走向释放，或者被押赴刑场。一幕幕鲜为人知的生离死别、爱恨情仇的故事在这里上演，可以说是写作的绝好素材。我在这里定点深入时，往往被这里发生的真实故事感动得泪流满面、辗转难眠，作为一个作家，还犹豫什么呢？所以我决定再来，真实记录下所见所闻所感。后来，中国作协制定作家定点深入生活的制度，把我列为 2010 年全国第一批定点深入生活的 19 名作家之一，给我以全方位支持，更坚定了我的信心。于是，就有了我七赴丹东看守所，其间两个春节、一个“五一”都跟干警和在押人员一起度过的深入生活收集故事的写作过程。

颜慧：你是写小说的，已经出版的十几本书包括《傍晚敲门的女人》、《血色兰花》、《豹子哈奇》等都是小说，这次创作《丹东看守所的故事》为什么改成写报告文学了？

李迪：最初来到丹东看守所时，我的目的及我给中国作协汇报的计划都是要写一部小说，甚至有了题目。但是后来，随着我在“丹看”生活的不断深入，我改变了初衷。因为，我遇到了一群好人，一群充满人性的善良正直、劳苦艰辛甚至忍辱负重却以笑代怨的监管民警！这些让我难割难舍。还因为，我面对几百个男女在押人员渴望自由渴望活下去渴望把他们当作人来看待的目光，听到他们悔恨的悲伤的痛苦的委屈的牵挂的忧愁的令人百感交集悲从中来的倾诉，我于心不忍！活生生的罪与罚，真切切的事与人，还用我再去虚构小说吗？如果我不用真名真事记下这一切，就对不起“丹看”，对不起“丹看”人，也对不起自己的眼睛。于是，我决定试用报告文学这一最直接贴近生活的方式来写“丹看”故事。这对自己是个挑战，所以写起来也会更来劲。

接下来就是如何扎实生活。我想，我不是去索取的，我是去学习的，包括向罪犯学习，因为他们教我懂得了另类人生。那好，那就不要给人家添累，不要让人家无可奈何。定点深入生活首先不能给采访对象添麻烦。作为基层单位，给他们添麻烦是“不落忍”的事情。我请求戴晓军所长，能不能给我在看守所找一间屋子，最好能跟犯人住隔壁。戴所长笑了，屋子有，就是太冷也没热水，你六十好几了不行！我说“没事”。事情就这么定了下来。我在看守所住了下来，小屋隔壁当真睡着犯人，屋外风光同样被铁窗分割。每天跟这帮在押人员共用脸池、便所。一日三餐乐乐呵呵混在警察堆里，他们吃什么我吃什么。脚下绕来绕去的是所里收养的N只小猫。好了，这下就有了大把时间泡在警察与在押人员中间，让自己成了这个酱缸里腌的咸菜，时间长了便腌出味儿，提起笔——人性、良心、职责、爱。

颜慧：这部书可读性很强，有些地方甚至采用了悬疑的手法。你觉得自己写纪实文学与写小说时有什么不同？

李迪：没有根本上的不同，都需要有生活。没有生活，完全靠编，我觉得难出好东西。哪怕是《西游记》那样的神话，你去翻吧，满纸生活！纪实文学贵在更真实地反映现实生活中的人和事，从而就更有感召力。但一个真实的好故事，要想感动人，达到写作纪实文学的目的，首先要让人爱看、能看，看得下去。写小说的作家来写纪实文学，除去虚构不可取外，一切好小说里所具备的表现手法都应该更出色地运用！最怕见事不见人！

颜慧：读这部作品，被提到最多的词就是感动，在浮躁的当下，你是如何做到的？

李迪：在看守所的这些日日夜夜，我看到了戴所长四处奔走打破常规让判了死刑的犯人跟他从未见过面的孩子见了面，父子生离死别拉都拉不开；孤身女犯想念她收养了七年的流浪狗连死的念头都有，副所长王晶硬是开车几十里把小狗接来养在看守所，女犯号啕大哭喊菩萨啊菩萨；魏红召为犯人西宝的复婚愿望，苦口婆心说服女方，最终约好女方如同意就在释放那天早上准时来接，为了这个约定，两个大男人在寒风中不屈不挠终于等到“幸福的黄手帕”；张丽当过刑警，痛恨罪犯，张口闭口管罪犯叫“人渣”，可是她竟然顶着天大压力为女犯追回不该被罚的钱；陈远在绑赴刑场前紧紧握着管教的手说，谢谢你两年来对我像亲人一样的照顾，我欠你的太多，没法儿还就到那边求阎王保佑你；中善临枪毙前请求把仅有的300块钱转送给犯人张哲的孩子交学费……这些怎能不让人感动呢？

最让我难忘的是，我看到一个教师出身的罪犯被押送刑场的时候，戴所长一个人坐在办公室里，像一尊石像笼罩在浓浓烟雾中，一动不动，一声不吭。就那样，一支烟抽完了，又接上一支……

颜慧：在这里采访我还注意到，副所长韩峰在你的感染下开始尝试写作，还开了博客；民警陆春子也在你的带动下对文学的兴趣日益浓厚，成了所里的通讯员和摄影师……这也是你定点深入生活的收获吧？

李迪：是很大的收获。定点采风要实实在在深入进去，受访对象才会和作家交心。另外，我们作为作家，要力所能及地帮助他们做点儿事，比如我在这里帮看守所写通讯，和服刑人员促膝谈心，分担他们的苦恼与忧愁，给予他们应得的尊重。时间长了，他们也就认可了我这个朋友，抢着帮我洗衣服，在我离开时送我到最后一道大门。在这样的过程中我积累了大量的创作素材，可以说在帮助别人的同时也帮到了自己。

定点期间，我积累了五大本的文字、几百张照片以及很多采访工作人员、在押人员的录音。为了调查伙食方面的细节，我连厨房的大师傅都采访了。在看守所的这两年，我尝到了定点深入生活的甜头，以后还要继续挖掘那里的故事，把它们呈现给读者。

颜慧：有评论家说，《丹东看守所的故事》成功塑造了一群管教警察，这群警察非常可爱，个个都个性鲜明，精神彰显。采访中我听“丹看”副所长、第三届“我最喜爱的十大人民警察”之一的王晶很由衷地说，书中故事深深打动、鼓舞着他们，让他们更热爱自己的工作，感受到自己所肩负的责任。也听到干警们说，李迪这样的好老师，是我们全所上下最受尊敬、最热爱的好作家。他一段时间不来，我们就会想念他。

李迪：的确，我们不分彼此，都成了哥们儿姐们儿，一段时间不见就相互叨念。每次要去丹东了，总要带一大箱北京特产，像要去走亲戚。戴所长更是把自己在地方上工作的好朋友介绍给我，让我跟他们也成了好朋友。我呢，也把自己做媒体工作的朋友甚至是画家朋友带到丹东去，让他们也成为好朋友，宣传“丹看”，为警察画像。当大家都成为好朋友的时候，还有什么秘密呢？

生活是口井，离了井，没水喝。公安题材是我的最爱。作家不是万金油，抹哪儿都行，这样很难写出较有分量的作品。带着你的喜爱，或带着你从生活中产生出的喜爱，再沉入生活这口深井中去挖掘，就有可能找到水，喝上水！

（原载《文艺报》2011 年 9 月 28 日）

在深入基层中写出好作品

颜慧

李迪是中国作协2010年选出的第一批定点深入生活的作家。2009年11月，李迪参加了中国作协、公安部监所管理局组织的“中国作家走进公安监管场所”活动，这也是新中国成立以来第一次组织作家、艺术家走进公安监管场所。全国公安监管战线先进单位丹东看守所是此次活动的第二站。

一到丹东看守所，李迪就被这个文学作品中很少涉猎的特殊场所蕴涵的令人震撼的人性光辉，和其中深藏的波澜起伏的故事深深吸引，更被看守所干警们长年累月以透支生命的苦累和常人难以承受的心灵冲击、为构建和谐社会默默无闻工作的精神深深打动，他决心以报告文学方式真实记录下所见所想。此后两年，已过花甲之年的李迪先后七赴丹东体验生活，与看守所民警同吃同住同值班七个多月，两个春节和一个“五一”都在看守所跟在押人员共同度过。就这样，一个又一个不眠之夜之后，李迪最终完成近30万字的《丹东看守所的故事》。作品受到出版界高度关注，很多报刊都破例拿出大量版面刊登其中章节，刊出后在社会上产生广泛影响。近日，作为中国作协重点扶持作品，《丹东看守所的故事》由群众出版社正式出版。

体验生活过程中，为了真正深入进去、体验干警们与在押人员的真实生活，也为了不给看守所添麻烦，他主动要求住在在押人员隔壁。于是，李迪住的小屋旁边就是监房，每天与留所服刑的在押人员共用脸池、便所。为搜集素材，李迪抓紧一切机会跟警察们交谈：在饭桌，在饭后小遛，在号筒值班室，在夜班睡觉的小屋，在跟在押人员谈心的办公室，在138米长的巡视道上，在住院犯人的病房，在押着在押人员外出的警车中……甚至干警们在水房洗衣服时李迪也不放过机会，他们聊什么他也“瞎掺和”。看守所条件很差，一开始民警们都认为李迪肯定坚持不了几天，没想到他却在这里待了两个冬夏。慢慢地，看守所干警们从心里接纳了他，称呼从李作家、李老师变成老李、李老汉，每天不用他要求，就会有警察主动说：“老李，我今晚值班，你来吧，咱俩敞开聊。”

住在看守所，不但拉近了与警察的距离，跟在押人员谈话也方便。每天早上8点，干警们一上班便能看见李迪站在门口，催着他们给他提在押人员谈话。李迪或叫在押人员出来在办公室单聊，或走进监号席地而坐，或放风时和他们一起晒太阳。白天谈，晚上也谈。在押人员看李迪春节、“五一”都跟他们一起过，谁也不把他当外人，每个在押人员都有说不完的悔、诉不尽的悲、割不断的情、流不干的泪。李迪倾听，也落泪，这其中有多少警世故事啊！有时候谈话到了深夜，李迪一个人缩着脖子回小屋，路过带电网的高墙，居高临下的哨兵会突然拿探照灯照他。守卫看守所的武警跟警察是两个部门，他们不认识李迪。李迪急忙喊，别开枪，我是好人！时间长了，武警们也认识了这个常常勾腰走夜路的老头儿。夜里他们还是打探照灯，但不是照李迪，而是给他照亮前方的路。

丹东的初春寒气逼人，没有暖气，李迪半夜常常冻醒，是一个个令人心潮澎湃的故事伴随他度过半僵状态。跟警察们朝夕相处、跟在押人员真诚交心，在丹东看守所的生活常常让李迪悲喜交加不能自已。在李迪看来，这“管”与“被管”的两路人相互体谅，相互理解，他看到他们笑在一起，哭在一起，也看到了在押人员当中最终有人要为所犯的罪行被押赴刑场。这一切，让李迪深深感到，他所要写的人，不论是警察还是在押人员，都是活生生的人。是人，就有人性，关键在于自己怎样认识怎样写。真真切切发生在他眼前的一切，有血有肉，有头有尾。这就是生活。在采访和创作过程中，李迪还为其定点的公安监管系统做了大量的专业服务和文学培训方面的工作，受到公安部监所管理局和干警的欢迎与表扬。

2011 年 9 月 23 日至 25 日，由中国作协创作联络部、公安部监所管理局、全国公安文联、群众出版社、中国作家杂志社主办，丹东市公安局承办的“作家定点深入生活现场座谈会暨《丹东看守所的故事》研讨会”在丹东召开。中国作协党组成员、书记处书记、副主席高洪波，公安部监所管理局副巡视员刘秀琴，全国公安文联秘书长张策，中国人民公安出版社副总编李国强，及评论家王必胜、阎晶明、孙德全、萧立军、孔庆东、彭程、李建军、李朝全、李培禹、陈新、丁国强等 30 多人与会。

座谈会上，高洪波转达了中国作协党组书记、副主席李冰对李迪在定点深入生活中取得成果的祝贺，以及对公安战线干警们大力支持作家深入生活创作的感谢，并对李迪坚持深入生活勤奋耕耘的创作态度给予了高度评价。高洪波说，中央领导提倡“走基层、转作风、改文风”，李迪早在两年前就深入基层精心写作拿出精品，这种遵循创作规律、真诚热情的创作态度值得提倡与表彰。中国作协创作联络部主任孙德全在会上全面总结了中国作协近两年来作家定点深入生活的情况，指出李迪是作家定点深入生活的一个突出典型，他的长篇报告文学《丹东看守所的故事》发表后引起很大反响，充分体现了作家定点深入生活的创作成果。他以自己的实际行动实践了中宣部刘云山部长“真正下得去，蹲得住，有收益”的批示精神，佐证了中国作协组织作家定点深入生活的制度是非常有效的，也为今后作家定点深入生活提供了一个样本。

与会评论家们一致认为，作家深入生活的程度是这部作品取得成功的关键。《丹东看守所的故事》以人性化的独特视角，满怀激情地写出了这一鲜为人知的特殊环境里有血有肉的故事，催人泪下，引人思考，是近年来扎实深入生活而创作出来的非常有分量的长篇报告文学作品，是报告文学贴近现实的重要收获，也是用真实生动的故事向世界展示中国人权状况的文学报告。正如公安部监管局局长赵春光在该书的序言中写的那样，李迪“为我们打开了一扇窗。通过这扇窗，我们看到了一个常被认为是灰色群体的爱恨情仇，感受到了一个常被怀疑是冷漠之地的人间温暖。也许，只有在看守所这样模糊了美与丑的界限、融合了善与恶的交锋的地方，我们才能够更多地感受到人生的珍贵、人性的光辉”，“希望读者通过这本书能够对新时期公安监管工作多一分了解，对公安监管民警多一分理解和支持”，“相信此书一定会成为公安监管部门与社会沟通的心灵之桥”。

深入生活，李迪打了一口深井！

（原载《文艺报》2011 年 9 月 28 日）

近年来中国公安纪实文学作品的一个标杆

——评《丹东看守所的故事》

易孟林①

最早拿到《丹东看守所的故事》书稿的时候，我没有太在意。因为公安法治类题材的作品在很长时间内没有出现特别有震撼力的作品了。可是，等看完第一章之后，我禁不住流泪了。我感到了一种来自灵魂的激荡与震撼。

为什么流泪？因为作品的真实。我们生活在这个海量信息的时代，每天要看太多的东西。还有什么文学技巧不曾用过呢？当把写作这件事情搞得太复杂时，反而使作品显得虚弱无力了。就文学创作而言，最简单最有力的办法就是回归真实。

《丹东看守所的故事》，可以说是作者李迪在写自己。他以作家

---

① 易孟林，中国人民公安出版社文艺分社社长。

的强烈社会责任心和使命感，以他的正直、善良、真诚，调动起自己多年积累的文学情愫和写作功力创作了这部作品。读这本书，让读者感觉就是在和丹东看守所的戴晓军所长、王晶副所长等民警进行交流，交流的过程中，静静流淌着的是真善美的东西。

纵观文学史，我们可以发现，一个时代的文学成就往往与囚徒有关。是否关注那些因为种种原因犯有罪错而失去自由的人们，往往成为衡量那个时代文学成就的一个重要尺度。古今中外许多文学名著都和囚徒有关。李迪抓住看守所这样的题材，他便将自己的作品从题材角度占据了文学高地，上升到了一个很高的哲学高度，上升到了一个很深邃的思想高度。

看守所里主要有两方面的人：管教民警和在押人员。《丹东看守所的故事》最大的成功，就在于成功塑造了管教民警这组群像。这组群像中的每个人个性都很鲜明，心地善良，敬畏生命，忠于职守。民警和在押人员本是对峙的两大阵营，而李迪却写出了这两大阵营的沟通交流。在那些被社会抛弃，被常人所敌视或不耻的人面前，民警以人之常情、常理、常心对待他们。书中情感的独到铺陈、渲染，直抵人内心最深处，让人不得不产生心灵的拷问，不得不泪如泉涌。

作家是人类灵魂的工程师，文学是处理情感的艺术，在这点上，李迪用文学将管教民警的工作和情感很好地结合了起来。管教民警用心去触摸在押人员内心深处的苦痛、怨恨与悲情，给他们以生的希望。这是一种多么令人崇敬的人文关怀和人性关怀啊。管教民警直面在押人员的灵魂忏悔与觉醒、希望重新做人的艰难过程，其实就是在进行灵魂的手术。管教民警原本都是平凡的普通人，但他们来到了管教这个岗位上，就成为了不平凡的人，成为了十分了不起的心理医生。他们对在押人员灵魂的治疗和拯救，无疑是一种感天动地的大恩大德。

与此相对，《丹东看守所的故事》还成功塑造了一群在押人员。书中所有的故事，几乎都是从在押人员的案件切入的。因为李迪知道，只有把在押人员的复杂情感充分表现出来，把他们曲折离奇的人生经历、不得已而为之的东西写出来，才能让读者体会到看守所民警用人性人情去感化他们时，如身临其境，从而使管教民警的形象显得鲜活真实，而不是苍白无力。在押人员的悲情故事，越让读者看得惊心动魄，管教民警用人性人情去感化的难度越大。描写攻克这艰险关隘的整个过程，便淋漓尽致地把民警的人性之美展露无遗。

《丹东看守所的故事》无疑是一部优秀的公安纪实文学作品。当前一些纪实文学缺少感动和震撼的力量，主要原因便是缺少文学因素。而小说笔法是最容易调动文学因素的，《丹东看守所的故事》则是用小说的笔法写作纪实文学的一个成功典范。做到这一点，是需要作家创新的勇气和胆识的。书中日记体和博客的运用，显然增加了作品的可信度和文学色彩。

《丹东看守所的故事》的出版，更加坚定了我们用文艺作品来为公安中心工作和一线民警服务的信心。这本书对公安监管领域的人性化管理工作的客观反映，是公安工作和民警生活的形象实录。它既是近年来中国公安纪实文学的一个标杆，也是用文学来为公安中心工作和一线民警服务的一个标杆。

（本文为作者在2011年9月24日至25日举行的“作家定点深入生活现场座谈会暨《丹东看守所的故事》研讨会”上的发言，根据录音整理）

《花自飘零》（又名《我的眼泪为谁飞》）

评论

眼泪为谁而飞

——谈《花自飘零》① 的感染力

雷达②

最近看到一家报纸披露，去年在“国家新闻出版广电总局书号中心登记的原创长篇小说的数量是4798部”。这大概是迄今为止最可靠的统计了吧。我首先想到的是，多固然够多，但要遇上一本能让人兴致勃勃、津津有味，一口气读完的长篇却殊为不易；写小说的是不少，见才情的却不多。姑且不论格局的大小、思想的高低，许多作品的问题在于，行文艰涩少趣味，情感汁液不饱满，更缺乏人性的深度和人情的波澜。正因为如此，我要推荐李迪的《花自飘零》，它虽未摆出什么大框架，却让人有种百般忧乐涌心头的复杂

① 《花自飘零》以《我的眼泪为谁飞》为题首发于《啄木鸟》杂志2013年第5、6期，2014年1月作家出版社出版图书时易名为《花自飘零》，2019年9月广东人民出版社再版时复易名为《我的眼泪为谁飞》。

② 雷达，中国小说学会原会长，著名评论家。

感受。李迪表现出了一个出色小说家的手腕。

小说写一个北京女性菊儿从“文革”到今天大半生的命运。菊儿是干部子弟，也不是没有机会过上较为优越的生活，但是她的倔犟个性和种种复杂原因，使她一下子掉入底层，一辈子都在平民中打滚，饱尝艰辛。她先后与天明、田民和姜子三个不同阶层子弟婚恋，像是一场接一场轰轰烈烈却又肝胆欲碎的爱的奔跑，命运捉弄她，或寻觅真爱而不可得，或得而复失，失而再得，得而再失，回首平生，充满了奇特的遭遇和失爱的凄凉。加上她个人的创业史，尽显人生的酸甜苦辣，涉及爱情、婚姻、友情、道德等多个层面，自然而然地映照出近半个世纪北京平民社会的变迁风貌。依我看，小说的感染力和概括力主要来自情感的密度和表现的难度。

一般来说，小说写得流畅、好读、曲折并不太难，难的是有风格、有绝活、有趣味。《花自飘零》的语言活泼、鲜灵、简洁、跳跃，以北京口语、土语为主调，手法利落干净，以简驭繁。有的人写“文革”不知从哪儿下手，动辄几万字就拉过去了，颇冗长。李迪却不，他写胡同改名儿，墨汁还滴答着，一个叫东风盛，一个叫西风烈，于是打起来了。作品写爱情也不寻常。小说中有一个细节，写菊儿喜欢吃冰棍儿，狂热地爱她的天明每次约会都买好冰棍儿等她，融化了再买，买了又化掉。这竟成为菊儿一生中的一个“结”。所以，她后来嫁的人都长得像天明。

在人物刻画上，作品尽力写出人性的复杂与纠缠，爱恨相续，作茧自缚，每个人都在感情上进行着“否定之否定”，这成为一个特点。菊儿与田民离婚，离了十二年，好漫长，心头纠结，自我缠绕，出现多次反复。姜子这个人物称得上个性峥嵘。他是开货车的，满口脏话，但身上有豪气。他比菊儿小五岁，却非要和菊儿好，菊儿后来提出分手，他说：你要敢离婚我拿车撞死你。菊儿去茶淀农场探监的那一个晚上，两个人忽然变成了陌生人，最后就是哭，姜子给她擦眼泪，这边哭了这边擦，那边哭了那边擦，十分动人。

在叙述格调上，作者擅长以喜剧精神写悲剧，以乐境写哀境，或以幽默调侃达到举重若轻的效果。小说中写下乡，写知青生活，可谓妙趣横生。写在十三陵摘柿子的场面，欢声笑语，那也是一种真实的欢乐。知青下乡含有悲催性质，但具体而言，很多人过得快活也不是假的。菊儿和当地的女孩秀秀一块儿养猪，每天面对十三陵，就讲十三陵的掌故。秀秀讲到齐贵妃受万历保护终究还是被人害死了，连连流泪叹气，说我要遇上万历这样的皇上就好了，但她没有，终因逼婚而喝农药死了。这部小说甚至含有一些相声因素，比如菊儿有意把田民的妹妹小青介绍给姜子，便一齐来到舞会相亲，结果菊儿和姜子跳得太好了，把戏全夺了，小青气得够呛，出现了“小青不理我，我不理姜子，姜子不理小青”的僵硬气氛。这时就有个叙述人跑出来了，插科打诨，说这不成了狗不理了吗？这人应该就是李迪。

事实上，作品的叙述人是菊儿。由于作者李迪个性太强，起先总是扭不过来，总觉得是李迪在说，后来才改了过来。小说的最后，在海外的天明去世，给菊儿留下了几千万元的遗产，这满足了生活中发大财的梦想，却有点儿大团圆和白日梦相加的感觉。总之，这部作品通过菊儿强烈的命运感，做到了直面人生，写出了平民的悲欢，写出了爱情和道德的力量，写出了底层刚健清新向上的精神。

（原载《光明日报》2014 年 3 月 24 日）

《花自飘零》：与往事干杯

梁鸿鹰[①]

“与往事干杯”并不容易，尤其是对于一个“与时代发展感同身受”的人。

以前只知道李迪善于写报告文学，没想到他的小说写得也很有些意思。这个“有些意思”，我认为是可读性好，能够唤起我们对生活的重新认识，引起深刻的共鸣。作家出版社最近出版了李迪的长篇小说《花自飘零》，书中有一种典型的被带入、被牵引、被感动的情绪。小说主人公五味杂陈的人生，在一个动荡的世界里面对世事变幻的风云、独自打拼奋斗的经历，构成了一个具有很强审美感染力的独特世界。

好的作品大都与作者的亲身经历有关，如果作品里有作者自己的印记和影子，就容易得到读者的认同。不知李迪是否把自己的经

---

① 梁鸿鹰，《文艺报》总编辑。

历写进了小说里，但我想，他一定是与那些出生于新中国成立之初的人们一样，反反复复经历过大大小小的波折。他们的命运总是随着我们国家形势的变化而起伏：“文革”、下乡、回城、改革开放、二十世纪九十年代市场经济、新世纪……因此人生大起大落、大悲大喜。他们的命运沿着国家命运的宏大的线索行走。

《花自飘零》一定是李迪从自己的经历中提炼出来的。人们通过作品看到，在“文化大革命”那段荒唐的岁月里，一个青春期的女孩子在混乱的时代里成长；进入新时期，面对各种思潮纷至沓来——新的思想方式、新的活法，也面对着各色人等的各色人生。她以及他们在经历了压抑与巨大的颠簸之后，都想活得舒坦、活得洒脱。女主人公所经历的种种人生，大半不如意，阴差阳错，比如爱情的到来虽然甜蜜而刺激，但并没有酿成美酒。得到的失去、失去的再得到，她的生命也在其间遭到了巨大的损耗。

恰如人生的每一步都无法躲过、无法忽略、无法糊弄一样，我同样意识到这是一部没法儿“红烧头尾”的作品。读者没有办法在中间哪个地方停下来、跳过去，因为故事连续性强，而且太吸引人。这是一个北京大妞儿的生活史、悲欢史，充满了奇遇、惊险和意外，任何一个试图看个头尾对其下判断的人，最后会发现自己想得太简单、太自信。

这是一个地地道道的北京女人的成长史、受难史。我特别喜欢读她在十三陵下乡那一段经历，这是主人公最可爱的时期。作家不时停下笔来，特意描写在大自然中健康成长的女孩儿们的可爱。其中有这么一段：“一只灰喜鹊飞过来。它没有叫，无声地钻入树丛。一片儿被撞落的黄叶儿，鹅毛一样，轻轻地，轻轻地，飘下来，落在秀秀的头上。”淳朴可爱的秀秀一知半解地边走边讲着皇陵的传说，这般的清新、清爽、清澈、清纯，深深地打动人心。在后来的文本中，这类描写越来越少，因为女主人公越长越大，社会越变越复杂，她经历的事情也越来越复杂、越来越混乱，充满了嘈杂、喧嚣，让作者无法再回归这种单纯。

在《花自飘零》里，我们发现主人公在进行人生的长跑，跑得气喘吁吁，疲惫不堪，有些狼狈。她固然也停下来，也思考，也回顾自己的过往，但更多的时候，她疲于应付，奔跑不息，她丢失着自己的思考，跑得汗流满面。作家与她一样，也常常顾不上思考、回味、反思，他把写作的精力全部放在那些情节、故事的曲折上，放在事情、变故的展开上。当然，他的写法秉承了文学前辈们用行动说话、靠故事表现命运的传统。从这个意义上讲，他同样有他的道理。

（原载《中国青年报》2014 年 2 月 18 日）

《花自飘零》：留下时代的印记

刘玉琴①

作家李迪的新作《花自飘零》用生动感人的文笔，讲述了一个叫菊儿的女人从二十世纪六十年代到现在这几十年间的曲折命运和缠绵悱恻的爱情故事。

小说在揭示普通人物的生存境况或者说爱恨情怨时，勾勒了时代的变迁和波澜，小人物的起伏升降中带着一定的时代印记。作品中作者很巧妙地设计情节，一方面是一个女人和三个男人的爱情纠葛故事，跌宕起伏，有声有色；另一方面是特定时代的迅速变化以及在其影响下所形成的难以脱离的社会生活运动轨迹。这期间，作品重点展示的是刻骨铭心的爱与被爱、被爱所伤之后的难舍难弃。也有世事难料、社会动荡、身份低微所带来的磨难与屈辱，以及不甘于命运并且着力上升的小人物的悲欢。

---

① 刘玉琴，《人民日报》文艺部原主任、海外版原副总编辑。

全书的情节有悬念，有曲折，设计精心，引人入胜。主人公菊儿从一家人在城市优越安稳地生活到 14 岁时一个人孤单留守，从父母的干革命到被革命，从下乡插队，进工厂，到时代再次发生重大变革之后的失业，自谋生路等，时代与社会的荒谬错乱和飞速发展影响了无数人的生存轨迹，主人公难落其外。作者在看似从容轻松的讲述中，以菊儿的爱情故事为核心，有序地呈现了几十年间的时代和社会生活画卷。可贵的是，作者在爱与怨的交织与描述中，写出人生的艰苦和人性的美好，时常闪现未来希望的光亮，让人看到在琐碎艰难的世俗生活中，不向命运低头，保持向上姿态的自强精神。文学即是人学。作者关注现实，贴近生活，深入探索人心和人性的努力，对不屈精神的崇尚，让人感受到文学的力量。作品涵盖的面也比较宽，从家庭到个人，从工厂到社会，再到监狱、沙石场等，显示了作者观察生活和提炼生活的实力和能力。

作品塑造的主要人物不同于以往的模式，是一个有些另类的人。作者在这类人物的书写上做出了探索。书中的菊儿不是高大全式的，甚至不是一个传统意义上的完美的人，有时看起来还像是一个自甘下沉、自愿卑贱的人：不愿意入党，不愿意上大学，不愿意去看起来更体面更有生活保障的单位工作，最终选择京郊纺织厂当了一名纺纱工；而且与有妇之夫的爱欲罢不能，与丈夫未离婚就与另一个男人同居等。这是一个不能用传统的正面形象的尺子来衡量的人物。但这个人物身上却有着比较浓厚的来自生活的味道，是受过农村、工厂、大杂院底层生活熏陶出来的普通人，生活的真实和艺术的真实有机交融。虽出身高干家庭，但自从脱离家庭生活轨道，也就成为一个很常见很平凡的普通人。世态炎凉，人情冷暖，身份地位差异所带来的无法消弭的印痕和艰辛在她身上格外清晰。她的敢爱敢恨，对爱情和家庭充满理想色彩；她的挣扎、奋斗、不屈都更有代表性意义。这样的人物虽有一定的道德伦理的纠结，却也是一种真实的存在。作者在贴近生活、挖掘人性、关注世道人心上，用这个形象做出了自己的探索。探索了一个人生存之道的多种可能性与适应性，探索了一个人为爱或因为爱到底能对生活抱有多少真情与希望，力求使人物形象更加真实可信。

另外几个主要人物，如天明、田民、姜子等也都性格比较饱满，形象生动，他们与女主人公一起，构成在社会和时代裹挟下起伏沉落、丰富多彩的小人物画廊，表现出作品源自现实生活的深度与张力。

作品表述风格别具特色。句式简洁，文笔生动，清新明快。有时寥寥几句，一个完整的意象生成，人物和事件的意韵随之生动。在比较轻盈的笔调背后，又不乏深厚感人的内容。菊儿的人生，有些晦涩和沉重，爱得纠结，活得辛苦，但作者没有一味打悲情牌，没有一味煽情，而是在简洁轻松的讲述背后，让人去细细体味人心人性深处的内蕴。在作者灵动而委婉的讲述中，阅读不再是沉重、滞涩的负担，小说不再是勉强或者需要自觉性才能提起兴趣的阅读对象，而是可以自由进入的领域，可以自由呼吸的场所，具有吸引人的作用。

一部作品总是要让人思想上有所获，给人一定的感染与感悟。这部作品让我们获得了不加约束的情爱会给自身和他人带来难以估量伤害的感慨，感悟到了普通人生活的艰辛和对爱情执着追求的可贵，以及哪怕再底层的人，身处艰难之中也有对未来希望的由衷向往。它让我们对爱情对生活对普通人有了进一步理解，拓展了眼界和视点。

当然，作品也有可以进一步打磨的空间。作者有意让一些重要时间、节点的内容片段反复出现，起到回忆、加强、串联前后内容的作用，但重复次数多了，给人单调、缺少新意之感。

主人公的生活观和爱情观，时常有违公认的道德伦理。往往单纯为了爱而爱，无视婚姻约束和他人的感受，这样的爱情于人于己都是不负责任的态度。作品中的人物行为虽然都有生活的真实基础，或可能有真实的人物原型作基础，但艺术贵在源于生活高于生活，现在的人物似乎并不能为读者提供正面有序生活的有益参照，无形中消解了人物身上积极向上的作用。

作品对历史和现实的观照可以再坚实、厚重、深刻一点儿。现在对人物内心和行为逻辑的挖掘、编织稍显单薄，概念化了一些。虽然作者编织故事的能力很强，曲折起伏，出人意料，但对所处时代背景的呈现有时特色不够鲜明，人物有时缺乏依势而立的基础。

（原载《北京日报》2014 年 3 月 6 日）

荡气回肠的命运咏叹

——读李迪长篇小说《花自飘零》

彭程

以书写小人物命运见长的著名作家李迪，最近又推出了一部长篇小说《花自飘零》。作品描绘了一个女人曲折跌宕的命运，以饱满的情感力度给读者强烈的心灵叩击，更让人思考关于爱情和人性、个性与命运、困厄与奋斗等人生命题。

北京姑娘陆菊儿，高干家庭出身，容貌姣好，受过良好教育，对未来充满梦幻般的期待，但这一切由于“文革”的到来彻底被打破了。父母下放外地农场，把她独自留在北京，小小年纪又到京郊插队，几年后随着知青返城大潮离开农村，到纺织厂工作，先后同天明、田民、姜子三个男人相爱或结合，衍生出了一连串的悲欢离合、爱恨情仇……小说的人物和故事有着某种原型，作者在此基础上又进行了充分的艺术加工，在数十年间时代风云变幻的背景下，书写了一曲荡气回肠的个人命运咏叹调。

性格即命运。小说在主人公人生遭际的铺陈中展示其个性，笔力酣畅地描绘了两者之间的纠葛。菊儿的形象饱满鲜活，其最主要的人格特征就是强烈的感性，行事只听从自己内心的声音。比如返城时不听众人劝阻，舍弃了好几个不错的工作，抱着天真烂漫的念头进了纺织厂，埋下了其后多舛遭遇的伏线。当其执着的个性与爱情这种生命中最为强烈的激情相结合时，也就注定了其命运走向的波诡云谲。正是与三位男性的爱恨情仇，她的一生被涂抹上了浓重的悲情底色。当她陷入情网时，丝毫不顾忌身份差异、阶层鸿沟、世俗禁忌和社会上的议论，不达目的不罢休。这固然有被激情遮蔽欠缺理性考虑的一面，但也有力地佐证了爱情在其生命中至高无上的位置。

菊儿身上强烈地体现了女性最为本质的情感特征——将爱情作为生命的核心。当她爱上一个人，便是全身心地投入，对所爱的人关心呵护备至，甘愿自我牺牲。特别是和姜子结合后，在姜子服刑的几年间，她辞去工作，独自带着幼小的孩子，一次次跑监狱安慰和鼓励姜子，并疏通关系为其争取早日出狱。为了挣到维持生存的最微薄的收入，她去饭馆洗碗，到商场卖窗帘，每天吃馒头咸菜，高贵家庭出身的她过的却是社会最底层的困窘生活。她不向苦难厄运低头，挺过了一个个艰难的关口，并抓住机会承包美容店，凭着自己的能干取得成功。她以德报怨，宽宥姜子的出轨，善待姜子的情人。善良、真挚、坚韧、宽容等，人性之美的诸多方面在菊儿身上都有着充分的聚集。

传奇性成就了这部作品十分突出的审美特性。故事情节曲折跌宕，高潮迭起，充满了戏剧冲突，让人心弦时刻都绷得紧紧的。特别是在小说后面部分，悬疑小说的叙事手法被运用得很充分，营造出了紧张甚至带有一些惊悚的氛围，其风格、手法等都让人想到作者当年的名作《傍晚敲门的女人》。姜子火化后，他留下的手机中却有陌生电话执拗地打过来，这个人是谁？天明一家人的悲惨结局通过天明家老保姆之口吐露出来，但又不是直接说出，而是在渲染出足够的神秘感之后才揭开谜底。这些处理都有效地提升了读者的阅读期待。

小说中第一人称的叙事方式，浓郁的内心告白的色彩，毫无遮挡地叩击着读者的心灵。像姜子被推入火化炉前，在菊儿的再三请求下终于得以为其化妆，那一番情真意切爱恨交织的哭诉，读来令人潸然泪下。最后一章中，菊儿以写电子邮件的方式，在长达十几页的篇幅中，结合对自己大半生坎坷经历的回首，表达了对天明的无尽思念，也是字字血泪，感人至深。与当下很多作品中的情感虚假、造作、浮泛、缺乏力度相比，这部作品的情感表达非常真实、饱满、酣畅淋漓，这正是它强烈地感动读者的一个至关重要的因素。

（原载《解放军报》2014 年 4 月 12 日）

小题材、小人物也可以写出好作品

李国强[①]

今天在座的各位都是文学界的大腕儿，都是著名作家、评论家，我在这样的场合发言真是感到有点儿班门弄斧。不过，既然来了，我就谈一点儿关于李迪先生这部作品的创作、发表过程和读后感吧。刚才大家在发言中都谈到李迪先生这部作品写得是很成功的，对作品的思想性、艺术性以及充满京味儿的语言特色都给予了比较高的评价，对此，我是非常赞同的。据我所知，李迪先生这部作品是深入生活的结晶，因为作品中的主人公菊儿是有原型的。菊儿开的美容美发店就在中联部、中央电视台附近。李迪去那儿理发的时候认识了老板娘，时间长了就聊，聊她过去的生活，聊她创业的艰辛，聊她的情感往事。结果是说者无意，听者有心。李迪不是有意地在找一个作品里的人物，但是跟这个人聊得多了，原型就

① 李国强，中国人民公安出版社副总编辑。

有了。

我跟李迪先生是2011年9月在丹东开《丹东看守所的故事》作品研讨会的时候认识的。自从与他结识，我对他的印象就一直非常好。他这个人给我的总体感觉是热情、勤奋、待人厚道，且出手很快，所以我们有很多公安题材的作品都约他去写。去年春天，我碰到李迪，我说你最近忙什么呢，他说如何如何，就大概给我讲了这个菊儿的故事。我说你明天就把书稿给我发过来。稿子一发过来我就抓紧时间看。说实话，这个作品让我看得很感动。看一个作品，一口气看完是小事，关键是这部作品有许多场景让我看得双眼流泪。于是我就给李迪打电话说这部作品《啄木鸟》杂志要发！但是《啄木鸟》杂志的编辑们当时对这个作品有一些争议。他们主要认为这部作品不是纯粹的公安法治题材。我说这里有公安，有警察，也有打击犯罪的行动。我说，一，这是一部好作品；二，我们能约到李迪这样的作家在《啄木鸟》发表这样的好作品，非常不易。最后我说别争论了，这事儿我定了，不但要发，而且定好了，就在第五、第六期连载。过去我从来没有强行要《啄木鸟》必须发一部作品，这是我第一次，也是到目前为止唯一行使的一次职权。顺便提一下，这个作品在《啄木鸟》首发时的名称叫《我的眼泪为谁飞》。这个名称是我和李迪先生商议后定下的。我觉得这个名称可能会更吸引读者一些。

作品中的这个主人公菊儿，是个北京大妞儿，我认为这个人物形象塑造得是成功的。菊儿是一个善良、纯洁、坚强、勇敢的女性，这个人敢爱敢恨，敢想敢干。她对爱情的追求，对事业执着奋斗的拼搏精神，以及她对打击、陷害、欺骗她的人的理解和宽容，都能让人感到人物形象生动鲜活，树立起来了，而且可亲、可敬，真实可信。

说一点儿题外的话，现在我们都在宣讲中国梦，官方权威的解释是中国梦是国家的梦、民族的梦、人民的梦，并且现在进一步解释中国梦是中国人的梦，是中国每一个普通人的梦，每一个普通人的梦想实现了就是中国梦实现了。李迪的这部作品是一个小题材，是普通的小人物的故事。但是，我认为，小题材、小人物也可以写出好作品，也可以写出大作品。菊儿的梦，就是千千万万的普普通通的中国人的梦。这个梦实现的过程，也可能就是创作出无愧于我们这个时代的好作品、大作品的过程。

大家在发言中还谈到一个问题，就是对作品中的某些情节设置及其现实生活中的真实性的不同看法和建议。我个人觉得，作为作家，包括编辑、出版人，可以说有一百个人、一百个作家，可能就会有一百个不同的《花自飘零》。只要没有硬伤，只要没有违背生活常理和科学常识，作为编辑，一般是不宜对作品做更多改动的。但是对姜子受父亲安排充当卧底这个事儿，我当时和李迪先生讨论过，我告诉他这个情节不真实，做卧底是要经过公安机关审查和正式批准的。身为警察的父亲擅自安排自己的儿子去贩毒团伙充当卧底，这本身就是违规违纪的。所以他父亲一直不敢说出姜子是卧底这个秘密，最后在姜子死时才哭喊着说是我害了你呀！姜子一去卧底，沾上坏人，染上毒瘾，不能自拔。在这个作品中，姜子是个重情重义但缺乏自控能力的灰色人物，金爷是一个有一些正义感和做人良知的半黑道人物。人物性格、形象都非常鲜明、生动。天明是一个在部队大院里长大的公子哥儿，他是一个已结过婚的、对感情极不负责任的男人，他与菊儿的情感纠葛，就是始乱之终弃之。而他是菊儿的初恋，第一个男人，这种情感虽然苦涩，却又让菊儿刻骨铭心，因此不管天明如何对待她，她对天明一辈子都没变过心，仍然对他一往情深，菊儿对他的感情我是相信的。这就是初恋的魔力！田民是一个老实人，好人，但是他是一个窝囊废，根本不值得菊儿去爱。菊儿和他结婚成家，一是因为他长得很像天明，二是有一些赌气的成分。他俩无论从家庭背景，到性格，到生活的情趣，压根儿就不是一路人。菊儿和田民生活在一块儿，是没有爱情的，也是没有幸福可言的，所以他们的结合是场悲剧，也只能是以悲剧收场。因此，我不太赞同作者最后又安排田民带着孩子回到菊儿的生活里，尽管这是一个大团圆的结局。菊儿应该找到她的真爱，重新开始新的生活。但也许正是这些大家所讲的故事情节铺陈中的某些不当或欠妥之处，构成了这部作品中各种人物的矛盾冲突和一波三折的戏剧效果，这也许正是这部作品的魅力所在，让人读起来欲罢不能。

从1984年到2014年，从《傍晚敲门的女人》、《丹东看守所的故事》到《星星点灯——走进湖州公安“警务广场”》、《枫桥枫叶红愈红》，从中长篇小说到中长篇报告文学，整整三十年，李迪先生在《啄木鸟》杂志、在群众出版社发表、出版了很多作品，尤其是为他获得文学界盛誉的两部重要作品《傍晚敲门的女人》、《丹东看守所的故事》都是在《啄木鸟》杂志首发、在群众出版社出版的。在此，我非常非常诚恳地感谢李迪先生对《啄木鸟》杂志、对群众出版社的厚爱，也非常感谢李迪先生多年来对公安宣传、文化工作的倾力支持！同时也衷心祝愿李迪先生今后能创作出更多、更优秀的作品，奉献给广大读者。

（本文为作者在2014年2月23日举行的“李迪长篇小说《花自飘零》作品研讨会”上的发言，根据录音整理）

《警官王快乐》评论

一本书的“三个至上”

高洪波①

作家李迪最新出版的微型小说集《警官王快乐》② 与无锡、扬州有关，其创作根基来自江苏这块热土。《警官王快乐》的素材除去李迪近两年深入江浙警营生活所得，大都是对其长篇报告文学《铁军·亲人》和《社区民警是怎样炼成的》等的艺术形式的转化，使我原想为本文起题目叫《幽默感：故事叙事的手段》。最后改为现在这个题目，是因为我强烈地感到这本书中的“三个至上”。一是人民至上，这是本书主人公王快乐身体力行的。二是生活至上，这是李迪的写作秘诀，没有生活，没有他行走太湖之滨，深入江浙，六下无锡，三下扬州，先后对数百公安干警的采访，断然写不出来这一百篇《警官王快乐》。三是大爱至上，李迪的作品里一

① 高洪波，中国作家协会副主席。

② 《警官王快乐》，江苏凤凰文艺出版社有限公司，2016 年 2 月第 1 版；群众出版社，2019 年 9 月再版。

直有这种浓得化不开的文化情怀。从他二十世纪八十年代写的那些公安题材的小说、报告文学，到前几年的《丹东看守所的故事》，无不具有这“三个至上”的特点。这是我对李迪和《警官王快乐》的初步解析。

《警官王快乐》开头有一句很好的话：“用快乐化解不快乐，让快乐像阳光一样温暖，这就是他的小小中国梦！”这是小说的导读语。中国人快乐吗？中国人快乐价值昂贵吗？不同行业从业者的快乐观又是什么？平民百姓的快乐在作家眼里又是什么价值？这一系列疑问都可以从《警官王快乐》里找到答案。李迪用一百篇精短叙事，讲述一个普通民警的若干生活故事，进而阐述了一个行业即人民警察的快乐观，也用一百个故事写活了普通百姓的可亲可敬，这就是我理解的人民至上。王快乐是一个聚焦点，也是放大镜，他属于江苏，更属于中国，这是近些年比较罕见的艺术典型。你可以视它为王快乐小传、王快乐传奇、王快乐写真。为本书插图的画家刘学伦给王快乐塑造一个鸭梨脸的形象，这是画家心中的王快乐，但我相信每个读者心中都有一个自己的王快乐。我心目中的王快乐是对警民关系有特殊理解、对警察文化有特殊贡献的智慧型人民警察，他身体力行，恪守人民至上的原则，这也是公安战线提倡的理念。

《警官王快乐》是从生活中走来的。李迪擅长写小说，现在他又进行报告文学的写作，包括不久前到甘肃采访扶贫点，跟老农民对话精准扶贫，写出《三十里那个干沟沟九十九道坎儿》，发表在《人民日报》，内容十分精彩。由于写作报告文学的采访，由于丰富多彩的警察生活提供的素材，使他产生了写作的欲望和创作的冲动，他才能一口气写一百篇。写小说的确是李迪的强项，他虚构的王快乐有厚实的、坚实的生活基础，看似碎片化的生活羽毛通过他的手编织成一幅斑斓美丽的彩锦，浓郁的生活气息强烈地冲击着读者。他紧贴着人物写，浓郁的在场感、现实感给人艺术震撼。可以说，《警官王快乐》是一百幅人民警察的肖像素描，也是平民百姓的快乐诗篇，底层琐碎乃至卑微的快乐感觉，都流露出浓重的人民性，这是李迪身为一个作家与生俱来的悲悯情怀和人道主义精神的袒露。

《警官王快乐》的描写对象，大多是社区生活中的百姓，他们的幸福是很微细、琐碎的，有时候可能一顿很好的晚餐就是快乐的目标，但是李迪通过王快乐的形象赞美琐碎的快乐感觉，并用自己的才华把这种感觉编织、放大出来给我们看，这就是中国老百姓的生活，这就是普通公安干警所面对的当代中国现实。李迪的目光关注底层的民众，特别难得。人民警察有时候就是政府形象的大使，一个人民警察对老百姓的态度常常折射出当地政府对人民的态度。李迪借助王快乐，完成了自己某种心灵的救赎，他对底层民众有着深深的同情，甚至是含着眼泪的同情。生活可能没有他笔下写的那么美好，但是作者希望借助王快乐的形象使生活变得美好，使人们变得快乐，这是作家借助小说表达的特殊形式，报告文学不允许，小说则可以。李迪非常努力地，甚至十分不易地把一百个故事搬到了我们面前，这一百个故事不是每篇都精彩，这种写作有些冒险，容易使人产生审美疲劳，但总体来看，王快乐的形象、言行举止、行为方式，已经成为一种典型形象。短篇历来难写，一千多字一个故事，起承转合，设置矛盾，真是挑战自我的写作样式，李迪能完成下来非常不容易。

欧·亨利式的结尾，契诃夫式的幽默，读李迪的时候我想起了这两个外国小说名家。所以王快乐不凡，一百个普通而又平凡的民警故事，阐释的是不一般的中国精神！

（原载《人民日报》2016年4月26日）

碎片化阅读中的正能量

张策[①]

李迪先生的系列微型小说《警官王快乐》，从陆续发表到隆重召开研讨会，是很掀起了一波又一波热潮的。若从作品的形式和内容上看，似乎并没有什么新奇。微型小说，历来被许多人视作“鸡肋”，仿佛无足轻重；一个社区民警的故事，鸡毛蒜皮的琐碎，读来似乎也有“鸡肋”之感。至于在研讨会上众家一致认为的生活气息浓厚、语言风格鲜明等，当然可圈可点，值得称赞，但也似乎没有太多的新奇。但《警官王快乐》就是火了，就是在图书出版日见下滑、大众阅读需要我们大声疾呼的今天，掀起了一场“王快乐”热，这是非常值得我们探讨的现象。

文化的发展历来是与时俱进的，文学的变化与进步也必然相伴相生。有人说，当代人写古体诗词，总不像真正的古人之作，其实

---

① 张策，全国公安文联副主席。

就是因为时代变了，道德意识、语言形态、生活习性、心理状况、自然环境等都有了翻天覆地的变化。其实一切文体都处在这样的变革之中。特别是网络技术的异军突起，电子产品的花样翻新，人们的写作习惯和阅读习惯在潜移默化中发生着巨大的变化。网络写作与阅读、手机写作与阅读，渐渐成为人们接受信息与传播信息的主要方式。

网络的便捷，使人们的阅读时间可以自由拆解，呈现出碎片化阅读的状态。网络发表文字的高度自主化，造成网络写作往往随心所欲，不够严谨。微博微信的普及，使手机写作成为现实，但篇幅的限制使得这种写作也成了碎片。图画的传播方式由于网络的作用更加便捷，使读图成了一种新的阅读方式，也使文字不得不更加简短。由于上述种种，碎片化的写作和阅读成为当下社会文化形态中的重要现象，我们不仅不能视而不见，更不能听之任之，而是应该积极主动地去研究、去适应、去掌握，夺取和占领文学领域的主动权，传播正能量。

如果我们从这个角度去研究《警官王快乐》，那么我们就会更深刻地认识到这部系列微型小说的重要意义。《警官王快乐》非常巧妙地借鉴了碎片化的创作手法，用最适合反映社区民警工作生活的文字方式和节奏，为读者，特别是年轻读者提供了舒适的精短文字。

非常值得一提的是，李迪先生的这种借鉴是他在创作上秉承的一贯精神，他始终是个走在时代前面的优秀作家。当年他的《傍晚敲门的女人》，开中国新时期侦探小说先河，也奠定了他在文学界的地位。他的公安题材长篇报告文学创作，也堪称翘楚。系列微型小说，是他在报告文学创作过程的思考之结果，是他针对当下文学创作的趋势所做的有益尝试。既延续了他一贯的深入生活、深入实践的创作风格，也大胆使用了微型小说这一短小精炼、适合碎片化阅读的形式，并且突破了传统微型小说的写作手法，使文字更简洁，节奏更明快，语言更活泼，甚至更接近网络文学、微信写作的风格。李迪的尝试是成功的，他的《警官王快乐》受到瞩目，是一种必然。

我们常常感叹迅猛发展的网络让文学失势，甚至造成价值观的混乱。其实不然，网络只是工具，只看由谁掌握，如何掌握。李迪先生让优秀的社区民警适应网络，在碎片化阅读时代占领网上语言空间，完美实现了正能量与新时代的对接。他的尝试，既是文学界应该关注的现象，也是公安宣传、公安文化事业的榜样。

（原载《人民公安报》2016 年 5 月 20 日）

找到井，有水喝

刘玉琴

李迪写过不少公安题材的作品，新出版的小说《警官王快乐》是他对公安题材的又一次拓展。他把视线聚焦在“片儿警”身上，没有惊心动魄的大事，多是家长里短、鸡毛蒜皮，然而琐碎繁杂中见出公安战线的另一种风景，见出平民百姓的世俗烟火，见出李迪创作的惯常轨迹。

李迪的作品，大都有着很高的辨识度，生活气息浓郁，行文风格干脆利落。读他的作品，你能看得出生活的露珠在凝聚，感受得到新鲜之气扑面，有青草和泥土的味道。他的作品像是从生活的水里刚捞出来的，是贴近生活、开掘生活的收获，是真实生活的馈赠。他自己也说：“生活是口井，找到井，有水喝。”李迪的作品是文艺创作与生活的关系互为因果的鲜活印证。习近平总书记指出：“文艺创作方法有一百条、一千条，但最根本、最关键、最牢靠的办法是扎根人民、扎根生活。”李迪从生活这口井里掘到了丰富的创作源泉，这使他的作品始终散发着蓬勃之气。

李迪的深入生活，不是走马观花，追风掠影，是实实在在的身入、心入、情入。为了创作“王快乐”，李迪三下扬州、六下无锡，采访了上百位一线民警，倾听他们的酸甜苦辣，感悟他们的生命激情。他从内心靠近他们，理解他们，尊重他们，把爱意融入灵动的笔端，洇晕出充满深情的文字。因为有爱所以有情，因为有情而使文字充满意义。联想到当前的许多文艺作品，为什么难以吸引人感染人，主要原因是缺少生活，缺少在生活中自觉沉潜、自觉靠近的真诚。生活当然不是文学，但文学一定是生活。胡编乱造，悬空蹈虚，浮光掠影，功利浮躁，甚至蔑视生活，这样的作品将与时代和读者渐行渐远。文艺作品缺少生活，缺少真诚真情，缺少灵魂，就触摸不到生活的内里，铺陈不出生活的逻辑，显示不出真爱的力量，就容易变成无源之水、无本之木，无法令人信服。李迪真诚地写出了他对生活的理解，包括痛苦和快乐，甚至矛盾与困惑，因而他笔下的人物，将文学与生活的关系演绎得别有韵味。

李迪在生活这口井里找到了水，还因为他有发现和创造的能力。他在深入体验生活，了解生活的广度和深度，把握生活的丰富性和复杂性的同时，表现出很强的概括提炼升华能力。他对现实关系的观察与描写，除了细节的真实之外，还能正确地表现出典型环境中的典型人物。他善于按照生活本身的逻辑，采用生活本身的样式反映生活。为了塑造“王快乐”的形象，他把众多民警的故事精华糅了进去。让他腾挪翻转，东奔西跑，让他心系群众，忠于职守，忧患着群众的忧患，欢乐着群众的欢乐。正是通过“王快乐”乐于从小事做起、时刻为民解忧的这一独特视角，李迪写出了民警的苦累与伤痛、艰辛与付出，他们搭起了政府与百姓之间的一座温暖桥梁，让守护平安、幸福百姓不再是一句空洞的口号。没有对民警生活的熟悉了解、扎实开掘，没有对无数故事的精心淬砺，“王快乐”的形象不可能血肉丰满，充满正能量。

“王快乐”是李迪为文学画廊奉献的又一个艺术典型，是从生活深井里淘出来的新形象。“王快乐”的形象给我们带来许多思考，最重要的一条是：只要真心付出，尽职爱民，乐于奉献，就能让别人感动起来，就能让快乐化解不快乐，让阳光真实照进每个人的心里。

李迪很会讲故事。《警官王快乐》中的100个故事都很短，但智慧幽默，通俗耐读，寓意深厚。他喜欢从小切口进入现场，从小角度洞见世界，以小搏大。故事里的小人物、小事情，胡老汉、赵大妈、广场舞、流浪猫……没有一个是轰轰烈烈的大事、大场面，但这些小事小人物汇聚起来，却折射着社情民意，关联着社会稳定，揭示了更为深远的社会意义和传统精神。丰富的生活常识、民间智慧，矛盾的处理和化解，闪耀着朴素的人文之光、真善美之光。这就是李迪的大局意识、责任意识、作家良知。他深知，百姓的小日子联结着大时代与大天地，社会的有机运转、和谐进步，都与此紧密相关。

李迪的语言有鲜明的“李氏”风格，生动、机智、风趣。句子短小，落地生风，亲热贴切，灵动鲜活。不管多么纠结、乏味的事情，在他的笔下都能被描绘得有声有色。他的表述少空泛说教，多真情实感；少抽象道理，多新鲜事例。他塑造的“王快乐”形象，不但让人印象深刻，也为如何当好一个“片儿警”，提供了文本示范。

综观李迪的作品，我们可以得到这样的启发——

作家深入生活，必须带着深厚的情感和诚恳的态度，把自己的血肉，连同自己的情感、灵魂，转移到自己的作品中去，才能创作出优秀的作品。如今是信息社会，资讯发达，不出门便能获得丰富信息，但这代替不了现实生活。作家只有扎根沸腾的生活，身入心入情入，才能创作出滚烫的诗篇。

作家深入生活，还要跳出生活。作家要有提取火热生活本质的本领。文学作为精神美的一种表现形式，必须使外界的一切生活化为“我”的血肉表现出来，这才是鲜活的生命文学。关注生活的真实生态，对这个时代，对身边的新的情景，保持独立、热情的思想和清醒的判断，了解正在发生的深刻变革，感受社会的发展与进步，把生活的“外”转化为“内”，才能刻画代表时代精神的崭新的人物和生活，实现作家的独特创造。

优秀的作品，都要讲究语言艺术，用清新生动的表述，讲好故事。“情者文之经，辞者理之纬，经正而后纬成，理定而后辞畅，此立文之本源也。”对生活充满热情和激情，有独特的体验和把握，这是讲好故事的基础。运用鲜活新颖的表述形式，将陈情与说理有机相融，把“自己讲”与“别人听”结合起来，才能使作品“满堂花醉三千客”，具有广泛的影响力和传播力。

当然，本书中的故事都有一个比较理想的结局，这种处理多少有点儿简单化。我知道，李迪对所写的人物都怀着极大的善意和敬意，这可能有时容易忽略生活和人物本身的粗粝和坚硬。生活是一团麻，总有理不清的大小疙瘩，如果写出“王快乐”也有不快乐的时候，民警的服务与化解也不是万能的，表现出现实中的真正难题，从而表现今天人们内心的变化、感动和期盼，或许更耐人寻味。

（原载《光明日报》2016 年 4 月 25 日）

读《警官王快乐》：生活是一口深井

彭程

李迪先生擅长公安题材文学创作，几年前的纪实文学《丹东看守所的故事》曾引起热烈反响并被改编为电视剧，日前又推出了小说集《警官王快乐》，依然煞是好看，读了第一篇便难以放手，一口气读完，十分畅快。

这部小说集，其实可以说是一个副产品。他深入太湖之滨，对无锡公安系统一百多位来自各部门、各警种的优秀骨干民警进行了深入的采访，掌握了大量第一手材料，写出了一部厚重的报告文学作品《铁军·亲人》。面对琳琅满目、真金白银般的素材，他感到意犹未尽，又进一步激发艺术想象，以三年来深入江浙警营所得，虚构了一个基层民警王快乐的形象，演绎了一百个短小幽默的故事，生动讲述了新时期社区民警忠于职责、一心为民的奉献精神。故事皆有出处，原型分属多人，集中体现在王快乐身上，借写个体神采而折射出群体的面貌。

在小说中，转业军人王快乐是惠山新城幸福社区的“片儿警”，每天面对的是最普通的百姓、最平凡的生活。故事发生的场景，都是菜市场、居民区、街头巷尾、楼上楼下，故事本身也无非是婆媳斗嘴，邻里失和，交通剐蹭，小偷小摸，拆迁引争端，宠物惹口舌，痴呆老人走失，问题儿童生事……绝大多数都是鸡毛蒜皮的琐碎事情，看似无足轻重，但如果处置不当，矛盾积累起来，就可能激化，酿成大的祸端，危害社会安全，所以不能掉以轻心。处理好这些事情颇费周折，但王快乐却乐在其中，因为他从百姓的赞扬中，从所管辖的社区的平安祥和中，感受到了工作的意义、自己生命的价值。

对于那些喜欢借助惊险刺激、悬疑诡谲的影视作品来想象公安民警生活的读者，这本书中的内容或许会让他们失望。但相信只要他们认真读上两页，这种感觉便会被驱散。平凡生活的深入发掘，也自有其意义和魅力。

阅读快感的来源，首先要归功于王快乐这个生动传神的形象，让人如见其人如闻其声。李迪让他生就一张鸭梨脸，这首先就赋予了人物形象以鲜明的喜剧性色彩。王快乐四十出头，天性乐观豁达，正直善良，待人和蔼友善，工作认真负责。世事历练中积攒的经验和智慧，让他在面对纷繁复杂、千差万别的矛盾纠纷时，灵活变通，不按常规出牌，一把钥匙开一把锁，方式方法多样，使得每件事情都得到了妥当的解决。他用快乐化解不快乐，让快乐像阳光一样，普照社区群众。

单单看书中每个故事的题目，就十分诙谐有趣：《狗拿耗子》、《请仙容易送仙难》、《招猫逗狗》、《孙老太不是孙悟空》、《恭喜你答对了》……社区民警面对的原本让人烦恼的各种纷乱琐屑的冲突龃龉，在作者的艺术观照下却具有了一种特别的幽默。这显然与作者李迪的个性有关，乐天幽默的天性，让他更容易发现生活中蕴含的喜剧性元素，并用一种夸张的手法表现出来。需要提到的是，画家刘学伦的配图也赋予这种喜剧感以鲜明可见的特质，堪称是相得益彰。

故事有趣，一百个故事，每篇都是千把字，形式上整齐划一。

篇幅短小，实际上是对作者提出了更高的要求，尺幅之地，要体现出起承转合，闪转腾挪，矛盾的萌生、发展和化解，都要在一千字中完成，尤其需要谋篇布局的功力，作者处理得都不错，一些地方颇得中国笔记小说的神韵。特别是每篇故事的结尾，往往既出乎意料，又合乎情理。

也要为小说的语言点赞。它活泼、生动、幽默，高度口语化，阅读的感觉仿佛听评书，让人忍俊不禁。举《施耐庵来也》为例。一个名叫施耐庵的小伙子前来求助，并称自己只是和古典名著的作者“重名重姓，《水浒》不是我写的”。王快乐回答是“那当然，那当然”。读来完全是对口相声的感觉。小伙子说到自己的哥哥是狂躁型神经病，犯病时把自己当成林冲或者鲁智深，操刀弄棒，十分危险。王快乐设法先将施耐庵的哥哥送进救助站派专人看管，又送医院治疗，病情逐渐好转，施耐庵大为感动，抱住王快乐就哭。“王快乐说，你别哭了！施耐庵说，水浒没泪，就成水许了！”这正是典型的李迪式语言。

读这部作品，分明感觉到一股极其鲜活浓郁的生活气息扑面而来。为了写好警察故事，作家李迪六下无锡，前后采访上百人，根据录音整理出几十万字。书中很多生动的情节和细节，完全是靠深入采访得来的，仅凭虚构根本不可能想象出来。他热切地拥抱生活，生活也给予他慷慨的回报。在《警官王快乐》的后记里，他写道：“生活是一口井。找到井，有水喝。”这是李迪发自肺腑的感悟，也应该成为一切有理想的作家、艺术家的共同追求。

（原载《北京日报》2016 年 4 月 19 日）

在生活中发现善良和快乐

李建军①

李迪的小说与当下写作的风格、观照生活的角度，完全不一样。我们从现实生活到文学叙事，都有一种紧张的、充满恨意的、非常幽暗的性质，缺乏一种平静、宽容、热情的态度。现在国人内心的不平、仇恨和恶意太多，不平和，不正常，心理上有严重的时代性精神疾患。李迪的小说不同于这种写作的沉闷、阴冷、嗜暴、恋污的叙事倾向。

如果一个时代的生活是非常健康的，那么，它一定是含着镇定而乐观的心态，一定是含着对生活的喜感和幽默的态度，每个人的个性和对生活的看法能够自由而正常地表达出来。我评价一个时代文学精神健康的标准和尺度，就看它会不会笑，有没有幽默感，有没有智慧，有没有包容度。我们缺乏这种东西。李迪的小说《警官王快乐》在这点上应该是一个巨大的突破，他在生活中发现笑声，

---

① 李建军，中国社科院文学所研究员，著名评论家。

发现幽默，最重要的是体现了作者和作品中的人物对待生活的健康与快乐，智慧的态度、宽大而从容的态度。这其实是一种善。

正常的写作需要成熟而健全的面对生活的态度，充满善意的幽默，同时又含着内在的锋芒和力量。没有善意的幽默，就会流于刻薄；没有锋芒的幽默，则缺乏力量。在李迪的叙述里面，他似乎自觉地寻求这种平和。先说善意，比如说在小说中，我们处处可以看到对生活的善意、他人的善意，甚至对小动物的善意。其中有一篇《天使》，写的是鸽子，一只流浪的鸽子生了病，王快乐给它治好了病，最后鸽子飞走的时候在空中盘旋不去，非常感人。王快乐对生活，对生命，对一切，都表现出一种善意，这个很难得。他不是用简单粗暴的手段处理冲突和矛盾，而是用智慧的方式化解，创造一种和谐的生活状态。

李迪总是从细节上去写，而不是大而化之地去写。为什么大家都听王快乐的，首先是他的细节、言语、表情都显得与人为善、和风细雨，让人感觉可亲可信，因而大家愿意接受他的建议和处理。这里有个细节，一个农民工在院子里晾了被子，天突然下雨的时候他赶回来收被子，结果一看，早被王快乐收到警务室里去了。这个善举很细小，但是一切伟大的情怀都从细小中体现。后来，这个农民工与交警发生冲突，王快乐一去，农民工就听他的劝，化解了矛盾。

李迪这部小说的贡献，就是塑造了王快乐这样一个人物。这个人物在性格上、精神上、情感生活上的特点，首先是乐观。他对生活上充满满足、幸福、美好的感觉。现在中国人大体上不会笑，电梯上要是有两三个人，彼此很难笑脸相对，都很紧张。但是，像《警官王快乐》这本书的封面所画的王快乐一样，他永远是笑。王快乐慷慨、耐烦、心细，而且机智。在冲突情境里，要找到解决问题的办法，笨人是不行的。正因为机智，王快乐才显得很可爱，我们不烦他。有时候作家很容易把一个善人写成伪人，很假，让人感觉很烦、很讨厌。王快乐不是这样。他的机智甚至带着狡黠，让人感到真实又可爱。书里有一篇《巧嘴》：一位老太太被农民工撞了，她还是个教授，都 88 岁了，手上的镯子摔碎了，王快乐巧舌如簧告诉她怎么包金包银，在说说笑笑中把矛盾解决了。从中我们可以看出王快乐确实是非常聪明、善于表达的人，有时候甚至很调皮。《你是外星人吗》中的小偷，偷了200万，是很吓人的一笔钱。被偷的张局长却只承认他家丢了10万，那190万怎么办？后来，王快乐写了一个坦白书，说是我贪污了这190万。这是很调皮的一面。

一部充满幽默感的喜剧性的作品里面，一定要有两种因素平衡。一方面就是我前面表述过的，主人公王快乐的这种宽容、平和、欢乐、笑声、善意，显示包容生活的一面。但是生活中也有另一面，有龌龊、残缺、畸形，这就需要作家批判、讽刺的眼光。李迪在作品中有意识地写到了这方面。比如，《你是外星人吗》、《救急》和《十分感动，然后拒绝》，就是把当下严重的权力腐败和普遍的人对人的冷漠揭露了出来。在《十分感动，然后拒绝》中，下岗工人何荣的家里特别困难，他病重了，王快乐去找他原来工作的工厂和街道办事处，请求他们帮助，但是都被貌似合理的花言巧语拒绝了。后来，这个工人死了，家里穷得都没钱办后事。这篇小说深刻地反映了中国人当下的公德心、怜悯心的匮乏，所以这种文字也还是蛮尖锐的。只可惜有点儿少。李迪有这样的意识，但是平衡把握得还不是太好。

从语言上看，李迪的语言确实很成熟，不冗杂，不啰唆，非常清通，干净利落，短小精悍。这是不容易的。

从小说性来看，李迪作品中的每一篇，一进入就有冲突情境，就有情节进展的推动力，因此读起来很有小说的味道。小说叙事的节奏，他把握得非常好，可圈可点的地方很多。

（原载《中国艺术报》2016年4月27日）

平凡之处见神奇

——读李迪小说《警官王快乐》

范咏戈[①]

李迪新著《警官王快乐》是一部有筋骨、有道德、有温度的佳作。小说讲一个营级干部王快乐转业到社区当片警，无怨无悔、无私奉献地创建快乐社区的故事。居民小区为社会最小细胞，片警的工作琐碎得不能再琐碎：安全隐患、治保矛盾、遗产继承、房产拆迁、小商小贩、病残老人、突发事件等。李迪多年深入公安干警生活，写出100个王快乐与老百姓的故事，因此，它是一部真正的百姓故事书。

小说主人公王快乐是个颇为独特的人物形象。他克服从营级干部转业当片警的巨大反差，忠于职守，无怨无悔，似乎没有一天休息日。他所做的工作可以概括为两个字：一个是“化”，一个是

---

① 范咏戈，中国作家协会影视委员会副主任。

“解”。“化”，就是要把那些家庭矛盾、生意纠纷、治安难点化掉。半瘫的赵老太被不争气的女儿几乎气死，王快乐让这一家人又成为一家人。打工夫妻两口子不和，王快乐用他们儿子这张牌化解了似乎不可调和的矛盾。“解”，是替老百姓找开发商、街道办解决拆迁、治安等矛盾。社区矛盾虽然不大，解决的难度却很高。不及时妥善化解，百姓难有平安社区、幸福社区。从这点看，作者在书中塑造的这样一个人物是非常成功的。

《警官王快乐》不仅是一部“三有”作品，还是一部具备“二气”的作品，即“接地气”和“抬人气”。当下文艺创作，“接地气”虽有不少作品也能做到，即深入社会肌理，反映普通人喜怒哀乐，但从作品的整体气韵、整体倾向上来说，能够达到“抬人气”却更可贵。有些作品只是能够做到照镜子似的反映客观矛盾，但像《警官王快乐》从骨髓里挖掘人的内涵，反映那种快乐向上精神的却很少。王快乐从名字到作为，反映的就是中国精神所需要的精神实质，传递出了一种正能量。

小说写的看起来都是些琐屑小事，似乎下笔很容易，实则不然，它是有精深构思的。作者搜集的 100 个生活故事个个真实感很强。文学作品特别是小说，“真实”和“真实感”不是等同的。有的作品虽然写的是真事，但没有真实感，就是把真事写假了，当然更有假事也写假的。还有真事写得真，乃至假事也能写得真，有真实感。上升到后一种层次，就需要一种写作与叙事的功力，也就是一种叫作“口述实录”的叙事能力。李迪的文字平实中透出幽默，亦庄亦谐中嬉笑怒骂皆成文章，这是一种很高的文学功力。

小说在文体上也做出了探索。我们知道，斯塔兹·特克尔的《美国梦》就是非虚构了 100 个美国公民的故事；上世纪 80 年代，中国作家张辛欣等写过《北京人——一百个普通中国人的自叙》，有些篇目至今还给人留下很深印象。冯骥才也写过《一百个人的十年》。为什么都取 100 个呢？我以为这是一种独创的文体。作者让那些彼此没有关联的人与事去集体反映一个时代与社会的真实，以小见大，以碎片式写作体现宏大主题，符合当代读者的审美期待。

《警官王快乐》中的一个个故事分开来看，虽然不见得多么丰盈、细致，合起来却是一种细眼观察和热情摄取的结合，是一种不避凡俗、充满厚重的作品，有其特殊价值。白居易写了诗要念给老太太听，不懂他要改，李迪的这本书也具有这种品质，达到了作家不仅要当百姓的“代言人”，而且直接当“发言人”的程度。再以著名画家刘学伦的画作做插图，图文并茂，很适合大众阅读。作者对片警的选择、判断，甚至能够成为片警新手的入职教科书，这更使平常文字中蕴含了不平常的价值。

（原载《解放军报》2016 年 4 月 25 日）

片警“王快乐”

朱竞①

真实与现场感是文学作品的生命。作家李迪的新作《警官王快乐》，则以一种新的讲述方式，把读者带入现场。《警官王快乐》与李迪以往的报告文学创作有所不同，主人公虽然只是一个普通的社区“片儿警”，却没有把视角仅仅停留在道德、歌颂、训教的层面上，而是放在了作家的体验和思考人性上。作品没有一味追求内容的重大性，而是阳光地发现身边的美。这是作家的用心之处。

近三年来，李迪与警察打交道上了瘾。他深扎警营，走遍江浙，采访数百位警察。扬州、徐州、无锡、湖州、绍兴，仅无锡就去了六次。六下无锡，采访127位民警。走进“扬铁军声威，做群众亲人”的无锡公安队伍里，时时被一线民警的故事所感动。最后，作家李迪把警察的故事集中在一个人身上，塑造出一个活生生

① 朱竞，编审，评论家。

的“警官王快乐”。目前警官王快乐已成为警界快乐形象的代表。

李迪是这样给警官王快乐画像的：鸭梨脸王快乐天生快乐，没有清规戒律，不按常规出牌，只要是为百姓好，他就冲，他就跑，他就不怕被摔倒！社区百姓无大事，鸡毛蒜皮，针头线脑，东扯葫芦西扯瓢。王快乐说百姓的事再小也不小，我头上顶着的天，是我大爷大妈大舅姥姥！他忙，他累，他为百姓不睡觉，他在一百个故事里活蹦乱跳。用快乐化解不快乐，让快乐像阳光普照。他说，生活太累了，我们不能再烦躁，来点儿快乐吧，哪怕五块钱的也不少！

在《警官王快乐》中，配以著名画家刘学伦的30多幅漫画插图，图文并茂，让人感受到真有王快乐在你身边。

其实，作家李迪本人就是一位“快乐果”。他所到之处，都会给人留下美好。当我问他为什么不叫李快乐刘快乐时，他是这样回答：我下基层体验生活，特别是去无锡公安，一进警校大门，迎面看到大石头上刻着“人民至上”四个字。“至上”是什么？至上就是最高、最大，就是“王”！警察心中的“王”，就是老百姓！他们所作、所为的就是要让老百姓快乐，让“王”快乐！百姓快乐了，警察们也就快乐了。所以，起名“王快乐”。我认为其他什么快乐都不行，要让老百姓快乐才是真快乐！

于是，李迪用最逗的文字，写出小小的故事，每篇千字。起承转合，诙谐幽默。矛盾纠结，愉快化解。说的全是一个人，讲的都是王快乐如何帮助社区群众解决各种问题。情节曲折生动，文笔风趣幽默。从第一篇《金耳环》，到最后一篇《敲起锣鼓过大年》，一百个故事中的王快乐陪伴读者度过了快乐时光。真是佩服李迪，不知他是从哪儿淘来这么多故事。他说，两个字：生活。生活是一口井，找到井，有水喝。

李迪插过队、当过兵、当过文学编辑，没有当过一天警察，但他却写下了这么多深受读者喜爱的公安题材作品，著有《傍晚敲门的女人》、《丹东看守所的故事》等数百万字作品，以公安题材创作见长。李迪说，自二十世纪八十年代初，我就与公安结了缘，爱上公安，写起公安，越写越觉得公安队伍可亲可敬可佩，应该大书特书。2016年，全国公安文联授予我签约作家的光荣称号，让我有了归属有了家，好像成了警察队伍中的一员。我不是警察，比起警察作家们来，先天不足，压力山大。目前我正在收集第一手素材，准备创作一部反映为蒙冤入狱的警察昭雪平反的长篇报告文学。这类题材鲜有人写，有难度。但是，我要写。在我们的公安民警队伍中，天天有牺牲，时时在流血。他们也有老母亲，他们也有心上人，他们也有生死情，他们也有离别恨。可是，当人民需要，当警铃响起，他们冲锋在前，他们义无反顾，恪尽职守，鞠躬尽瘁。他们是和平年代最可爱的人！

而“警察王快乐”比起特警刑警，他只是社区民警，是公安战线的另一道风景。鲜有惊心动魄，更无轰轰烈烈，多为鸡毛蒜皮，尽是家长里短。然而，最生活，最百姓，最基层，最接地气。你来我往，都是群众；你推我搡，还是亲人。急不得，恼不得，不能硬来，只能软磨。豆腐掉进灰堆里——吹也吹不得，打也打不得。千方百计，千言万语，把矛盾化解在社区，把治安深入到邻里。孤寡老幼，弱势群体，最需帮扶，最需关爱。我是人民警察，温暖，温馨，冰心玉壶，情深义重，让党的阳光照进百姓心里，让政府的关爱落在千家万户。社区民警扎根社区，谁知道他们的艰辛与付出？这就是作家李迪的民间写作视角！

作家李迪是深入生活、田野调查的典范作家。其作品之所以感动读者，主要是接地气，有现场感。他常说：感谢生活。

中国作协副主席高洪波赠诗：“百篇王快乐，珠玉信手拈。文采溅花雨，巧塑新警官。”

（原载《中华读书报》2016年6月8日）

《社区民警是怎样炼成的》评论

孺子牛耕地生情

——读李迪《社区民警是怎样炼成的》①

高洪波

继《丹东看守所的故事》等作品之后，李迪又一次创作出反映公安战线的报告文学《社区民警是怎样炼成的》。这部作品让我受益匪浅。

首先，李迪的叙事策略引人入胜。一开始是李迪在讲故事，借作品主人公陈先岩的口。但是，读着读着就变成了陈先岩自己讲自己的故事。通过这种叙事方式，陈先岩这个形象逐渐鲜活起来、站了起来，这是李迪和陈先岩高度的精神默契。作家隐入幕后，借助传主的自白一步步和读者拉近距离，颇为诚挚，这种叙事手法是对读者的渐进式吸引和引领。

其次，文艺创作要解决好“为了谁，依靠谁，我是谁”的问

---

① 《社区民警是怎样炼成的——陈先岩的故事》，群众出版社，2016年6月第1版。

题，不仅要“身入”，更要“心入”、“情入”。这句话既适用于陈先岩，也适用于李迪。李迪是北方作家，在实地采访中能否听懂扬州话，对他来讲是一个考验。但是，他不仅身入进来，心也入进来，最后情入进来。他笔下的陈先岩本身就是特别有代表性的社区民警，他把自己社区的居民视为亲人，了解透、熟悉透这个人物，会钩沉出非常精彩和生动的故事，比如《牡丹和芍药》。

再如《仙人来访》，主人翁是公安厅厅长的父亲，秘密来访，既体现了领导干部的老父亲对社区民警的关爱，又表现了警民关系、官兵关系。这个“仙人”很幽默，对陈先岩诸多细节的捕捉都非常准确、传神。李迪的确是“三入”作家，他用自己的创作实践验证了这一点。

此外，作品体现了平凡与非凡的辩证统一。陈先岩作为平凡的社区民警，日常琐事非常多，但是他后来被选举为全国人大代表并连任两届，其中一届还进入主席团。李迪借助陈先岩讲人大代表的故事，让我们看到平凡的社区民警可以为民服务，也可以参政议政。特别是陈先岩成为全国人大代表以后，选择重返社区，体现出他的非凡正在于有一颗博爱的心，有担当意识、服务精神和赤子情怀。

李迪的写作风格和语言具有自己鲜明的个性。许多章节包括不少结尾是典型李迪式的。比如：“你看天上的云，哪块是一样的？就是有各种各样的云才成为天啊！”比如结尾处：“很可惜，他前年去世了。胃癌。”精短的句子，却韵味无穷。

读完这部书，我很感慨，写了一首小诗：

社区民警怎炼成？
遍地鸡毛拾取中。
大爱云飞天行远，
孺子牛耕地生情。
警徽灼灼初心暖，
平安声声热泪迸。

百味杂陈说往事，
“三入”作家笔力雄。

这是我真实的阅读感受。

（原载《人民日报》2016 年 11 月 4 日）

读李迪新作《社区民警是怎样炼成的》有感

武和平①

当读者还在快乐着作家李迪的《警官王快乐》时，他又趁热打铁推出以社区民警陈先岩为原型创作的新作，还特意以《社区民警是怎样炼成的》为题。我借题发挥一下，如果说《警官王快乐》一书敲开了警察的心扉，那这部新作就是走进了警察的灵魂。李迪像工匠一样为普通警察树碑立传，并且逐渐形成系列。他不仅深入警营，而且以特有的艺术视角洞见了现代警务的时代走向。无论是思想的深刻还是艺术的探寻，都达到一定高度，值得警营内外，特别是文学界作为一种创作现象去研究，作为创作艺术、方法去分析。

《社区民警是怎样炼成的》一书之所以成功，我有三点感受。

一、写人。写出了人性、人情、人味儿。当下先进模范人物不

---

① 武和平，全国公安文联副主席，原公安部宣传局局长。

好写，一是容易高大全，令人敬而远之。二是部分受众怀疑崇高，矮化英雄，缺乏认同。李迪深谙此道，以朴实幽默的叙述将读者引入扬州八大家社区，走进社会最基层，将真实的社区民警陈先岩的工作展示给大家。他没有粉饰拔高、回避矛盾，而是揭示了英雄平凡而琐碎的生活。面对管片儿复杂的社会生态，陈先岩有痛苦、有欢乐、有烦恼、有寂寞，但又有智慧、有拼搏、有招数、有执着。既是接地气的性情中人，又是有血有肉的“这一个”。他“恩威”并施收编了小陆子，又化解了小陆子与陈开的干戈；制服了有怨气的“消毒柜”，感化了这个当着十几家媒体唱对台戏的老人。作品不仅多方面展示陈先岩的多谋善断，还有意写了他的单纯、笨拙。本是为了贴近工作对象，陈先岩却因为分辨不出芍药和牡丹遭人抢白；当人大代表不该他发言他也发言；当首日封上缺了一位不好说话的省委书记的签字时，他竟然披挂了一身奖章站到了这位书记面前，终于遂了心愿。看到这里，读者会发出会心微笑，更感到英雄的童心未泯，可亲可爱。

但英雄也有落泪时，只因未到伤心处。六户居民被窃贼入室盗窃，刑警队不仅否定了陈先岩的工作，还冷嘲热讽。陈先岩只好上书局长，诉说委屈。说明时下在他人成就面前，有些人的不健康心理。饱经霜打成铁汉，不招人嫉是庸才，正是种种磨难才使陈先岩成为陈先岩，在“享受”嫉妒中证明了自己的分量和不可替代。李迪紧贴人性，运用巧妙的艺术叙事方式，使一个活生生的陈先岩站在主旋律画廊中，成为英雄群像中的一个。

二、写事。写出了曲折、波澜、惊险。派出所的故事平淡无奇，上管天文地理，下管鸡毛蒜皮，相当于一个货物齐全的大超市，店门一开从早到晚，针头线脑，巨细无遗。如写得太细琐，无人阅看，不写细了又难以表现。多亏了李迪能细梳经纬，穿线引珠，将故事写得波澜起伏、悬念迭出。书中的人物及事件，栩栩如生，呼之欲出。更有惊险情节再现：老上访户黄云因问题长期得不到解决，要引爆加油站。陈先岩迎难而上，化险为夷，整个过程惊心动魄，让人始终捏一把汗。

再有，细节的震撼力。独居老人赶走不孝之子，把后事安排托付给陈先岩；黄老太怕儿女争斗，把钱吊在了房梁上，写了遗书让陈先岩代理；顾老太穷得到垃圾箱里捡菜叶，被陈先岩发现，他以儿子的名义给她寄钱、接济，最终为她操办丧事，读之让人心灵震颤、鼻头发酸。也正是这一个个以心换心的故事，赢得了社区百姓一颗颗回报的心。一部报告文学，集散文叙述章回故事，像折子戏一样引人入胜，恰好满足了当下快节奏时代人们的审美情趣。

三、立意。带入、高远、前瞻。社会喧嚣，人心浮躁，很难使人静下心来思考、探索。李迪用故事、用人物、用细节，把脉时下社会病灶，细细分析解读，指明康复途径，使人思而得之、乐而思之、感而化之、奋而启之，使人明白他不仅是在写英模的好人好事，而且诠释了一个执政党正在谱写的蓝图和正在路上的行动，其有若干使人明白——

第一，使人明白小事的大作用。可以说陈先岩在八大家社区无惊天地泣鬼神之举，做的全是小事，家长里短，济困扶贫，其中不少是超出民警职责的。我们曾就此展开过讨论，该不该警察管，有困难找警察，警察能累死。可陈先岩就累不死，怪在哪儿？他整日干着婆婆妈妈、令人不屑一顾的事，却不厌其烦，乐此不疲，一干就是十六年。当了模范好不容易晋升离开，又被老百姓请了回去接着干。陈先岩是脑子有病，还是当代傻瓜？实际上他最清醒，他知道治微才能治大、积少才能成多、积小胜而至大胜的道理。他知道千家万户的民事连着治安，是治安的基础。一分小钱造奇冤，一泡鸡粪酿大祸。社区出了麻烦，最终还是社区民警的事。他更知道化消极因素为积极因素，本固则邦宁。他深知自己浑身是铁，也打不了几根钉，只有群众的参与社会才能真正安全，有限的警力才会发挥最大的作用，才会出现警爱民、民拥警，共建警务合作共同体。这是事半功倍的大事。

第二，使人明白小人物的大推动。陈先岩为什么乐于办小事，而且上瘾，用大白话说是一种活法儿，或者说价值观。他有一种传统美德中的崇高道义和人道主义情怀。助人为乐，他乐在其中。他深情地说："这些人都是社会最底层的老百姓，他们很难，政府也好，工作人员也好，要换位思考，尽量体谅他们，方便他们，更不要利用手中的权力为难他们。"对比那些身居高位，却狗苟蝇营为私利奔波，唯独忘记灵魂安放何处的失魂落魄者，这是何等的反差！价值观不同的活法儿，铸就了我们面前的凡人英雄。

第三，使人明白小民警的大参政。陈先岩作为两届全国人大代表，深知自己肩上的责任不仅仅是举举手、投投票、鼓鼓掌，而是行使庄严的权利。连续数年，他依照程序就二代身份证加入个人指纹信息提出议案；他提议修改《中华人民共和国消防法》，把城市消防改为城乡消防。一字之改，不仅惠及亿万农村百姓，还帮助缓解了消防编制和财政紧缺的困难。陈先岩这个小民警，办成了多大的大事！

陈先岩所做的这一切，为敏锐的作家李迪所捕捉。他三下扬州，深入社区，深度采访，最终打磨出这样一部好作品，宣传了这样一位英雄。全国各地公安机关有五万多派出所，五万多派出所有六十多万民警，如果都能像陈先岩这样，中国梦的实现就能得到有力保障。所以说作家李迪劳苦功高，我感谢他。感谢群众出版社出版这部好书，更感谢陈先岩本人。我要高声对他说，岗位因你而精彩，事业因你而豪迈！

（原载《人民公安报》2016 年 11 月 4 日）

向生活深处探寻

——评《社区民警是怎样炼成的》

刘玉琴

李迪的作品，都是火热生活的馈赠，扎根人民的印证。生活气息浓郁，向上之气蓬勃。刚出版的新著《社区民警是怎样炼成的》，是他三下扬州采访民警陈先岩写出的。作为社区民警，陈先岩忠于职守，心系百姓。他有一份悲悯情怀，对百姓的爱已超出社区，超出职业，上升为一种大爱。他把心思都放在社区的安宁上，把百姓当亲人，乐此不疲。社区老人把遗嘱交给他保管，身后的财产交给他处理，100 多人联名写信要求已经走上领导岗位的他重回社区……这份信任和期盼，让公安干警守护平安、温暖百姓的宗旨变得形象立体。陈先岩用心血和赤诚情怀搭建起百姓与政府之间的温暖桥梁。

陈先岩是新时期的民警，李迪深度观察，写出了他的独特之处：善于摸索尝试社区治理的新路径，肯思考，有方法，勇于实践。组织应急队，成立居民自治小组，设立社区专项基金、吸引民间资本参与治安防范等，依据社区自身特点，尝试社区治理的新路子。在一个个生动鲜活的故事中，陈先岩不畏困难、敢想敢为、不断创新的形象，真实可信，可触可感。

习近平总书记在文艺工作座谈会上的重要讲话中要求广大文艺工作者走进生活深处，在人民中体悟生活本质、吃透生活底蕴。生活与发现，吃透与感悟，李迪用作品进行了形象诠释。他坚持向生活的最深处努力探寻，用满腔的赤诚拥抱平凡而沸腾的生活。当然，对生活的深入和汲取，也为李迪带来了内心的充实与丰盈、激情的奔涌与艺术的升华。在李迪的笔下，可以充分感受时代与生活的脉动，感受热爱与真诚，感受生活给予作家充满能量的馈赠。古往今来，优秀的文艺作品都是作家深深融入生活的结晶，包括顺境和逆境、梦想和期盼、存在和死亡，普通人的喜怒哀乐等人类生活的一切方面。李迪始终坚持在生活这口井里不断开掘，因而他的作品给人明丽温馨之感，这里也浓缩着他对生活与时代的感悟和感恩。

当前文艺创作在思想水平、道德水平上存在浮躁、拜金、低俗等现象，有“高原”缺“高峰”，有数量缺质量，主要原因就是脱离群众、脱离生活。这是一个物质飞速积累的时代，诱惑增多，繁花迷眼。而且随着时代的发展，文艺创作的深入生活、扎根人民与以往相比似乎也有不少捷径可走。互联网带来的海量信息，让“事必躬亲”不再成为获得生活体验和创作素材的必经之路；新媒体的普及降低了作品发表的门槛，板凳不必坐得十年冷；市场经济的高速运转，也催促着文艺创作快产多销；碎片化和娱乐化的阅读习惯、快节奏的生活状态等，都导致文艺创作逐渐脱离生活、脱离真实。而李迪始终深入生活、扎根人民的创作态度，给我们带来深刻启示：今天的创作者如果不能深入日益发生深刻变革的时代，不能触摸生活的真实生态，从中感受中国的发展与进步，感受蕴藏在群众中无穷的创造能力和最美好的品格，不能身入、心入、情入，就不能感受崭新的时代精神与人民群众的真情实感，呈现现实生活的精彩图景。

李迪的作品，有着浓厚的生活味道和泥土芬芳。这部作品，虽然都是家长里短、鸡毛蒜皮，李迪却将每个人每件事讲述得委婉曲折、灵动鲜活，充满现实的温度和清新的表达，平凡的生活变得温暖而有意义。这是作家对生活的热爱，对写作对象充满真情的艺术印证。

什么样的作家才能写出散发生活芬芳的优秀作品？什么样的感情投入才能引起百姓的广泛共鸣？什么样的作品才能最大化地传递向上向善的正能量？从李迪身上可以得到鲜明印证。一如土地的丰实，天空的澄澈，艳阳下的花开满树。

（原载《光明日报》2016 年 11 月 28 日）

小题材写出大情怀

范咏戈

罗曼·罗兰有一句名言："善不是一种学问，而是一种行为。"李迪新作《社区民警是怎样炼成的——陈先岩的故事》中的主人公陈先岩，在社区百姓眼里是个贴心民警，在领导眼里是个放心干部，在工作岗位上是个职守模范。作为一名部队正连职转业干部，陈先岩当了一名社区民警，二者落差非常大，但是他从零做起，勤勤恳恳、无怨无悔为社区百姓服务。从一名基层民警成长为一名全国人大代表、主席团成员，获得了人民警察的最高荣誉。同样身为转业干部的作家李迪，用报告文学把陈先岩16年漫长的社区民警路通过件件小事展现给读者，将这个具有时代气息的中国故事讲得非常动人。

作为一名打炮眼、挖山洞一路过来的军人，浑身是劲似乎也使不上，但陈先岩却从金戈铁马转到婆婆妈妈，何以"百炼钢化为绕指柔"？凭借的是金不失色的军人本色和爱民之心。对人民有情义，工作上就会有办法。为了抓小偷，陈先岩用录像机把小偷偷车的过程录下作为证据。按法律规定，小偷将车需移动 20 米才能算犯罪成立，陈先岩就计算着车移动够 20 米再动手抓捕；社区居民黄云被原单位汽车公司开除，黄云不服上访。事涉国计民生，陈先岩找了法院、检察院和黄云原单位，重新审理后给他补办了退休；姚春得了尿毒症，为了给姚家搞募捐，他硬是让老战友黄喜军为姚家捐了两万块钱，最后姚春在他怀中去世。离开社区后，听说社区治安状况恶化，已当了分局副政委的他向上级请求又重回社区，成立了“八大家社区警务工作室”，并向社区居民承诺“我回来了，我不走了”。陈先岩以个人的模范行为修复、筑牢着当下不断被挑战的社会道德底线和职业操守底线。

报告文学采用第一人称叙事策略，娓娓道来，平白幽默，27 个简洁而又让人回味无穷的故事将我们引入扬州八大家社区，走进社会最基础的细胞，将真实的社区民警陈先岩的工作展示给大家。面对管片复杂的社会生态，陈先岩有痛苦、有欢乐、有愁闷、有寂寞，但是又有智慧、有拼搏、有招数、有执着，是一个有血有肉的英模人物。李迪紧贴人性，没有粉饰拔高、回避矛盾，反而揭示了英雄平凡而琐碎的生活，运用艺术叙事的方式使一个活生生的陈先岩站在主旋律的画廊中，成为众多英雄群像中的一个。李迪这部报告文学写得生动感人，文笔朴实无华却活泼生动，看似如实道来却是情见乎辞。不以善小而不为，于细微处见精神，是作家深入生活用心体验的结果。

当今时代，通过新媒体可以得到海量信息，不需要去第一线就能获得丰富的资料。可年近七旬的李迪一直都在实践着身入、心入、情入，从生活中一点点打捞和挖掘动人的故事。他几下扬州，每次都马不停蹄地深入社区采访，把一个普通民警的生活咀嚼透了，完全消化了，变成了动人的情节和鲜活的形象。在他深入生活的同时，生活也反馈给他很多有能量、有营养的东西。主人公的情怀和行为点燃了爱的情感，使他的笔触深入到人物的情感和精神深处，传递着人性的温暖和光彩，把小题材写出了大情怀，把小故事写出了人间大爱。正如习近平总书记指出的，“中国梦是民族的梦，也是每个中国人的梦”，要让生活在我们伟大祖国和伟大时代的中国人民，共同享有人生出彩的机会，共同享有梦想成真的机会。如此说来，《社区民警是怎样炼成的》还应该有另一个书名，即《社区居民的中国梦是怎样实现的》。

（原载《解放军报》2016年11月5日）

一部有担当的报告文学

——读李迪长篇报告文学《社区民警是怎样炼成的》

康伟[①]

《社区民警是怎样炼成的》是一位有担当的作家为一位有担当的警察写作的一部有担当的报告文学。甚至也可以说，《社区民警是怎样炼成的》是一位有担当的作家与一位有担当的警察共同写作的一部有担当的报告文学。从写作艺术上说，《社区民警是怎样炼成的》可以在一定程度上改变人们对报告文学的某些不良观感，对报告文学燃起期待。

形散而神不散

李迪的长篇报告文学《社区民警是怎样炼成的》，其实是 27 个

① 康伟，《中国艺术报》总编辑。

短篇报告文学的合集，一共讲了一级英模、社区民警陈先岩的27个故事。这27个短篇报告文学、27个故事，涉及一个社区民警的方方面面，可以说既是中国社区民警的百科全书，也是中国社区生活的百科全书。对于读者来说，不管从哪一篇读起，不管从哪一个故事切入，都没有阅读障碍。但不管是按顺序读下来，还是从随意一个故事读起，读完全书，都不会觉得零乱，都会有极强的整体感。为什么这些看似零散的短篇报告文学，合起来就是一部有机构成的长篇报告文学？原因就在于，《社区民警是怎样炼成的》做到了“形散而神不散”。这个不散的“神”，就是主人公陈先岩身上的精神，就是书名《社区民警是怎样炼成的》的答案：社区民警就是这样炼成的。陈先岩全心全意为人民服务的精神，把27个故事有机串联起来。

另外，从作品结构来说，某些篇章的结构有章回小说的影子。前面的人物和情节，在后面的篇章中有回应。读到后面，才发现前面的有些人物和情节是伏笔。这也是一种“不散”。这也说明作者的用心。

笔简而意不简

李迪为文的一个突出特点，就在于“简约”。大道至简，“简”是一种难得的境界，一种诞生于“无”的大“有”。

《社区民警是怎样炼成的》笔简而意不简，首先体现在敢于、善于使用“减法”。读完全书，我们会发现，陈先岩是那么可亲、可信、可感，这当然首先是基于陈先岩本身的优秀品质，但作者在塑造文本中的陈先岩时善于做减法，同样十分重要。不少报告文学作品，出于各种目的会不停使用“加法”，给主人公加上各种早已让人们倍感审美疲劳的“佐料”，刻意强化活生生的人身上背离人性的东西，使传主的可信度、感染力、艺术性大打折扣。李迪则减去了一般模范人物题材作品中常见的机器人般的言行，不使用政治上正确但文学上不正确的结构、素材、词句。正因为如此，《社区民警是怎样炼成的》首先是一部优秀的文学作品，是基于文学性的一个时代报告和时代模范人物报告。所以，通过给陈先岩做“减法”，其实是给文学性、思想性做“加法”。我们乐于与作者塑造的这一个不掩饰喜怒哀乐、与老百姓打成一片、一心为民的陈先岩进行对话，觉得他是好兄弟、好哥们儿。

《社区民警是怎样炼成的》笔简而意不简，还体现在精心打磨的故事的结尾上。27 个故事，大都有简洁而又余味无穷的结尾，有的结尾甚至可以说惊心动魄。比如《小陆子》的结尾：“我比他大四岁。我经常摸着他的头，就像是摸小陆子。我说，当年的小陆子现在也老了，也是一头白发了。”没有这两句，文章结尾于“我很想他，想我们在一起的日子”也可以接受，但比较平淡。加上这两句，人生的况味就出来了，那种与自己的服务对象、帮助对象、工作伙伴之间引而不发的情感，十分动人。比如《消毒柜》的结尾：“很可惜，他前年去世了。胃癌。”这个结尾只有十几个字，但堪称惊心动魄，尤其是将“胃癌”倒置于句末，更是妙笔。前面的铺陈，已经很好地讲清楚了“消毒柜”的转变，可是有了这个结尾，让作品的感染力大增，仿佛听到破碎的声音，那么揪心，也更凸显了陈先岩工作的不易。

另外，整体上看，“简”还体现在善用短句，读来有很强的节奏感和行动感，非常符合警察的职业特点，这是一种有意味的形式。

人称自我而情怀不自我

《社区民警是怎样炼成的》采用第一人称的叙事策略。采用第一人称其实是有风险的。如果用得好，会有强烈的代入感，读者能够更好地进入文本，甚至沉浸于文本，与主人公产生强烈的情感共鸣和价值观共鸣。如果用得不好，则会适得其反，读者会与文本产生疏离，作品的价值观诉求、美学诉求无法实现。《社区民警是怎样炼成的》对第一人称的使用是成功的。作为作者李迪的“我”、作为陈先岩的“我”、作为读者的“我”，三个“我”合为一体。全书娓娓道来，语言接地气、生活化，有时候机智而幽默，读来顿生对“我”的好感。更重要的是，人称虽然是“我”，但绝对不“自我”，不“小我”，文本中的“我”，讲述的是大家，是社区万象，是小人物群像，是大历史背景下的民生故事、社区民警故事，是“大我”。这让《社区民警是怎样炼成的》不仅为陈先岩一个人立传，更从社区这个切口，带着问题意识，生动而深刻地描摹出若干平凡百姓的精神图谱。

《过招破烂儿王》一章中有一段特别打动我的话：“说老实话，像这些收破烂儿的、做零工的，都是社会最底层的老百姓，他们很难。政府也好，工作人员也好，要换位思考，尽可能体谅他们，方便他们，更不要利用手中的大小权力为难他们。现在，社会风气变了，这些社会最底层的人为了生存，不得不低三下四，讨好一切需要讨好的人，想想真让人心酸。”陈先岩的一切努力，就是尽己所能，减轻老百姓的心酸，增加老百姓的幸福感。只有老百姓不心酸，我们的国家才有希望。对待弱者的态度，决定了一个社会的文明程度。李迪在书中，也塑造了一批弱者的群像，由此也塑造了文明地对待弱者的陈先岩的形象。因此，陈先岩和陈先岩们所做的工作是伟大的。李迪为陈先岩立传，就是给为老百姓减轻心酸的人立传，这个工作，同样十分重要。

（本文为作者在2016年10月22日举行的《社区民警是怎样炼成的》作品研讨会上的发言，根据录音整理）

社区民警的“教科书”

——读李迪报告文学《社区民警是怎样炼成的》

丁晓平①

看完作家李迪的《社区民警是怎样炼成的》，真的是有话想说、有话要说。在说自己的话之前，我先引用下面的话说一说：“一旦离开了人民，文艺就会变成无根的浮萍、无病的呻吟、无魂的躯壳”；“能不能搞出优秀作品，最根本的决定于是否为人民书写、为人民抒情、为人民抒怀”；“文艺工作者要想有成就，就必须自觉与人民同呼吸、共命运、心连心，欢乐着人民的欢乐，忧患着人民的忧患，做人民的孺子牛”。习近平总书记的这些话，大家都很熟悉了。但看完李迪的这部著作之后，我重温了一遍习总书记的这些话，似乎理解得更加严肃深刻些，也更加现实逼真些。

说句心里话，收到《社区民警是怎样炼成的》时候，一看封面

---

① 丁晓平，解放军出版社副总编辑，中国报告文学学会理事。

以为不过是宣传英雄人物的，但认真阅读之后，书中的文字真的吸引我了，这个叫陈先岩的民警的故事真的吸引我了。这部书以第一人称，记录了一个社区民警的日常工作和日常生活，讲起来都是一些鸡毛蒜皮家长里短的琐事，但仔细看起来却活灵活现栩栩如生。我读完《社区民警是怎样炼成的》后，有以下三个感想。

第一，这是一部好作品——这是一个社区民警的“道德经”。道，是大道，是正道；德，是大德，是良德。无论是他的“三块三”，还是他的“13 件议案”；无论是他的“小陆子”，还是《社区像头蒜》里的曹建；无论是“仙人来访”，还是“抓贼喜剧”……这些街头巷尾的故事，都融汇了一个民警的生活哲学、执法哲学和做人做事的智慧，是小人物的大情怀、大境界，可谓是小故事大道理、小细节大智慧、小角度大境界、小人物大拇指。如果让所有的社区民警都看一看陈先岩的故事，我相信，大家都能从中学习到工作的方法和技巧，因此《社区民警是怎样炼成的》这本书，其实也是一部社区民警的“教科书”。

第二，这是两个好人的故事——不用说，这本书的主人公陈先岩是一个好人。当过兵的陈先岩，是一个“有灵魂、有本事、有血性、有品德”的“四有军人”一样的好警察。还有一个好人，就是这本书的作者李迪。文如其人者，其人可敬；人如其文者，其人可交。李迪热情、奔放、开朗、快乐，而且有情怀、有胸怀。这两年他先后写出了《丹东看守所的故事》、《警官王快乐》，今天又给我们写出了“陈先岩的故事”，我想，如果没有李迪的人格操守，是难以完成这样的来自底层百姓生活的作品的。说白了，这两个好人，因为他们在各自的事业中，深切地扎根生活、扎根人民，我中有你，你中有我，心贴心地“双扎”在一起，共同完成了这部优秀的作品。

第三，这是一次“三有”——“有筋骨、有道德、有温度”的文艺创作实践。李迪是一位勤奋的敢于不断创新的作家，而且也是一位有思想的为人民写作的作家。这部作品，与他此前的一系列作品，我感到有一个非常重要的共同的优秀特质，那就是他在节制、简洁、平易的叙事中，不回避矛盾、不回避阴暗，以诙谐、俏皮、狡黠的语言，温文尔雅地对严峻的现实给予了严肃的批判，带给人们的却是温暖、力量和希望。更为重要的是，李迪在他充满理想的现实主义写作中，非常自然地处理好了三个关系，那就是人与人、人与社会、人与自己的三重关系。在《社区民警是怎样炼成的》这部作品中，民警陈先岩的每一个故事都被这三重关系紧紧地缠绕、纠结在一起，比如《消毒柜》、《牡丹与芍药》、《黑色星期四》、《找上门来的女人》、《这时候，来了一封上百人的联名信》等，既有阳春白雪，也有下里巴人，时时处处事事，陈先岩都在这样的关系网中挣扎、突破、解决，从而赢得了民心，也赢得了鲜花和掌声，赢得了一个真正的全国人大代表的资格和荣誉。

榜样的力量是无穷的。读完李迪《社区民警是怎样炼成的》这部作品之后，让我重新认识、理解了社区民警的工作、生活和生存状态。民警陈先岩的故事，让我不得不为他竖起大拇指，他确确实实为社区民警树立了一个好榜样。而在李迪生花妙笔地娓娓道来中，社区民警陈先岩工作和生活中的这些鸡零狗碎一下子变得生龙活虎起来，一个有血有肉、有爱有恨、有喜有忧的普通民警，满面春风、快乐又自信地向我们走来，用他的责任、担当、情怀、才能和勇气，告诉我们一个满意的答案——社区民警就是这样炼成的！

（原载《中国艺术报》2016 年 11 月 7 日）

日常生活的修行 社区民警炼成记

李壮[1]

谈到报告文学或者说广义上的非虚构文学作品，我首先想到的却是一位电影演员——去年6月去世的克里斯托弗·李爵士。李年轻时曾以英国特种兵身份，在北非战场上直接同隆美尔的德国纳粹军队交过手。退役后他转战影视圈，曾留下一段广为流传的逸事：《指环王》第三部中有一场戏，李所扮演的巫师萨鲁曼要在高塔顶端被助手从背后用刀刺死。当时彼得·杰克逊导演指导李，让他发出“啊！啊”的声音，不想李却一脸不屑地打断了杰克逊：“被刀子捅死的人没办法喊‘啊！啊’，他只会发出类似‘呵、呵’的短促气音。”杰克逊马上乖乖认尿，一切细节由李老爷子决定，因为他知道李年轻时的职业。后来观众在银幕上见到的这一场戏，被

① 李壮，中国作协创作研究部评论家。

专家称为电影史上最写实的刺杀场面之一。在一部想象力逆天的魔幻电影之中，一段广为流传的拍摄逸事却偏偏同“真实”有关，因为对“来之有据”的信赖和热情，始终铭刻在人类古老的审美基因里。这是近年来纪实性文学写作迅速升温的内在合理性。

李迪的长篇报告文学《社区民警是怎样炼成的》，写的便是“来之有据”的真人真事。在这本书里，李迪真正把民警陈先岩写活了。把人物写活，这看似是文学写作的基本要求，其实是说起来容易做起来难，对报告文学来说尤其如此：小说的“活”，是让一个不存在的人物从书里活到书外；非虚构性的报告文学写作，则是要把现实时空中真实存在的人物鲜活地写到书里，再让他从书页间站到读者面前，相当于多出了一道程序。此外，小说可以虚构，可以通过人物、情节或叙事技巧方面的设计绕开写作中的障碍；非虚构类的作品在这些方面可回旋的余地却是有限的。因此，报告文学写“实”容易，想真正写“活”，却要困难得多。

李迪这部作品的“活”，与他极具特点的写法有关。李迪的笔法带有明显的杂糅性，《社区民警是怎样炼成的》一书也因此显示出丰富的文体层次感。

首先，李迪明显化用了小说的笔法。本书的叙述者是“我”。以第一人称开展叙事，这并非是报告文学的常规写法，但在李迪笔下，这种另辟蹊径的写法被运用得流畅自如，书中的一人一事甚至花鸟虫鱼，都因此变得格外生动起来。

其次，本书在整体架构上采用了类似纪传体史书的结构方式。陈先岩作为主线贯穿始终的同时，本书的主体部分其实是由若干形象鲜明的人物、一波三折的事件共同组成的；每个人物或事件单写一节，依次拼接到主线上来，如同微缩版的“世家”、“列传”。文字风格和语言节奏上，本书颇有几分民间小调的味道，轻快、灵动，带着些许的机智诙谐，时不时令人会心一笑。

最后，在整体情绪基调方面，《社区民警是怎样炼成的》一书又同交响乐有相似之处，设置了诸多饶有深意的变奏甚至复调——

李迪偶尔会让灰色的记忆掺叙其中，它们如船只底部的压舱石一般，对明媚轻快的整体风格起到了恰到好处的平衡作用。

当然，在写作技巧之外，给我更大触动的是李迪笔下的主人公。本书主角陈先岩所实践的，是一种“日常生活的修行”。在婆婆妈妈和鸡零狗碎中倾注心血，于万家灯火间打开一片新天新地，这对一个共产党人、一位人民公仆，或者只是简简单单一个好人来说，不恰恰是最了不起的修行、修养、修为吗？尤其当我们设身处地去想一想，就会更加感佩陈先岩的坚韧与执着：别看我们阅读时觉得妙趣横生，但若是让我们亲自以陈先岩的方式去做这份工作，我们很可能会手忙脚乱。陈先岩面对的，经常是不讲理的大爷大妈（稍有不满便处处找碴儿）、不靠谱的社会青年（书中的小陆子自己就说，如果没有陈警官，自己可能早就进监狱了）、错综复杂的人情关系（清官难断家务事，可陈先岩偏偏要掺和到各种家务事里关心调解）。如果这些人、这些事充斥满我们日常的工作生活，我们大概会想到萨特的那句名言：“他人即地狱。”陈先岩之所以没有“地狱”之感，甚至还乐在其中，很大程度上是因为，他并不曾将他们视为他者，相反，他努力将所有人拉向自己、变成“我们”。对方喜欢打牌，陈先岩就拼命研究打牌；因分不清牡丹、芍药遭了白眼，他就回家恶补花卉知识。这些虽然都是不起眼的细节，却最能够显示出陈先岩的品格、热情和那颗温暖的心。称之为“修行”，并不为过。

这种心灵的热度，在今天其实颇为罕见。陈先岩是那种一旦认定便会坚持到底的人，他的确信不疑、执着不改，显示出坚定的生命观，这是一种尤为宝贵的品质。

我们今天的文学书写，有时似乎太过专注于彷徨耽溺的一面。颓唐、疲倦、进退失据的气质渐成时尚，描写出色者固然有之，但腔调的模式化也是值得警惕的问题。我曾经同我的导师张柠先生探讨过这个话题。张老师有一个观点我十分认同，他说文学可以表现黑暗与痛苦，但文学之所以称其为文学，一定还要表现出受困于黑暗的灵魂对黑暗的不认可。这种冲破幽暗的渴望、坚定相信的力量，关乎文学的本心。从陈先岩的形象之中，我能够寻到它的几分影子。在今天这个时代，本书传递出的质朴的光和热，确实可算得上是一份珍贵的礼物。

（原载《北京日报》2016 年 11 月 14 日）

文艺要成为时代前进的号角

易孟林

作为本书的责任编辑，我在这里讲三点我编辑、阅读本书的体会：

第一，这本书是习总书记在文艺座谈会上讲话精神的实践成果。习总书记在讲话中号召，文艺要为实现中华民族伟大复兴的中国梦而创作。文艺要成为时代前进的号角，引领一个时代的风气。作家应该担负起历史的使命和责任。《社区民警是怎样炼成的》不就是习总书记讲话精神的具体体现吗？历史的使命感、社会的责任感和文化的担当精神，都在这部作品里体现了。陈先岩的形象和事迹，生动反映了我们这个时代公安民警忠诚为民的精神风貌，揭示了中国30多年改革浪潮中，经济高速发展，社会平安稳定，人民生活幸福的秘诀。李迪老师在用感人的文学作品号召大家向公安英模陈先岩学习，为时代鼓与呼；也是公安部领导提出的要发好公安声音、讲好警察故事的具体实践。李迪老师为公安、法治题材的创作解决了一个举什么样旗的问题，也就是为什么而创作的问题。

第二，这本书表明，李迪的创作道路是一条产生优秀作品之路。扎根生活、扎根人民，说起来容易，做起来难。谁能够做到七赴丹东、三下扬州，和民警同吃同住同工作，一般人很难做到。很多人都是走马观花，吃不了苦。很多稿件都是从电视剧，或者电影里抄袭一些情节，故弄玄虚。或写宫廷、写虚幻、写鬼神、写远古，就是不关注当下的现实生活。因为深入不下去。改革开放30多年巨变，中国经济已上升到世界GDP的第二，文学艺术却没有能够剖析、解读这样一种现实。文学远离生活，当然读者就会抛弃你，文学也就不会有社会地位。有为才有位，文学要在人民心中、要在社会生活中享有崇高的地位，必须有所作为。《社区民警是怎样炼成的》使李迪老师在读者中赢得了很高的声誉，同时为我们的公安、法治文学创作解决了走什么路，也就是应该写什么的问题。

第三，李迪作品对于公安文学、法治文学，乃至文学界的贡献，在于他塑造正面人物的成功。长期以来公安法治文学的难点在于塑造正面人物。或苍白无力，或概念化，或肤浅，或虚假。但是塑造反面人物、灰色人物，却栩栩如生，将人性的弱点刻画得淋漓尽致。本书最大特点是实，真实的人物，真实的故事，真实的情感。李迪老师把他的情感和陈先岩的情感融为一体，完全是靠以实动人，以情感人。塑造正面人物之难，根本原因还是在于作者深入生活不够，没有像李迪老师和陈先岩这样形成知心友谊，没有真正地深入到主人公的内心世界。从《丹东看守所的故事》到《铁军·亲人》，再到《社区民警是怎样炼成的》，李迪老师与每一位被采访的主人公都成了莫逆之交，他把他的情感完全融入警察朋友中，真正成为了警察队伍中的一员。所以，他才能写好真正的警察，写好正面人物。从这个角度来说，李迪是当代中国公安最杰出的书记员，他为公安、法治文学解决了怎么写的问题。

（本文为作者在2016年10月22日举行的《社区民警是怎样炼成的》作品研讨会上的发言，根据录音整理）

《听李迪讲中国警察故事》
评论

《听李迪讲中国警察故事》[①]，用笔抒情到极致

高洪波

《听李迪讲中国警察故事》寄到我家时，正巧我不在。爱犬大咖好像知道这是一部写警察的书，而其梦想就是成为一名警犬。于是，等不得我回来了，以自己特有的方式打开了包装，取出厚厚的书，开始“品评”。结果可想而知，害得我又跟李迪要了一本，并把大咖“品评”的书还他并写下题记：“此为大咖首读，以牙齿为工具，欲成为警犬之功课。迪兄留念。殊可乐也。”

之所以这样快乐，是因为40多年前我俩同在云南当兵。十年后，又一起回京。我到《文艺报》，他到人民文学出版社。

还因为，他家有六只爱猫，也曾养过爱犬，惜过世。我们有同好。

---

① 《听李迪讲中国警察故事》，群众出版社，2016年11月第1版。

李迪回京后，就开始了警察题材的写作。代表作《傍晚敲门的女人》很有影响，翻译到法国、苏联等多个国家，至今仍是公安文学的经典。近年来，他更是老当益壮，深入警营生活，写出了《丹东看守所的故事》、《警官王快乐》、《社区民警是怎样炼成的》等多部优秀作品，在社会产生了很大反响。可以说，李迪为公安文学拿出了标杆之作。

现在，他的新书《听李迪讲中国警察故事》，入选“国家2016年主题出版重点出版物”。读后，我觉得有几点值得说说。

李迪的中国式的叙述策略非常好，精短如笔记小说。从中可以看出他受到了中国传统文化笔记小说的启发，如《世说新语》、《聊斋》、《阅微草堂笔记》等，全书故事没有一篇长的，短小而精彩，结构上非常体现匠心。李迪的文风和讲故事的姿态特别真诚，风趣幽默接地气。这种接地气在我看来就是人民性的体现，心中有读者，眼里有人民，文风才会有这样的表现。李迪在自序里特别写道，他原来的文风是欧化式长句，后来受到古龙、汪曾祺的文风影响，短句子，快节奏，词贵浅显，浅中见才。他的结尾经常是戛然而止，余音绕梁，韵味十足。

《听李迪讲中国警察故事》是公安文化，或者说警察文化的特殊品种。在本届“两会”上，我代表文艺界发言，说的是关于坚定文化自信的问题。文化自信有三个层面，一是中华优秀传统文化，二是革命文化，三是社会主义先进文化。我觉得公安文化是社会主义先进文化的重要组成部分，谈文化自信没有支撑法治社会的公安文化不行。李迪多年坚持写公安题材的作品，对公安文化有特殊的贡献。他是用以往不同的这一个，为我们当代警察画像，为他们的心灵进行造血，进而挖掘时代感和他们的英雄风貌。在书中，他写了片警、刑警、狱警、便衣警察，男警察、女警察，面非常广，是基层人民警察光辉的群像，很多篇幅给读者的情感力度非常强烈。

读李迪的这部作品，让我们感受到了他与警察心灵贴近心灵。他投入心灵，收获心灵，最后是心灵与心灵的贴近。他对警察队伍的一腔热情让我感动。有的作家纯粹为了完成一个采访任务，完成以后就干别的去了。李迪不同，他这么多年锲而不舍在同一个题材上反复进行采访，以他将近七十岁的年龄进行采访，可是体力活儿，记录、追踪很辛苦，但他乐此不疲。李迪是一个非常好的小说家，写过非常好的小说，现在又开始写报告文学，同样写得这样好。老骥伏案，令人敬佩。

我开玩笑说，李迪是警界的情圣、公安的情种，用笔抒情到极致。他身入、情入、心入，笔下的警察个个写得出神入化。他的作品不但受到读者欢迎，也受到影视界青睐。这部书中的警察故事，已经由两家影视公司在改编电视剧准备投拍。我相信，未来同样会赢得观众的喜爱，使我们的文化自信借助李迪这支笔达到新的高度，尤其是公安文化。

（原载《文艺报》2017 年 4 月 28 日）

具有正能量的碎片化读本

张策

首先感谢群众出版社出版了这样一部好书，感谢中国作协和公安部宣传局、出版社，为这部书召开这么隆重的研讨会，更要感谢各位领导、专家的莅临，特别是感谢李迪先生创作了这样一部好书。李迪先生这几年的著作我非常熟悉，作为全国公安文联应该也算是李迪先生创作的一个推手。

坐在这里，我想到了第一次送李迪先生去湖州。飞机晚点，我们俩夜里两点到的湖州，下了飞机还要坐车，虽然李迪先生还没有现在这个年龄，但是已经过了花甲之年。第二天早上起来，他马上就投入了采访创作。在丹东看守所更是这样，七下丹东看守所，连续两个春节在看守所和在押人员、看守所民警一起度过。所以李迪先生的创作态度、创作精神，一直是我们学习的榜样，使我非常感动。所以李迪先生每本新作出来，首发式、研讨会我都积极参与。

对于李迪先生这部新作，过一会儿各位专家、老师会有非常精彩、非常精辟到位的评论和发言，我就不多说什么了。我主要觉得对于公安文学创作来说，李迪先生的创作，有两个非常重要的意义值得一提。这两个意义也是两个问题，也就是说写什么和怎么写的问题。在这两个问题上，李迪先生的创作对公安文学的创作有着非常重要的意义、非常重要的启迪。

第一个意义在写什么这个方面。公安题材的文学，特别是公安题材的报告文学多年来有一个倾向，比较偏重于题材的重大，比较偏重于故事的重大，产生了大量的，应该说也是非常优秀的作品。但是往往对于基层的、一线民警的关注，对于这些同志喜怒哀乐的关注，对于这些同志所付出的关注，特别是对于这些同志个人性格特点的关注比较少。我们可以数出很多优秀的作品，实际上写的都是重大题材。不是说这些题材不重要，而是说很遗憾我们在写基层民警这方面有一个软肋、有一个短板。我认为，李迪先生的创作恰恰是弥补了这个短板，恰恰是在这方面有所突破，也给我们的公安文学创作标明了一个非常好的、努力的方向。

第二个意义在怎么写这个方面。由于过去大多偏重于重大题材，所以笔法一般追求宏大，结构上也追求大架构、全景式的创作方式。很少有像李迪先生在语言上这样鲜活、这样接地气、这样体现出人民性。李迪老师的语言风格非常突出，这种风格非常符合他作品中人物性格的特点，而且这种风格也对当下年轻人的阅读给予了非常好的吸引。他的语言富有节奏性，语言短、句子短，每一句话读下来有的像跳跃的快板书一样，非常有特点。在结构上他吸收了很多笔记小说，包括民间故事，包括现在报刊上比较流行的微小说的一些结构特点，一个故事一个故事地讲下来，一个故事一个故事很生动地把它延续下来，围绕一个大的主题一个故事一个故事讲。有评论家说过，看了李迪的作品，看了一个故事还想看下一个故事。这契合了当下所谓碎片化阅读的发展趋势。现在年轻人喜欢阅读短东西、小东西，喜欢碎片式的阅读，李迪先生恰恰给大家提供的是正能量的、碎片化阅读的读本。这个意义，是我们在公安宣传、公安文化、公安文学创作上都应该借鉴的。所以我觉得为李迪先生的这部作品召开这样隆重的研讨会，这么多专家、大家来评价李迪先生的作品是非常有意义的一件事。

（本文为作者在2017年3月25日举行的《听李迪讲中国警察故事》研讨会上的发言，根据录音整理）

梦里飞花照尘埃

——读《听李迪讲中国警察故事》

刘玉琴

“案件背后的生命呼喊，爱恨交加的悲情世界，有血有肉的主人公在没有路的地方找到路。或生，或死。警察如此，罪犯亦然。”这是作家李迪的创作心语。生活中每个人都会面临方向和路径的选择，在没有路的地方找到路，在陷入险境、绝境时期待化险为夷，这是关涉每个人意志和良知的一个命题。李迪近年来的创作，一直追逐着自己的梦想，触摸时代和生活的温度，探索人性和生命的深意。

李迪外表上看起来朴实随和，可作品却透露了他内心理想的坚定和狂放不羁。他一直游走、聚焦于“惊险样式”的公安题材创作之中，这应该是他心中的至爱，是他期待实现梦想的领域。《傍晚敲门的女人》、《野蜂出没的山谷》、《〈悲怆〉的最后一个乐章》，侦破、推理、揭谜……无声宣示着他的主攻方向和攻城略地的战绩。李迪曾在云南生活十年，在荒谬的年代，有星夜沿着南腊河生死逃亡的经历；当过兵，留过学，做过编辑，从边疆到首都，生活场景渐次转换，内心的焦点始终没变。

近年来，李迪一系列作品都落脚于公安战线，他深信犯罪与侦破是“惊险题材”的富矿。对公安题材的挖掘与关注，契合了他的个性，他的人生经历，他心中对惊险激烈、铁骨柔情的最大想象。每个人对题材的选择都有自己的兴趣和考量，都有自己的人生和现场。李迪内心的辽阔疆域、壮怀激烈都在文字间不断打开、绽放。只不过在当下时代，李迪对“惊险题材”的开掘，时而由激荡转为平缓，时而将铁血转为柔肠，虽是惊险领域，却已不是惊险样式。新时期公安民警的智慧、勇气、职业忠诚和奉献精神，亦化作道道彩虹，闪耀在他的文字天空。不过，无论是“激荡”还是“平缓”，他秉持的创作初衷没变，那就是对案件背后生命的悲悯没变，对泣血人性的深层探求没变，对百炼钢化作绕指柔的景仰没变。《铁军·亲人》、《枫桥枫叶红愈红》、《警官王快乐》、《社区民警是怎样炼成的》、《丹东看守所的故事》，包括新出版的《听李迪讲中国警察故事》，他的小说、报告文学，充溢着警察的爱恨，亦流淌着罪犯眼里的忧伤。

李迪对公安题材的关注，无疑拓展了公安题材的边界，丰富了公安题材的内涵，他为这个看起来有些刚性的领域融入了独特的色彩和温情，这印证着李迪的理想追求，其间的心酸与泪水也透露出他对森村诚一笔下那从高高的悬崖随风飘落的草帽的动容。他由爱与道义而生出的同情与悲悯有着深厚的感染力度……一个作家的经历固然重要，个性与追求固然重要，然而没有对世事的洞明、人情的练达，没有对他人的真与善、对社会的爱与关切，他的笔下不可能澄明如澈、春风如水，不可能再现生命的醇厚、人性的如歌。

作家都有着为时代、为生活描摹刻画的责任，都有着真诚纯净的深情与爱意。李迪的爱不是浮在纸上，而是深入骨髓。正是对时代、对国家、对他人——建立在善良、人道、理解基础之上的大爱，对人生、对生命的深刻理解与高度的伦理自觉，铸成了他作品的底色，让他在人性深处彰显了柔情，在坎坷面前投射着光亮，在人物行为、成长的轨迹中，呈现着鲜活、真实的生活质感。即便是罪犯，也拥有着无路可走之际，对生命过往中美好与亲情的回眸与渴望。这样的人物，有生活的本色，有思考的深度，有生命的刻度，故而李迪的作品，悲伤里垂挂着自己的泪水，快乐中蓬勃着自己的欢喜。这是作家爱心的外化，善意的流转，对生活和生命的理解与尊重，赋予作品顽强的生命力。

习近平总书记说过："人民不是抽象的符号，而是一个一个具体的人，有血有肉，有情感，有爱恨，有梦想，也有内心的冲突和挣扎。""我们的文学艺术，既要反映人民生产生活的伟大实践，也要反映人民喜怒哀乐的真情实感，从而让人民从身边的人和事中体会到人间真情和真谛，感受到世间大爱和大道。"将丰盈的人文精神融入人物，在文字间散发出世间的大爱和正道，传递作家的善良与理解，这无疑是温暖人心、引人向上的精神气场，是指向美好、期待花开的心灵路径，这样的作品是美的发现与创造，是乐观和积极能量的正向传导。

李迪的"惊险题材"是多侧面的，即便都是公安战线，有大案要案，也有鸡毛蒜皮，有英模榜样，也有普通片警。不同的侧面勃发着李迪多样的才情，构成飞花四溢的多元叙事，有如烟花三月，云雨江南；春风古渡，深情满怀。即便同为公安战士，可以"一剑霜寒十四州"，也可以柔情似水充满悲悯温婉。人性的生态显示出本质的模样。难得的是，李迪的作品中，旨意的正大庄严常常被不动声色地融于世俗烟火，轻松谐趣的表达又在波澜起伏的情节中凸显着人事的幽然和深邃，有生活的味道，有泥土的气息，有停下脚步叩问生命本质的诚意。

当下是一个浮躁而又欲望爆发的时代。每个人似乎都在不停地焦虑着，被不同的欲望所催逼。脚步停不下来，心里静不下来，因为诱惑越来越多。好了还要更好，多了还要更多，努力了还需再努力。生命的本质何在，人生的意义几何，似乎早已不重要。而李迪的作品，力图努力剥去粗糙的包裹，洗去内里的沙砾，呈现社会与人生的残缺与完美，呈现生命的坚韧与遗憾，真与善的道德引力和人道大义直抵人心。人的初心以及对初心的坚守与背离，其间的韵味意味深长。

李迪的作品当得起有骨气、有个性、有神采，这是他深深植根于中华文化沃土、拥抱时代和生活的印证。文化的自觉与自信在字里行间蛰伏，千流百变中盘桓着求新求变的执着追求，他的作品始终令人充满期待。对李迪作品的期待，还包含着对李迪的谋篇布局和语言风格特色的赞赏。精巧雅致，一波三折，曲径通幽，收放自如。语言鲜活时尚，凝练生动。尤其是短句的运用，干脆利落，风趣幽默，颇显作者驾驭文字的不凡功力。这本报告文学《听李迪讲中国警察故事》，延续了李迪的创作风格，而且读来愈觉笔力老到，清新醇厚，有的篇章已是多次阅读，仍常读常新。报告文学创作是李迪由小说向“报告”的一次转向，他力图呈现精彩、真实的时代和生活，这其中，梦里飞花、老骥伏枥、拥抱时代与生活的人生情志，令人感佩不已。

（原载《人民公安报》2017 年 3 月 31 日）

根深才能叶茂

——读《听李迪讲中国警察故事》

彭程

群众出版社新近推出的《听李迪讲中国警察故事》，是作家李迪多年来公安题材报告文学作品的精选集，也是中宣部和国家新闻出版广电总局所确定的 120 部“2016 年主题出版重点出版物”之一。我对这部作品的感受是：根深叶茂、目标明确、情感真挚、风格独特。

根深叶茂。习近平总书记指出：“文艺创作方法有一百条、一千条，但最根本、最关键、最牢靠的办法是扎根人民、扎根生活。”李迪就是一位出色的践行者。李迪在谈创作时说过：“生活是一口井，找到井，有水喝。”多年来，他多次深入辽宁、江苏、浙江等地公安基层，进行深入细致的调查采访，收获了鲜为人知的真实故事，深刻体验了公安民警的喜怒哀乐。他曾经连续好几个春节到丹东看守所，和狱警及在押人员一起过年；在无锡采访，笔记就记了几十本，面对面采访上百人。这些都给人很深刻的启发：只有深扎生活，满腔热情地拥抱生活，跟生活严丝合缝地接触，才有望有优秀的、杰出的作品问世。从《丹东看守所的故事》到《铁军·亲人》、《社区民警是怎样炼成的》，再到《警官王快乐》等，李迪推出了一系列深受读者欢迎的作品。他把自己的根深深地扎在生活沃土之中，生活也热诚慷慨地回报了他。

目标明确。《听李迪讲中国警察故事》是对过去多部作品的节选，跨度比较长，某种意义上也可以说是作者对自己近年创作经历的一个回顾。有一句西方谚语，“与其到处挖浅坑，不如一处掘深井”，揭示了目标集中的重要性。人的时间和精力都有限，如果对什么都感兴趣，就容易浅尝辄止、蜻蜓点水。对大多数作家来讲，也面临同样的问题，各种题材都想涉猎和表达，往往难以深入，不能描绘得深入透辟。只有瞄准某一个具体的题材领域，全身心投入进去，集中力量和资源，才容易挖掘出这个领域最深刻、最本质的东西，从而使艺术创作进入最佳状态。李迪长期耕耘在公安文学领域，凝神聚气、心无旁骛、深入挖掘，才能有这样丰富厚重、特色鲜明的收获。这点可以给众多写作者以有益的启示。

情感真挚。李迪始终以一种饱满的激情拥抱生活，描绘警营生活，塑造了众多动人的警察形象。在他的笔下，有刑警、经警、狱警、片警、交通警等，涉及到丰富的警察群体。像刑警，和犯罪分子打交道，时刻置身惊险危难的处境中，生死往往就在一瞬间；像片警，每天的工作婆婆妈妈家长里短，需要高度的耐心、细致和任劳任怨……作品不但对他们的工作和生活有出色的描绘，也深入他们的内心世界，感知他们的喜怒哀乐，展现他们忠诚奉献、勇于担当、服务人民、积极进取的崇高情怀。许多人物形象栩栩如生、丰满生动、有情有义，读后给人留下深刻印象。

风格独特。除了人物形象塑造可圈可点之外，李迪作品的语言感情浓郁、色彩鲜明，高度生活化、口语化、形象化，风趣幽默，折射出清晰明确的美学追求。尤其是《警官王快乐》，读来有一种听评书的感觉，令人忍俊不禁。结构上，与当下习见的大架构、全景式的书写不同，李迪笔下篇幅比较精短，但起承转合、峰回路转，体现了中国传统笔记小说的神韵。丰富生动的细节描写极大地增强了表现力，不论是对于塑造警官们生动鲜活的人物形象，还是揭示表达他们的精神世界，都产生了很好的艺术效果。

李迪创作激情健旺，生活积累丰厚，且始终葆有求新求变的艺术追求，期望今后他的创作能够不断超越自己，向广大读者奉献更为出色的精品。

（原载《中国艺术报》2017 年 5 月 17 日）

社会需要李迪这样的作家

王山①

李迪老师比我大十岁，但是我跟他交往，感觉他比我年轻，活蹦乱跳、兴致盎然，酒也比我能喝，干什么我觉得他都特别投入。他这部书里关于无锡的那部分作品，是《中国作家》杂志编辑和李迪老师一道去采访的。我感觉李迪老师写作非常投入，非常有感情。这个感情是一种热情，也是一种激情，非常饱满。尤其是报告文学，需要做大量的田野调查，李迪老师肯投入、肯吃苦，花时间、花精力。像我们大家都熟知的《丹东看守所的故事》，他甚至和在押人员住在一起过春节，那么长时间，他所有的创作过程多年来一直是这样。他在写作上是非常肯投入的，投入自己的热情、投入自己的感情、投入自己的劳动时间、投入自己生命的全部。

他的写作视角，在这部书当中也是非常有特色的。他确实关注

① 王山，《中国作家》杂志主编。

着普通的民众，包括普通的公安民警和老百姓，关注他们的喜怒哀乐，他们人性中的光辉、温暖，也包括他们的鼓与呼，这个我觉得是非常不容易的。

我们的社会处在转型期，积累了很多矛盾、很多问题，一时无法解决。有些问题可能是公安本身造成的，但是大部分都不应该由公安系统“买单”。我觉得恰恰李迪老师的作品给我们提供一种视角、一种可能性，从公安的层面如何化解社会矛盾，而不是进一步激化，进一步变成一种不可解决的麻烦，变成群体性事件、恶性事件。不是往那个方向去发展，而是用一种法治的精神、人道主义的精神，用一种牺牲的精神把它解决。这种作品有助于整个社会对公安民警的再认识：在这样的特殊时期，公安民警起到了什么作用，付出了什么样的努力，做出了什么样的牺牲，起到了什么样的好效果。李迪的语言、视角是阳光、正面、幽默、有趣的。虽然有很多很严峻的问题、很剧烈的矛盾和冲突，但是我们大体上稍稍放松一点儿就是可以解决的。这是值得我们作家认真思考的：我们要用什么样的方式解决生活中存在的种种问题？

有时候这种解决问题的方式，是一种在我国特有的国情里的方式，甚至不一定完全是一种法治的方式，这个是可行的。但是又会有什么样的效果？这也是值得我们深思的。

我们的社会需要李迪这样的作家，需要这样的作品。我们的文学也需要李迪这样的作家，需要这样的作品。一个作品的好坏不一定要以鲁迅文学奖、茅盾文学奖的标准来要求，能够获得这样奖项的作品毕竟是少数。实际上文学作品需要有大量的多角度多层次的作品存在。回过头来说，今天的鲁奖和茅奖的标准也是有所变化的、多元化的。因为我们的社会、我们的文学需要这样的作品，这样的作品能够起到一些其他作品不能够起到的作用——非常正能量的、非常阳光的作用。这个我是非常有感触的。

（本文为作者在 2017 年 3 月 25 日举行的《听李迪讲中国警察故事》研讨会上的发言，根据录音整理）

作家的“气”象

李朝全

李迪是部队培养的作家。他在部队写部队，回到地方后又写部队又写警察，而他笔下的警察，大多是从部队复转的。这些老兵把部队的光荣传统带到地方，成为李迪笔下可歌可泣的无名英雄。这部报告文学集《听李迪讲中国警察故事》（群众出版社）来自于他这么多年的勤奋写作。

作家的写作姿态是成就一个作家的很重要因素，这是一个作家的“气”象。作家接地气，他的作品才能有底气；作家接人气，他的作品才能有人缘；作家接“天气”，他的作品才会比较大气。这些年来，这么多读者喜欢读李迪的作品，无论小说还是报告文学，原因就在于他接了地气、人气和“天气”。他真正是走进了生活、走进人民群众当中去。当今文学界有两个著名的例子，一个是离野生动物最近的作家胡冬林，还有一个就是离警察甚至是离看守所的犯人最近的作家李迪。李迪的勤劳不能不令人佩服。

李迪是个快乐的人。每个作家心里都住着一个小小人儿、一个儿童。李迪就是这样，他的心里永远住着一个孩子，他对一切都感觉很好奇、很好玩，因此，他善于发现生活中那些好玩的、有意思的事物。他笔下的警察马长林拿着大喇叭到市场喊话，派出所王永年所长摆一个小摊儿，警察郭春华开一个茶馆……包括扬州社区民警陈先岩，他看到社区里居然有一个穿白大褂的人在对围观群众进行忽悠，说你吃下这个打虫药能拉出黄金来……李迪像孩子似的到处给我们搜集有趣的、好玩的故事。好奇之心是一个作家非常重要的初心。作家就是要寻找生活里新鲜新颖、奇怪奇异、特殊特别的东西。李迪虽然很累，很辛苦，一年几下江南，到无锡、到湖州、到扬州，都是在基层，都是在公安的第一线，但是他累并快乐着，是一个快乐的李迪。

李迪是个善良的人。他写的作品都很人性化，贴近人心。就像他写《丹东看守所的故事》，丹东看守所的那些管教警察，包括王晶、戴晓军等，都是非常人性化的，他们是在给犯人实施灵魂的外科手术，是在医心救人。李迪怀着一颗善心触摸人心，他笔下的警察都非常善良，而且恪尽职守。《警官王快乐》里的王快乐处理的大多是鸡毛蒜皮的小事，拉面馆的老板马老汉被一个顾客踢了一脚，围观的群众说依我们回族的习俗是踢人一脚赔一只羊，一只羊值2000多块钱，王快乐采用人性化执法，让这个顾客只赔了300块钱。最后马老汉找到王快乐说我并不是要这点儿钱，我要的是这个脸，马老汉买了两条烟送给王快乐。王快乐是非常好的警察，廉洁自律，等到马老汉的孙子满月时回给他一个红包，300块钱还回去了。李迪笔下的这些警察都深受老百姓拥护和爱戴。我们说民心是最大的政治，民心是党的根据地，有了这么一批李迪笔下的好警察，我们党的根据地就会非常牢固、非常扎实。

李迪又是个热心人。他写的都是警察里典型的人物，都有个性有特点，虽然每个警察笔墨不多，并不是长篇大论，大多是小故事，但是这些小故事却雕琢出了警察的鲜明形象，很好地表现了和谐警民关系，这是我们这个时代所需要的正向价值的东西。现实中，我们看到有些地方警民关系紧张，老百姓对公检法有各种各样的看法，但李迪笔下的警察都是可亲可敬的，是这个时代最可爱的人，他们身上集中体现了人民警察的核心价值观：忠诚、为民、公正、廉洁。即便是犯人或嫌疑人，李迪也写出了他们人性的觉醒，写出了人性中向善的、向美的一面。李迪在采访、创作时不仅仅把警察当作自己的家人、亲人，甚至把犯人也看作是平等的、值得同情的人，并投注以悲悯的目光，用悲悯的情怀照亮这些人物。民警陈先岩将一个小混混小陆子改造得非常好。小陆子打老婆，陈先岩了解到，他打老婆的原因是老婆喜欢占小便宜，到菜市场顺手拿人家一根黄瓜或一个西红柿什么的，回来小陆子就“教育”他老婆。李迪写的都是人性本善的人物，或者揭示出人本身都有可以变好、向善的一面。

李迪还是一位演说家。他在写作时心目中有一个理想的读者，是在面向读者讲述。就像这个时代的新评书一样，他要讲给人听，因此，他很讲究语言。他的语言很少有华丽的辞藻，因为这些可能不适合说书，而且语言非常精炼。作为一个作家，他对自己有很高的要求，文字非常节省。有时也运用一些比喻、俗语、歇后语，都恰到好处，让人觉得有文采。譬如他写：“细长的面条水似的在手间流淌”——就可以想象出这个师傅的熟练程度，他写“鸭梨脸成了生茄子”，“笑得菜花似的”……李迪的这些形容、比喻，都很有意思。因此觉得他是一个说书人、演说家，我们能从他讲述的各种故事里体会到李迪的快乐，感受到人性中美好的东西。

（原载《解放军报》2017 年 4 月 15 日）

警察题材的平民化写作

包明德[①]

这部作品是作者近年来对警察题材书写的结晶，延续也深化了警营作品抒写的向度，有新意、有深度，充溢着正能量的中国故事。

从艺术技巧方面看，我觉得，李迪警察题材的作品已经显现了一个比较鲜明的艺术风格，逐渐形成了一个独特的审美语境。这个审美语境的形成由三方面组成。第一，警察题材的平民性、平民化，底层写作。第二，人性化写作，或叫人格化写作。第三，作者的幽默、诙谐、趣味等。我感觉到确实形成了这么独特的语境。

我简略阐释一下。第一，平民化写作、底层写作。李迪写的都是普通的警察，全国各地片警也好、狱警也好、便衣也好、所长也好，他走遍了南北方，采访了数百位民警，深入到工作和生活的深

---

① 包明德，中国社科院文学研究所原党委书记，著名评论家。

处，把崇敬和温润的目光、虔诚的热情投向他们。摆摊儿的王所长、喊话的马警官、开茶馆的郭春华、敲锣的杨苗江、快乐的王警官等，歌颂他们秉持理想主义理性、平等的姿态，积极主动为百姓、为群众排忧解难，维护公民的权利、公民的尊严、公民的安宁、公民的财产。化解矛盾，转化矛盾，表现了优良的业务素养、职业操守，人物鲜活、灵动可感。

第二，李迪警察故事的人文精神和法治信念，或是有现代性的文学精神，或是有清醒的现实主义精神。看起来我们阅读这些作品很轻松，但正是由于作者身入、心入、情入生活和警察的内心，在复杂的世道人心面前表现出的超越与调整，使读者不仅看到赞美，看到歌颂，也感到一种反思、一种批判，或者说是一种救赎。王所长摆摊儿的时候发现真有疑难杂症的人寒了心。为什么寒了心？是因为有的警察不好，过去他有伤痛，不会轻易开口，特别是上了年纪的妇女要看你是动真格的还是作秀，这是王所长摆摊儿中的原话。寒心就说明我们有的官员也好，警官也好，说官话不办事、说套话推诿，把人民的概念图腾化、空心化。警风、警纪不严在一定的范围内、一定的程度上还是存在的。从这个方面积淀下一定的沉疴和病症，如老郭开茶馆，像董老头儿说现在的社会好比一部机器，好多零件有问题了，反映出群众某种程度的失望情绪。我们由此可以看出，在作者李迪这种轻松的、表层的叙事中，透射出的是一种现代性的文学精神、一种批判的精神、一种现实主义精神、一种忧患的思想。众多的民警、所长为百姓把事情摆平，很多是靠这些警察的人格、靠警察的意志、靠警察的爱心、靠警察的耐心、靠警察的责任，以及人脉，并不完全是靠法律和规则，所以这种人性化、人格化模式的色彩很重。我说李迪是人格化模式的抒写，这个色彩构成了他创作中的一个特色，也建构了他自己独特的审美话语的语境，这是最鲜明的一点。他作品中隐喻着呼唤：我们应该有完备的法规、完备的条例和契约。王所长为三位居民大姐解决户口、解决住房扰民问题、解决小狗咬人问题，还有其他一些故事，都是在节点上，王所长要么碰上战友了，要么碰上熟人了，这些还是靠着人情、靠着人脉。作者在书中有一句很平实的话，我很注意：在中国所有事都很难办，但是又没有办不好的事。这里面蕴含着李迪对生活的体察、对我们社会生活复杂性的了解。实际上他这种轻松的叙事，是建立在这样一个强大的背景之下的。可以说从社会背景的维度，他显出了一个作品的立体感。民法总则的出台，标志着我们法律的进步，让公民从法律上、契约上、制度上得到保障，而并不仅仅是靠一个好警察去把握人们的忧伤苦乐命运。我的房子风能进、雨能进，国王不能进，达到那样一个文明有序的程度还得靠健全的法治。

第三，幽默、诙谐、趣味。这种喜剧性构成了李迪先生创作的风格。特别是细节的生动、精致，能使细小的事件变得引人入胜、妙趣横生。租房、断电、乱收费、团伙闹事、两地分居，这些事都妙趣横生。虽然是小事，但是非常引人注意。细节激活人物，细节激活生活，细节激活现状，细节激活世道人心，他的细节刻画得非常精准生动。他的语言也非常有特色，一会儿是赵子龙，一会儿变成程咬金，昨天是白骨精，今天还闹着岳飞精忠报国，水浒没有眼泪就变成水许，并蒂莲、不开花等这些语言非常生动，非常有时代感、大众化。这种幽默和趣味，我仔细分析了一下，在李迪作品中是具有文体意义的。离开这些就不是李迪了。他对于伸展作品的张力，对古今中外名句、名典随心地切入，加强了作品的文学性和隐喻性。这部书我从头到尾看完，李迪先生的创作风格、审美语境是日趋鲜明、日趋深化的。

（本文为作者在 2017 年 3 月 25 日举行的《听李迪讲中国警察故事》研讨会上的发言，根据录音整理）

热情地拥抱生活

雷达

我简单讲几点看法。的确，我认为李迪是对公安文学作出贡献的作家。我参加这次会之前一直在想一个问题，李迪年龄不小了，接近七十岁了，为什么他一直能保持活力，他的作品为什么还能保持一定的魅力？李迪写出的这些作品是一个丰富的、广阔的世界，里面酸甜苦辣、人生百态、生命的呐喊、悲情的世界都有，确实塑造了一个个可敬可爱、优秀的人民警察形象。如果中国作家搞一个老年组的先进评选，我看李迪是会名列前茅的。也可以这么说，这是李迪一生创作中最辉煌的时期。当年他写了《傍晚敲门的女人》、《野蜂出没的山谷》，我都看过。

李迪为什么能这样？

第一，他热情地拥抱时代，热情地拥抱生活。他的作品贴近人心，他的作品都是从生活中捞出来的。为此李迪一直保持着活力，七上丹东，六下江南，奔赴祖国各地。

第二，除了“三入”，李迪还有“三勤”：腿勤、手勤、脑勤。

这恰恰是我们一般人做不到的。李迪恰恰能做到。他稍微有点儿驼背，但是走路速度快，腿很勤，能跑，能够真正深入到生活里。最近习总书记讲话里有一个词，叫“阅读生活”，要提高阅读生活的能力，要善于在细微处发现美善，在黑暗中发现光明。我看李迪也是，他阅读生活的能力很强。当然接下来就是深入生活了。李迪深入生活的故事很感人，甚至于住罪犯隔壁，一块儿吃一块儿喝。这点是他创作的根本。

第三，李迪的创作里面有人性的复杂性，主要还是写人性。写人的复杂的感情，摆脱了一般好人好事的束缚，突破了好人好事的局限，甚至触及生离死别的主题。我读《等你到天亮》就想起苏联有一个电影叫《两个人的车站》，两个人最后也是奔跑到监狱了。李迪这个作品也很经典，到最后是警察和犯人，等这个女人一直等到上午，最后这个女人终于出现了。这部作品中写等待的过程，写得很精彩，是非常难得的作品。他的作品还有五味杂陈、酸甜苦辣，这是他作品具有独特魅力的地方。

第四，李迪是讲故事的高手。他确实很善于讲故事。他的长篇小说《花自飘零》是他的代表作，非常引人入胜。我不一一列举了，甚至像王所长摆摊儿也很引人入胜。

第五，李迪的作品善于用喜剧精神写悲剧，以乐境写哀境，幽默调侃。他对生活有一种达观。王快乐是个名字，也就是作品有一种达观的精神。他在《马警官喊话》、《老郭开茶馆》中，善于从这些角度去写，很多作品蕴藏的意味很深。当然他这些作品的魅力，还有最重要的就是语言风格，现在很多作家不重视。李迪的语言非常有特点，他是有绝活、有趣味的。他的作品有趣，写作品一定要有趣，我们看到许多作品是无趣的，李迪的作品加了有趣，这是他的特点。李国强先生在书的后面有一篇文章，其中的观点我非常认同。文章着重谈了他的语言的特点，对仗、排比、叠加，甚至包括顺口溜，有很强的节奏感和幽默感，甚至有一些段落是押韵的。李迪吸收了不少民间资源，包括戏曲、说唱、快板书，甚至相声，很接地气，比如说相骂无好言、相打无好拳，独木不成林、树多绿茵茵，嗓门儿直追帕瓦罗蒂，这些语言很带劲，活泼跳跃。

我也希望李迪再攀高峰。我多少感觉这本书里的东西都很有趣，都很活跃，都很提气。但是又感觉到是不是有一点点在一个平面上，还没有实现作品在艺术上的飞跃。

我希望李迪考虑写一部长篇小说，把这些年对公安给予的生活融进去。李迪还有一点特别好，不是仅仅写警察，他是既写警察也写罪犯，这是整体性的，这是李迪的优势。我们的作者之所以写的东西突不出好人好事，就是在于仅仅写警察一方面。李迪认为，无论是警察，还是罪犯，都是活生生的人，这是李迪审美追求里很重要的东西。

（本文为作者在2017年3月25日举行的《听李迪讲中国警察故事》研讨会上的发言，根据录音整理）

独特的表现方式和语言魅力

胡平①

李迪是个很有传奇性的人物，胆子大、敢冒险。看他写的序，他有在云南的经历，我也有在云南的经历，所以看了感到特别亲切。他的序里面，写他当年在《边疆文艺》，那个时候叫《文艺战线》改过稿，参加过创作座谈会，会上学“三突出”。他说诸位都在那边装神弄鬼，大喊“三突出”的创作原则。而他在发言中，他小说的主角始终没有出场，也同样发表了。看到这些我觉得特别亲切，因为我当年在云南也参加过这种活动。当年我参加的时候也是主要学习“三突出”的创作原则，所以在这一点上读的时候比一比我们俩就不一样了。我当时诚心诚意地体会“三突出”的原则，而且哪敢有一点儿非分之想。李迪居然在那个时候，就发表了不同意见，而且还因为这个事奔逃，最后“跑”到军队里了，参军了。参

① 胡平，鲁迅文学院原常务副院长，中国作家协会小说委员会副主任，著名评论家。

军了是因为他敢说话，对“三突出”发表不同言论。我还以为他是走后门跑去的，还真不是。最后在部队里他就出名了，在云南的时候就出了名。我知道的时候他就已经是部队作家，那个时候写篇小说发表不得了。

这么多年过来，他能够喜欢上公安题材，而且这么喜欢，写了这么多公安题材的作品，这和他的性格有很大关系。他敢冒险、敢担风险，他后来和死刑犯都敢住一块儿。他自己序里也写了，他经历了这样的冒险生活以后，对公安生活就更加有感情了。正因为如此，我们才能理解李迪为什么这么多年一直在公安这一条战线上挖掘属于他的题材。我感觉他能写出更多的公安题材作品，而且能够写得很好。他的写作速度太快了，他的作品很广阔地反映了公安生活的方方面面。

李迪确实很善于写故事，像大家说的一样，而且是善于很迅速地写各个警种的故事。我相信公安这么多警种，随便哪个警种把这个写作任务交给他都能够很好地完成，他能够很迅速地和这个警种接触进去，然后能够很迅速地抓住这个警种不同的特点，来写出各种各样不同的故事。

《听李迪讲中国警察故事》这本书，主要特点是在讲故事，讲得娓娓动听。他创作的特点是确实喜欢讲故事，善于讲故事，每个故事也不长，能写长也不写长，能够把最有味道的东西写出来就行了。这种方式也比较适合于他的采访，适合于公安题材的表现。因为公安生活，多数警察都是在面临社会矛盾和解决社会矛盾过程中进行工作的，所以警察生活很多是在解决矛盾。而出现矛盾、解决矛盾本来就是故事的胚胎，所以李迪这样善于讲故事，特别适合写公安题材。而且我觉得他在故事当中也创造了不同的方式，适用于不同的题材。在这本书里边，虽然都是在写故事，可是还是有不同的方式。写湖州、绍兴、宁波等地的警察，到一个地区以后，采访不同的民警，每个民警写一个故事，写每个民警经历的最有意思的故事。这样把不同的民警的故事连缀起来就可以反映一个地区警察的整体面貌，这是第一种方式。

第二种方式，像写扬州陈先岩的那种方式。因为陈先岩的事迹比较多，他就在一个主人翁身上写各种故事，连缀起来，可以集中地反映一个模范警察的精神面貌。

第三种，他写《警官王快乐》又是一种方式。王快乐不是一个具体的对象，而是许多片警的故事集中在他身上来写了。他用这一个地区不同的警察形象把它捏在一起塑造了王快乐的形象，来反映整个片警的生活，这也是一种连缀。所以李迪创作了用故事连缀的方式写公安的形式，这是非常适用于采访和非常适用于公安题材的表现的。

这个方式比较巧妙，比较好，李迪能写这么快是借助于这种方式，让我感觉写起来还是比较轻松的，并没有我们看到的那么难，所以这也是他的一个创造。他也不仅是靠故事，我们读的是细节，读的是语言，但是这些语言确实非常生动，是每篇故事中最先使我们感受到的艺术成分。你说这些语言，王所长摆摊儿里，一个老头儿和一个女的打起来，不是这两个人动手了，而是直接上肢体，他们还互相咬脸。后来所长赶到了，才写他们放过了脸上的其他部位。这不是他在采访中的警察的语言，这里边很多都是他自己的语言，自己很生动地对生活的表述方式。所以他的故事除了故事本身的魅力外，还有语言的魅力，使他把各种题材写得很活跃、生动，这是他的特点。

刚才雷达老师希望他将来写长篇小说，我也很赞同。《花自飘零》的文学品位相当高，表现了李迪在写长篇小说上的非凡的才能。但是现在他主要是写公安，《丹东看守所的故事》在公安题材创作方面达到了一个高度。我想，李迪将来写一个把两方面结合起来的，写北京的警察，如果能把这样的长篇小说写出来，我会非常喜欢。因为在这些小说里，我们也看到了他北京话纯熟的程度和成色。北京的警察基本上都是北京人，像北京的出租车司机基本上都是北京人一样，所以北京的警察本身就有地方特色。写北京的警察、老北京人和外地来的人的关系，等等。总之，我觉得李迪的潜力实在是应该发挥，应该进一步发挥。既然在北京，那就好好写写北京警察，这两方面结合起来，给我们再提供一部作品，可能就是公安文学中非常伟大的作品了。因为公安文学发展到现在，反映干警生活已经不成问题了，在这个时候要考虑如何能够出一部作品，能够使它把公安文学再突破一步，能够达到茅盾文学奖那种水平，我觉得李迪是非常有这个潜力的。

（本文为作者在2017年3月25日举行的《听李迪讲中国警察故事》研讨会上的发言，根据录音整理）

人性的力量很动人

李炳银①

我认识李迪是 1978 年前后，那个时候，李迪是人民文学出版社少儿编辑室的负责人。他的《野蜂出没的山谷》在当时那种文学作品缺少的情况下，曾经掀起了一阵风潮，影响还是很大的。但是李迪突然消失了许多年，不知道干什么去了，突然这些年回来又写报告文学。他写报告文学也是出手不凡，很快在反映公安民警的报告文学上成了气候。他的作品不但数量多，而且写出了自己的个性。

说老实话，我们公安题材的文学多少年来缺少这种风格的改变，总是老一套，老是写破案的过程，很少写人，而写事很多。我曾经参与过群众出版社“20 世纪大案丛书”的策划。那套书都是大案要案，但是在文学上缺乏突破，都是从案件的发生开始写。但

① 李炳银，中国作家协会报告文学委员会副主任，中国报告文学学会常务副会长，著名评论家。

是李迪是老年变法，由小说改写报告文学，和我们过去的写法不一样。他更接近文学，更接近生活，更接近人物，更接近人性和人的性格表达。他写的都是小事，但是写得有趣味、诙谐、喜剧化。

李迪在公安文学创作方面，是一个现象级的、标志性的人物。更不要说他对生活投入的态度，七上丹东，六下江南，跑了那么多地方，经常是在外边采访，在看守所里跟在押人员一块儿过年。李迪所写的每一个警察，我觉得我们都应该尊重。他们做的事，他们表现出的公正、公平、无私，我们都应该给予很好的赞美，他们都是值得我们敬佩的人物。

李迪走到今天，很个别，也很另类。我刚才说了，我关注李迪的文学写作也不是从今天开始。我有李迪的微信，每到星期六《人民公安报》就刊发李迪的小故事，比如王快乐的小故事，这本书里很多作品给我留下很深的印象。李迪接近七十岁了，他写得这么活跃，而且从现在的情况看，写作势头还不减，就像火箭一样，还有再往上面升的可能性。如果是两级火箭的高度升不上去了，我就不多说了，问题是你还有第三级火箭没点着，你还有点着的这个可能性，所以我愿意多说一些话。

你写的这些故事都不错，每个地方、每个人的风格都有区别，但是说老实话我有些大同小异的感觉。报告文学的力量，不在于把好事说一下，而在于给人以启示和思想的震撼，给人独特的发现和独特的见识。李迪有再上升的空间，你现在还能写出很多更好的作品。现在高度已经很高了，但是希望你更高。

李迪的作品写了许多的“小”。小的里面有大内容，小的里面有非常精彩的篇章。他写的是警察的故事，但他写的不仅是警察，他还写了很多老百姓的故事。《你可知道，那草帽在何方》写江苏徐州的激情杀人案，公安完全可以直接把激情杀人的彩娟抓住，为什么不抓？要给她留一个自首的机会。这个情节我很感动，不仅写了警察公正执法，你杀了人要来抓你，追你二十多年。但也要考虑到案子的复杂性，考虑到两个小姑娘的情况，希望她能自首。这就是法律和人性之间在搏斗，二十多年了，警察的选择是对的。并不是我可找着你了，上去一把就把你抓住，不是这样。这里面人性的力量很动人，这样的内容这本书里面有很多。但是从整体上讲，从更大的冲击力来讲，李迪的作品还是可以有更大突破的，比如从选择题材方面，从公安题材深入的挖掘方面，我觉得还有空间可作为。

（本文为作者在 2017 年 3 月 25 日举行的《听李迪讲中国警察故事》研讨会上的发言，根据录音整理）

时代精神的真诚记录者

李建军

李迪的作品基本上我都读，而他写作这种题材，从 1983 年开始到现在已有三十多年，形成了自己的风格，已经形成非常自觉的写作模式。在某种程度上，从介入生活、叙述方式、语言风格上看，他已经是比较成熟地写出来。里面诗性的表达很自觉，他自序里也讲到，像古龙、汪曾祺的语言，在他的写作实践中体现得近乎完美，他很自觉。

李迪在写人物的时候，也有伦理的自觉。要表达一个什么样的生活理念，一种对生活、对人生的理解，他把这个渗透进去。有的警察说我要把这个事情做好，也不是为了受到奖赏，我就希望别人认可我，说我是个好人我就很开心，这和黑格尔的哲学是很相通的。黑格尔说，我们人类诞生以来一切伟大的劳动都希望受到别人的认可，受到别人的赞赏。这就很纯粹，是情感精神层面很高级的体验。在李迪的作品中时时会写到这样的内容。这是有指向、有高度的写作。

李迪很有趣。我觉得写作中沉稳无趣是最坏的德行和风格，看不到一点儿亮光、活泼的东西。但李迪的写作是活泼的，从细节到语言，到叙述的语气，都使人常常会心一笑，包括情感的投入。李迪很善于跟别人交流，非常乐观、坦率、热诚。按说我们和作家是保持距离的，不应该有太多交流，才能够客观冷静地，不是碍于情面地说真话。但是李迪不一样，和李迪交往很愉快，我也和他称兄道弟，我觉得很自然。我跟他的交往中，他没有什么顾虑，不存在自卑和不善于交流。他对人很真诚，作品里大家会看到，他经常写到眼泪，自己的泪，警察的泪，犯人的泪，不幸的泪。他的作品有这种情感，没有泪水融汇进去，从情感上讲都不是什么有影响力和有价值的作品。

我有一个观点，写作不是一个人在写。作家的手是在前面的，在他后面还有一个东西，就是把它当作品来写，就是时代精神。我们每个人都是时代精神的产物。我们的内心深处、个性理念渗透了这个时代强加给我们的东西，我们的智慧、我们的勇气、我们的个性也充满了这种东西，所以我们都是时代之子。很少有人能够超越自己的时代，能超越的当然是很少一部分，像司马迁、鲁迅、曹雪芹、杜甫，一般人超越不了。

一个作家的局限，当然是来自于自己内在的东西——他的品质、德行，但同时也受制于这个时代。李迪无疑是一位优秀的作家，可是在多大程度上能够达到优秀作家到伟大作家的突破呢？我们这个时代需要这样的人——有内在力量、突破意识，达到精神高度的作家。这样来看，李迪的写作还需要加强悲剧性，加强批判性，解决温暖有余、冷静不足的问题。当然，这个时代能有诗性、温情的写作也很难能可贵。有这么一种风格、这么一种写作模式存在，可以作为宝贵的礼物接受下来。所以我们要准确地认知这个时代文学达到的高度，要准确地判断这个作家是不是我们的方向、有没有达到我们可以仰望的高度。许多作家在某一个方面达到了很高的高度，是优秀的作家，但绝不是伟大的作家。这个时代真的需要伟大的作家。像雨果、托尔斯泰、鲁迅这样的作家一旦出现，我们就知道那是一个高度，是一个方向，你绝对可以高山仰止。当然要突破时代给作家的局限性，是非常巨大的问题、复杂的问题。

（本文为作者在2017年3月25日举行的《听李迪讲中国警察故事》研讨会上的发言，根据录音整理）

把灯点到尘埃里

——读《听李迪讲中国警察故事》

康伟

把灯点到尘埃里。

读完作家李迪讲述基层社区民警、刑警、狱警一心为民的报告文学集《听李迪讲中国警察故事》，掩卷而思，我心里突然溢出这句话。

是的，李迪的创作，就是把灯点到尘埃里的过程；李迪本人，就是那个把灯点到尘埃里的人，就是燃灯者。

所谓灯，就是光，人性之光、人道之光、生命之光、道德之光、警魂之光。

所谓尘埃，就是尘埃般平凡的普通人：

普普通通的湖州警察马警官、老郭，枫桥警察章警官、杨苗江，扬州片儿警陈先岩，以及马警官们、老郭们、陈先岩们……

普普通通的潘村民、胡老汉、顾老太、破烂儿王、怪老头儿，以及潘村民们、胡老汉们、顾老太们、破烂儿王们、怪老头儿们……

所谓把灯点到尘埃里，就是用人性之光、人道之光、生命之光、道德之光，去烛照这些普普通通的警察、普普通通的平民百姓。

正是有了这盏灯，读了那么多李迪笔下曲曲折折、阴差阳错、风风雨雨的故事，你依然可以感觉到人间的温暖和美好，依然可以说：这个世界会好。

正是有了这束光，即便为这世上的污垢、暗影而愤怒，即便为这人间的不平、沧桑而喟叹，即便泪水打湿衣襟、烦忧总上心头，即便这些暗影、不平、沧桑、泪水都在李迪笔下呈现出来，但你依然可以葆有对生活的希望、对人性的希望、对人的希望。

李迪为什么能把灯点到尘埃里？

因为他心中有光。李迪是一个发光体。为什么他是一个发光体？因为他让光在自己的心里常驻。他心中是满满的正能量。心中有正气，方有笔底乾坤；铁肩担道义，方有妙手文章。人性之光、人道之光、生命之光、道德之光，他心中有，才可能发现警察和平民百姓身上也有。

因为他经常充电。李迪是一个带电的人，活力四射。他的电源在哪儿？答案只有两个字：生活。用他自己的话说：生活与创作是一对双胞胎，真实的生活使一切杜撰苍白。他常年泡在警察堆里，常年扎在老百姓中，所以“电源”总是那么充足，始终没有停电、断电之忧。正如他自己所说，没有十年的云南生活，就不会有他当年领风气之先的惊险题材小说创作。同样，没有七访丹东、六访无锡、三访扬州，就不会有《丹东看守所的故事》、《社区民警是怎样炼成的》，以及今天的《听李迪讲中国警察故事》。他把自己当成了警察，把自己当成了那些警察故事中的平民百姓。他真的是把生活当成了自己的发电站，真的是尝到了在生活中发电、充电的甜头。

因为他善于点灯。李迪又是一个善于点灯的人。善于点灯，说的是写作技巧。《听李迪讲中国警察故事》，是李迪历年警察故事报告文学创作的集萃，也是他写作特色的集中呈现。短句的纯熟运用，造成极强的节奏感、行动感、画面感和由此产生的代入感，特别契合警察故事；生活化语言的锤炼打磨和密集使用，幽默生动的语言风格，产生强烈的亲近感和亲和力；小说化的谋篇布局和精心构思，增强了阅读报告文学的愉悦感。这些都是李迪善于点灯的表现。正因为他善于点灯，他笔下普普通通的警察、普普通通的平民百姓身上的人性之光、人道之光、生命之光、道德之光才得以充分点亮，他作品里的光亮才更照人、更警世。

正是因为李迪是一个把灯点到尘埃里的人，他的作品是把灯点到尘埃里的作品，所以读他的作品，便是一次光照，也是一次充电，便油然而生一种冲动：

把灯传下去，让光照得更远更亮。

“故事”是当下中国热词。国家的顶层设计，从实现中国梦的高度大力倡导讲好中国故事。中国警察故事，正是中国故事重要的一部分。中国警察故事，习见的是宏大叙事，是重大题材。李迪的警察故事则另辟蹊径，从细微处入手，从普通警察入手，从日常生活入手，在为普普通通的警察立传造像的同时，直接描摹最鲜活的基层社会生活，从而生动而深刻地反映了民生，这使李迪的警察故事成为了中国民生故事，成为了中国故事。这是李迪中国警察故事更大的价值所在。

（原载《光明日报》2017 年 4 月 10 日）

用小说语言写报告文学

黄传会①

李迪是我的好朋友，也是写报告文学的学友。李迪的身上具备了报告文学作家非常优秀的品质。他对公安的确是一片深情。我们强调深入生活，但是很多作家是被迫的。而李迪不是组织要求他去，他完全处于自觉自愿，尝到了甜头，所以他永葆青春。他平时红衣穿着，“奔七”之人让人感到依然年轻。我们读李迪的作品，是非常贴近生活的。他的作品像是刚从大田摘的草莓、树上摘下的荔枝，原汁原味。

有了丰厚的生活，才能写出优秀的作品。李迪从当知青就开始写长篇，出道很早。而且他还写中短篇小说、散文、诗歌、剧本，把十八般武艺都演练了一遍，再回过头写报告文学。严格意义上讲，李迪的报告文学没有什么结构，他就是写人物、讲故事，他把

---

① 黄传会，中国报告文学学会副会长。

故事写生动了，讲精彩了，读者就不管结构不结构。他的写法风险很大，这么多警察集合在一起，写不出个性就是重复、类型化，就会阅读排斥。

李迪不愧是文场老手，他知道语言是文学的要素，他已经形成自己独特的语言。而且他很注重学习，包括学习网络风格，“哇塞”、“亲”都用上了，我们感觉文章非常青春，很有价值。李迪是用小说语言写报告文学。

李迪是充满智慧的作家，这体现在他的选材中。他笔下的人物看似普通，故事看似平常，但是普通、平常中透出他的智慧。你要琢磨、认真研究，这就看出他不普通。书中有一章《请仙容易送仙难》，有一个老汉老伴儿去世找了一个老太太，老太太王八看绿豆对上眼了，这个老太太要离婚就是离不了。一个普通的故事在李迪的手下给你掰扯得警察也高明、李迪也高明。

李迪是潜力无限的作家。我有一个建议，如果你在结构上做一些改变的话，可能会给人耳目一新的感觉。总之，我一直在跟着李迪学习。我希望李迪写出更好的作品，李迪也希望我写出更好的作品，我们大家共同努力。

（本文为作者在2017年3月25日举行的《听李迪讲中国警察故事》研讨会上的发言，根据录音整理）

人世的温暖与文学的情义

——读《听李迪讲中国警察故事》

李壮

作家李迪将自己的新书命名为《听李迪讲中国警察故事》。准确来说，这是一部“故事集”，它荟萃了李迪多年以来，从警察生活第一现场精心采撷而来的那些最精彩、最动人的故事。似乎不太容易用某一种特定的文体来对这本书加以框定：我们说它是报告文学，本书中却处处可见小说的技法和想象的灵光；我们说它是小说，可李迪笔下的绝大多数故事都是写的真人真事。那就跳出现代文体的惯性逻辑，李迪那生动得几乎能透出表情的讲述方式，似乎遥遥接续起了中国古代话本和评书的悠久传统。然而，这本书最令人感动之处，恰恰是其中闪耀的人性之辉，这显然又是现代人文意识和知识分子精神的产物。

因此，终究还是李迪自己的定位最准确：简单干脆，就是“故事”。我想起一首童年时流行的歌曲：“我们坐在高高的谷堆旁边，听妈妈讲那过去的事情。”母亲给孩子们讲述故事——在这最常见又最古老的仪式之中，人类的经验完成了传授与转接，外部世界的图景在那些年幼的心灵中初显轮廓。讲故事的人要向听者描述世界——古往今来所有“故事”的旨归大抵都在于此，而这描述之中，无疑也充满了讲述者自身的价值立场。母亲的故事所做的是安抚，她试图在那些年幼的心灵中植下这样的信念：这个世界是充满爱的，我们可以希冀一种值得过的光明的生活。这也正是李迪借助故事所要做的事。《听李迪讲中国警察故事》是一本充满温度的书。不同于大多数公安题材的文艺作品，李迪的这种温度不烫，不是当下所流行的“燃”；同时它也不冰，不是青年亚文化所推崇的“酷”。李迪的温度就是身体的温度，亲近，熨帖，平常却不平凡，就好比柔软皮肤下那颗默默跳动的心脏，在平淡无奇的脉动之中暗藏着生命的伟大之处。就本书而言，李迪的立场从始至终都是无尽显明的：人性在深处充满了善，热情、善意、同情、仁慈始终都在我们身边。这不是说教，李迪并没有直接说出这些；相反，他是通过一个个鲜活的人物、一个个简短有趣的故事，把这些生活中的光和热原原本本地捧到了读者面前。到大街上“摆摊儿”开展警务工作的湖州王所长，韧劲十足、创意迭出的扬州片儿警陈先岩，在街坊邻里间热心奔忙的警官王快乐……对这些人物的描摹刻画，仿佛每一笔中都充满了暖融融的阳光的气息，照射进读者心里。伴随着李迪所特有的欢快诙谐的“民间小曲”式语调，一张张汗水涔涔又活力满满的人民警察的笑脸从纸面上渐渐立体起来。而这些笑脸的最终清晰，则有赖于无数更细小单元的共同织就——那是生活中最平凡的百姓们欣慰满足的面容，那是五味杂陈的俗世生活中珍贵的欢喜和盼望。

当然，除了寻常意义上的温暖，这本书中也有冷与悲伤的元素存在。给我印象极深的，是本书中《丹东看守所的故事》。在这一部分里，李迪写到了几位重刑犯甚至死刑犯的故事。难得之处在于，李迪并没有将笔墨着重落在犯罪情节上——这些，本该是警察故事最讨巧的写法。打打杀杀，触律领罚，那只能称作“事故”；

润物化雨，触摸人心，那才是真正的“故事”。本书令我触动之处正在于，作者一方面能把同我们距离最近的人写得不寻常（譬如那些基层警官、社区片儿警），而另一方面又能把同我们距离最远的人写得寻常（譬如重刑犯）。《风中的红雨伞》一篇，犯下死罪的女犯周杰，其最后的希望是临行前看一眼始终未见过的生母。在热心狱警的安排下，就在押赴刑场的路上，周杰终于远远望见了等在街边的生母。周杰喊出的那句话令我久久难忘：“妈，妈呀！你快来救我，快来救我呀！”在这一刻，周杰不再是一个手染鲜血的死刑犯，她只是一个陷入绝望、渴望被保护的孩子。同样令我难忘的还有李迪在《自序》中讲过的一处细节：李迪在公安基层时，曾亲眼见过二十多个年轻的死刑犯被绑赴刑场，当这些死刑犯被塞入囚车之后，身后忽然传来一声轻叹。发出叹息的是一位白发苍苍的老警察，他说，也不知道昨晚给没给他们吃肉……据李迪自己所写，这句话令他立时流下了眼泪。这眼泪的成分无疑是复杂的，但不论怎样，我想它必然滋润了李迪日后的创作。李迪写喧腾尘世中的爱恨悲欢，写案件背后的生命呼喊……这一切文字上的努力，同他当初的眼泪产生来自共同的根源，那就是人性深处的爱与悲悯。

这种爱与悲悯，本应是优秀文学的题中应有之义，在今天却渐渐变成了一种稀缺的品质。孟繁华教授在去年的一篇文章里提道，今天的中国文学似乎面临着一场“情义危机”，欺骗、伤害、冷漠被书写得太多，相比之下，对情义和关爱的表现则是太少。我对此抱有同感。现实生活中有没有伤痛？今天的社会有没有问题？当然有，对此我们无须讳言。问题在于，文学理应在伤痛之外为人们提供疗愈的信心，理应通过自己的那抹微光为读者照亮另一种希望和可能。在此意义上，李迪这样的写作者太少了；这些有温度有情义的警察故事，也值得让更多的人读到。

（原载《北京日报》2017 年 5 月 15 日）

用中国好警察故事引领社会风气

张书恒①

刚才一些专家和老师都发表了各自对李迪老师创作的看法，我也很受益。这是我第二次参加公安题材作品研讨会，去年也是受李迪老师邀请参加李晓重老师《驻站》的作品研讨会，那时候我才知道还有这样的作家：以执着的精神，以手中的笔，展现默默奉献基层的公安民警。他们书写了中国好人、中国好警察。

这些年和李迪老师谋面不多，这是第二次，但是他的创作我还是了解的，这得益于李老师的好人缘。我在《解放军报》做图书宣传工作，李迪老师有新的作品时，总会有评论家把他的书拿过来让我发表和宣传，对他的创作我也不是很陌生。《解放军报》对公安的宣传也作出了贡献，我对警察的工作、生活也是不陌生的。

看李迪老师的作品最大的感受第一是勤奋。他的勤奋不仅仅是

① 张书恒，《解放军报》文化部“迷彩书屋”主编。

表现在出版了表现基层优秀民警的作品，还表现在他把全部身心都投入到这个作品。李迪老师讲中国警察故事，涉及九个地区，包括数十名警察的片段，这些故事并不是凭空想象的，而是作者在深入一线中用真心和警民交流得出的。这几年李迪老师六下无锡，采访了一百多位民警，最让人感动的是他在监狱里自己回自己小屋被武警用探照灯照亮，李老师说别开枪，我是好人。我想李老师最怕的是哨兵负责任地开了一枪，而且枪法很准，这么优秀的作品可能就出不来了。这个事例说明一个重要问题，他的作品来自于生活来自于现实，接地气，表现的民警生活也是真实可信的。作家如果没有认真、勤奋的工作态度，想写出优秀的作品是不可能的。从这点来讲，我们应该为李迪老师点赞。

第二，他内心善良。善良的人看到的世界也是善良、美好的。人性中蕴藏的最柔软又最有力量的情愫就是善良。善良与生俱来，所以有人之初性本善之说，李迪老师内心善良决定着他的所感、所想、所做实时透出仁者爱人的特点。他作品中所表现的基层公安民警都是善良的乐善好施的对百姓敢于献出大爱的人，我们不能不为他的为人产生敬佩。我虽然跟李老师接触不多，但是每次见到他就像看到一个阳光帅气的大男孩儿，红衣白裤，说着幽默的话语，似乎他的内心纯净得像少年，我想这是他希望达到高境界的原因。常言说仁者寿，在李迪老师身上有鲜明的体现。

这些年我国正处在深化改革时期，出现很多矛盾和问题，干群关系、警民关系没有当初那么和谐。社会矛盾引发的一系列问题，无时无刻不考验着我们这支警察队伍。妥善处理这些矛盾除了政策引导，更重要的是春风化雨、润物无声地化解。如果矛盾双方多一分理解、多一点儿相互的尊重，就能把一些矛盾化解。文学的教化作用，李迪老师创作的价值这个时候也能体现出来，就是用好人好故事化解人们心中的戾气。

这些年推出的中国好教师、中国好医生、中国好警察、感动中国人物的评选等，都是为引导广大公民积极践行社会主义核心价值观。相信李迪老师的一系列中国好警察的故事在引领社会风气方面同样取得好的效果。这些好警察的故事给在职的公安民警看，等于是给他们提供了身边学习的好榜样；给不了解警察工作的辛苦、经常抱怨的市民看，也能让他们对警察的工作多一分理解、支持和尊重。

从李迪老师的写作经历看，他完全有能力创作出入围茅盾文学奖的长篇小说，他放弃了这个，把目光聚焦在被主流文学忽略的基层民警身上，与他们同吃同住同工作，写他们的酸甜苦辣、悲欢离合，这体现了李迪老师主动的责任与担当，让人充满敬意。我认为李迪老师《听李迪讲中国警察故事》，虽然不是长篇小说，不能竞逐茅盾文学奖，但是可以竞逐鲁迅文学奖、“五个一”工程奖。

（本文为作者在2017年3月25日举行的《听李迪讲中国警察故事》研讨会上的发言，根据录音整理）

一部值得珍藏和流传的作品

易孟林

非常感谢各位专家们从不同角度对作品进行了中肯的精彩的评点。我补充几点感受。

一、这是一部值得珍藏和流传的作品。李迪老师以他笔耕不辍的辛勤创作，通过公安这个领域的人物塑造，反映了整个当代社会的生存状况，成为了我们共同生活的这个急剧变革而奋发图强的社会里当之无愧的时代书记员。

他从东北到江南，到处留下了像蜜蜂一样采集花蜜的足迹，回到北京，再经过他呕心沥血的酿造，才有了我们今天看到的《听李迪讲中国警察故事》。

二、这是一部闪烁着理想主义光芒的现实主义文学力作。这部作品不是为了迎合读者，不是为了所谓销量而闭门造车的胡编乱造，而是来源于生活，引领生活，引领读者的作品，是时代前进的号角。

面对社会上不时出现的负面新闻，李迪用报告文学发声，树立警察优秀形象，吹响了时代前进的号角，激起人内心深处的善良的情愫，对社会与人生充满美好的向往，让读者从文学作品中的警察身上看到生活的希望、国家的希望，鼓舞读者前进。

三、这是一部中国公安法治文学的扛鼎之作。这部作品是李迪近年来公安题材文学创作成就的集中检阅，是他深入公安基层，书写警察故事的原创精品。

从《丹东看守所的故事》、《铁军·亲人》，到《社区民警是怎样炼成的》，今天的《听李迪讲中国警察故事》无疑是他公安题材文学创作成就的高峰。

最后，我想说的是，由衷的感激之情。

我们在习近平总书记文艺工作座谈会讲话一周年之际，推出了《国之盾》；在习总书记文艺工作座谈会讲话两周年之际，我们又推出了《听李迪讲中国警察故事》，既是巧合，也是必然。因为我社一直是公安法治文学出版重镇，自20世纪80年代发表出版李迪的《傍晚敲门的女人》和李宏林的《追捕“二王”纪实》开始，我们就一直坚持不懈地发表和出版闪烁着理想主义光芒的现实主义文学作品，从来也没有变过，从来也没有中断过。直到后来，《陈龙传》获得“五个一”工程奖，《法撼汾西》、《天网》、《无悔追踪》等改编为电影、电视剧，《抉择》获得茅盾文学奖，一直得到在座许多专家如雷达老师、李炳银老师等给予的关心、鼓励和支持！今年，《听李迪讲中国警察故事》入选国家主题出版重点出版物，可以说是水到渠成。

当然，生活不会总是一帆风顺。作为文学编辑，在当代市场经济的浪潮中，我们曾经有过彷徨，有过挫折。有一段时间，我们为了创收，甚至按照工厂批量规模化生产方式，出版了一些内容雷同，同质化现象严重的作品。结果是，钱也没多挣，经济效益并没有多大提高，差点儿砸了自己的出版牌子。现在好了，习总书记就文艺多次发表重要讲话，文艺在国家大局中再次获得明确定位，文艺作品不能等同于一般商品，使我们这些长期从事文学图书编辑出版的出版人，重拾信心，使我们从正反两方面的经验教训中，更加坚定了不忘初心、继续前进的信念。

再一次衷心感谢各位领导、专家学者、同仁们对公安法治文学长期的不遗余力的支持、引领和无私的帮助！今天很多老师对李迪老师给予了很高的期许，我想也是对我们文学编辑提出了更高要求。我们有责任发现和推出与这个伟大时代相匹配的优秀作品。

（本文为作者在 2017 年 3 月 25 日举行的《听李迪讲中国警察故事》研讨会上的发言，根据录音整理）

《英雄时代——深圳警察故事》评论

在阳光下行走

——读李迪报告文学《英雄时代》[1] 有感

高洪波

我的老朋友、老战友李迪又一部反映公安战线的报告文学《英雄时代——深圳警察故事》，由群众出版社出版了。

1978 年，我和李迪一起复员回到北京，我在《文艺报》工作，他任职于人民文学出版社。从 2009 年开始，他对公安题材给予高度关注。以十年时光，把自己的主要创作精力投入公安题材领域的报告文学作家，李迪可能是第一人。走进警营的作家不少，但写完了就转向别的领域。只有李迪“咬定青山不放松”，拿出一部又一部优秀的作品，走出一个又一个坚实的脚印，也走出了属于李迪风格的创作之路，甚至可以称之为“李迪报告文学现象”。

《英雄时代》有着独特的意义。深圳在地域上有着与众不同的

① 《英雄时代——深圳警察故事》，群众出版社，2018 年 11 月第 1 版。

特殊性，是改革开放的前沿阵地。当年在中央的支持下深圳人大胆改革和尝试，使深圳从一个小渔村变成现在的世界大都市。改革开放以来，中国很多城市都发生了巨大变化，但深圳是独一无二、不可模拟的。现在再来看深圳，用文学作品如何表现？李迪用特殊的视角看待这座特殊的城市。作家选择题材，题材也选择作家，彼此之间有一种很有意味的共鸣。李迪对深圳的熟悉程度跟我们差不多，但是他一猛子扎下去，就像当年七下丹东看守所与警察和在押人员共度春节那种深扎的狠劲儿，他也是一年时间三下深圳警营，采访上百人，不光是警察，连警嫂也都采访。全书每篇一个人物，连缀在一起，就勾勒出英雄的群像。他们都是普通人，但又都是非凡的、真实的英雄。李迪用朴素的文笔、真诚的感情、动人的细节和李迪式的幽默，让深圳公安战线上的英模人物立了起来。

李迪着力挖掘出这些人物身上蕴含的担当精神、牺牲精神与奉献精神。书中每一个篇章，都表现出他对题材的情感投入程度和写作技巧的熟练程度，以及他捕捉细节的过人之处，还有就是一个成熟作家的语言功力。他善于塑造有灵魂、有血性、有品位的警察形象。一些公安战线上的“陌生人”，在李迪笔下变得令人熟悉而亲切，他用李迪式的幽默一下子拉近了人与人之间的距离，他在用文字给公安民警画像，不仅画得真、画得像，而且还画出了内在的精气神。书中主人公的岗位各不相同，有刑警、片儿警、缉毒警，还有法医。李迪抓住他们的工作特征和个性化细节，让他们的形象变得清晰起来。读这部作品，令人不禁发问：社会的安全环境是如何炼成的？李迪通过这部作品，进行了回答：家国平安是无数可爱的人用信念与热血换来的，是用爱与忠诚打造的，是用牺牲与拼搏铸就的。

读这本书我挺感动的。一个七十岁的老作家依然这么有激情、这么投入、这么认真严肃地对待自己的每个题材。他对公安战线有一种敬畏，有一种发自内心的尊重。我读这部作品时，每每感觉到他是以一个和平安定环境受益者的身份，跟这些公安人员进行交流的。他不是高高在上、全知视角的名作家，而是一个倾听者、互动者乃至学习者，甚至是真诚的欣赏者。由于他这种接地气的身段、谦虚的心态，加上他的艺术表现能力，才有了一本又一本的公安题材优秀作品。李迪的报告文学作品是小说家写的报告文学，这和纯粹报告文学作家有区别。李迪捕捉细节的能力超强，有时候寥寥几句，形神毕现。比如，《不爱红装》中，出场的是深圳市公安局成立以来的第一个女刑侦大队长崔爱武，人称“崔大”。李迪写道：“一见面，我就说，中华儿女多奇志，不爱红装爱武装。哈哈哈！没那么高大上，我是爱武汉！”因为她是武汉人。几笔就把一个女警官的大气魄写出来了。《读你》写警犬专家许赞义，李迪从他的微信号名叫“许仙”说起，继而突出他对警犬的情感，“我爱我的工作。我爱我的警犬。有人问我干什么工作，我说警犬工作。他说，噢，是狗啊！我说，不对，是犬！是警犬！”还有《张奕元两解纠纷》，写张奕元通过细致观察，将涉及生死命案的医患矛盾有理、有力地化解了。李迪说张奕元抓细节厉害，其实也反映出他自己挖掘细节有真功夫。

李迪的文学创作一直有着浓郁的亮色和暖色。写这么多的公安题材，他一直在阳光下行走、穿行，阳光是他的创作主题。譬如在《紧拉慢唱刘晓光》中，女刑警刘晓光说：“贼有贼的尊严，贼有贼的情感。抛开他们是贼的身份，他们跟你我一样，也要承受七情六欲，承受家庭负担，承受社会压力，承受所有的一切。”人民警察的境界一下子就出来了。书中的《叶问》、《渡河之舟》几篇，人物生动、形象鲜活、呼之欲出。英雄时代就是由这样的英雄用血肉之躯扛起来的。这是表现公安题材的一部好书，是李迪保持一贯水平和稳健风格的力作。

“逝水如波说英雄，一代岂与一代同。唯有兹款终难变，慷慨报国意从容。”我想以这首小诗，向《英雄时代》这部作品表达敬意，也向深圳警察和所有的警察同志表达敬意。

（原载《光明日报》2019 年 1 月 2 日）

英雄时代的英雄颂歌

——评李迪新作《英雄时代》

张策

《英雄时代》是李迪先生近年来为人民警察而写的第几部书，似乎已有些记不太清。因为李迪先生虽已年近七旬，但精力旺盛，采访和书写的速度都让我等望尘莫及。当然，更望尘莫及的是他对书写的那种激情，对生活、对美好事物的那种发自内心的热爱。李迪的书写，堪称当代报告文学作家的一种样板，更是对生活抱有美好向往的人们的一种榜样。

这次李迪先生把目光聚焦到了改革开放前沿，聚焦到了深圳的人民警察身上。这次他的采访、创作、出版、发表，选择了一个非常好的时机，即中国改革开放四十周年隆重的纪念时刻。这部大著标题为《英雄时代》，非常贴切非常准确地表明了这部著作产生的时代背景。在深圳四十年翻天覆地变化的大时代背景下，书写深圳人民警察的英雄业绩，就显出了其历史感和时代感的厚重，给李迪先生的这部著作赋予了更重要的社会意义。

读了这部书之后，感受颇深。我觉得李迪先生在过往诸多书写人民警察的著作基础上，在这部书的创作中有了一些新的思考和新的艺术探索。

一、在素材选择上的严谨，体现的是对报告文学创作的一种尊重。据我所知，这次李迪先生到深圳市公安机关采访创作，先后接触采访的对象达百余人，最后经反复选择，确认30名优秀深圳警察的故事进入了这部书的写作。众所周知，报告文学是一种紧贴社会、紧贴生活的写作，是对现实社会最直接的反映和复制。因此，报告文学创作素材的遴选就不会仅仅是简单的一种选择，而要考虑多方面因素。翻阅作品，我感到李迪先生的选择注重了几个层面：一是扣紧深圳改革前沿的地域特征，选择公安机关为改革开放服务的突出事例；二是扣紧公安工作职能，选择公安机关各警种、各部门的典型代表；三是扣紧报告文学创作的文本要求，选择故事生动、人物形象鲜明的素材进行二度创作。这样的选择，体现了一个成熟的报告文学作家对创作的尊重和严谨。

二、在语言艺术上有意识的调整，体现的是对采访对象的尊重。我们知道，李迪先生的语言风格非常有特点：节奏感强，短句式多，口语多，令人读来有一种活泼跳跃的感觉，甚至有一种浑然天成的喜剧感，特别适用于反映社会各层面的生活状态，让读者感到亲切。但在这部《英雄时代》里，李迪先生对自己的语言风格做了微调，适当减少了短句式和口语，并且多采用主人公口述与记录者叙述相交叠、相辅助的形式，在活跃中增加了庄重，在快节奏里增加了舒缓和凝重。这对于描写一群担负着保卫改革开放前沿社会秩序稳定重任的人民警察来说，我认为是最合适的叙述语气。在长期的创作过程中，李迪先生与各地公安民警结下了深厚的友谊，对广大公安民警的牺牲奉献有着感同身受的体验，他在这部新著中在语言风格上的微调，充分体现了他对公安民警、对公安事业的尊重。

三、融化在字里行间的充沛情感，体现的是作家对于文学事业的挚爱。从20世纪80年代的《傍晚敲门的女人》，到今天的《英雄时代》，李迪先生多年来一直没有离开他热爱的文学创作，没有离开他关注的公安题材，无论是小说，还是报告文学，他始终倾注了丰沛的情感，有着如火的创作激情。而且，目光越来越深邃，眼界越来越宽阔，对于时代和人性的展示与探寻，特别是对于人民警察形象的塑造，也越来越深刻，越来越准确。读《英雄时代》，时时感觉和品味着他的这种激情，我有一个感受：英雄时代不仅需要英雄民警，也需要有担当有社会责任意识的作家。这样的作家，也堪称英雄。这个说法也许不准确，但却代表了我对李迪先生，和像李迪先生一样关注和热心公安题材创作的作家们的敬仰之意。

近来，公安题材报告文学的创作呈现出如火如荼的发展态势。有多部好作品先后问世。描写“枫桥经验”55 年光辉历程的《桥》、描写“时代楷模”吕建江事迹的《海棠花开》等优秀报告文学作品，都产生了较好的社会影响。而如公安部刑侦局组织创作的大型报告文学集《中国刑警》、由安徽省公安厅组织创作的《警营利剑》等力作，也即将面世。写英雄，颂英雄，在公安题材文学创作中，已经形成主流意识，是公安文学，特别是公安报告文学的创作主攻方向。李迪先生的这部《英雄时代》，无疑是其中的一部重要作品，是公安题材报告文学的最新收获。

（原载《人民公安报》2019 年 1 月 4 日）

沾泥土带露珠的英雄故事

梁鸿鹰

李迪的报告文学《英雄时代——深圳警察故事》（群众出版社）近日出版了，这是一部为深圳公安干警40年来走过的不平凡历程点赞的用心之作，读来让人感慨良多。新时代的公安战线每时每刻都在涌现令人感动的中国故事，等待作家去观察和书写，而在书写公安干警生活的行列中，李迪无疑是颇有耐心和干劲的作家，他持续不断地在警察故事这个富矿里开掘，尽自己的努力，跟随公安战士的脚步，聆听他们的心声，探访他们为社会安全、群众利益而奋斗牺牲的感人故事，为公安文学创作积累了宝贵经验。

为了记录深圳公安干警的英雄壮举，李迪三下深圳，走访警营、看守所、派出所、社区、乡村，深入采访的对象涵盖了刑警、户籍警、经侦、缉毒警、网警等各警种。他从采访的160余名功模民警中，选择30余位典型代表作为书写对象。他一路与民警交朋友，倾听他们内心的隐秘，捕捉他们工作背后鲜为人知的细节和最能体现他们性格的言行举动。有的时候，为了捕捉一个细节，他反复采访，由此走进一个个陌生领域，也走进一个个被采访者的心里。他既写出了警察破案的跌宕曲折，还写活了这条战线中矗立着的一个个英雄形象。

李迪的创作有很强的辨识度，因为他的作品富有亲和力，他总是试图通过切身的采访和细腻的文笔，描绘出英雄的精神世界，描绘出一个个性格鲜明的警察在工作中积累、成长与成熟的过程。"七十二变冯景华"、"不爱红装"的崔爱武、警犬大队的许赞义……他们的人生既平凡又感人，他们为了人民警察这个称号、为了忠诚于事业的光荣使命，一次次放弃了自己舒适的生活，一次次到新的领域里开拓新的事业。李迪一步步走进英雄的内心，与他们建立起信任的关系。他们之间的每一次谈话都是对精神世界的抵近，对人物心灵的触摸。

《英雄时代——深圳警察故事》的辨识度更在于写的是平凡中的不平凡，是英雄身上的热气。比如在《不爱红装》一章中，出场的是深圳市公安局成立以来的第一个女刑侦大队长崔爱武，人称"崔大"。李迪写道："一见面，我就说，中华儿女多奇志，不爱红装爱武装。哈哈哈！没那么高大上，我是爱武汉！"因为崔爱武是武汉人，几笔就把一个女警官的大气魄写出来了。李迪以一个与警察有深入思想交流的对话者的身份，在警察自述的角度外又增添了主观视角，通过对话来塑造人物性格，使作品更形象、更鲜活。你会意识到，这些英雄之伟大，如果不亲自接触，是无论如何设想不出来的。特别是在现代化、信息化和全球化的时代条件下，深圳警察敢于牺牲没有变，创新的步伐没有停顿，大数据、云终端、指尖化、立体化，科技支撑，智能监管……为深圳公安事业的腾飞插上了翅膀；程爱民、荆琦、王嘉锐、何贵莲……这些向科技要警力的先锋们，在现代化的社会生活环境中，书写出人生精彩的片段。我们无论怎么设想，无论怎么虚构，可能都还原不了这些英雄故事的皮毛。而李迪采取实录的方式，听英雄们讲述，让写作忠实于细节和精神，从而使全书如行云流水般自然，富于生活之趣。可以说，李迪的这部报告文学也为读者认识当代社会、观察时代生活，提供了一个内容扎实的读本。

（原载《人民日报》2019 年 3 月 19 日）

英雄精神和人性光芒的文学书写

康伟

“英雄”是个大词。它赋予写作者厚重的思想底色，唤起读者关于崇高美的审美期待，但同时，它也给写作者提出挑战。人们呼唤英雄、期待英雄、赞美英雄，为英雄的精神所感动，为英雄流泪，但人们也拒绝那些虚假的英雄书写。书写英雄为什么会虚假？原因就在于，要么神话英雄，要么架空英雄，要么绑架英雄。这样的英雄书写，不仅是作家个人的失败，更是英雄形象塑造、英雄精神传播的失败。

所以，书写英雄既需要担当和勇气，更需要文学智慧、艺术智慧。读李迪先生新著《英雄时代——深圳警察故事》，既感受到他的担当和勇气，同时也感受到他的文学智慧、艺术智慧。他为我们讲述了英雄的故事，讲述了故事中的英雄。但他没有神话，没有架空，更没有绑架这些英雄。北岛有一句诗：“在没有英雄的年代里，我只想做一个人。”李迪笔下的这些警察，恰恰既是我们身边的英雄，也是我们身边的人；他既写出了英雄的特质，也雕刻了他们作为人的光芒。

这首先来自李迪对警察的精神追求、价值观发自内心的“理解之同情”。我们常说要贴近采访对象，但能够真正贴近的是比较少的，从而也是难能可贵的。李迪之所以成为李迪，之所以能够成为以报告文学方式书写公安精神的高手，之所以能够把公安精神进行成功的文学转化、艺术转化，就在于他在真正理解的基础上，对警察的精神世界有强烈的情感共鸣，这样，他的写作才不是机械的、片面的、公式化的。虽然可能也是带着主题出发，甚至是带着任务出发，但他抵达的却是文学的终点、艺术的终点。在《渡河之舟》这一篇的结尾，有一句话是：“讲到这儿，杜舟讲不下去了。我也记不下去了。我们的泪，流到了一起。”正是因为作者的泪与采访对象的泪“流到了一起”，他才能真正走进他们的内心世界；正因为泪“流到了一起”，我们可以说，李迪是一个真正的用心、用情、用功的作家。

这种用心、用情、用功，不独体现在《英雄时代》中，而是贯穿于他的整个创作生涯。《丹东看守所的故事》、《警官王快乐》、《社区民警是怎样炼成的》、《听李迪讲中国警察故事》等写作的成功，都体现了由用心、用情、用功奠定的思想底色。深入、扎实的采访与写作，并由此实现对英雄色彩浓郁的警察故事的文学转化、艺术转化，已经成为李迪的标志和符码。

回到本书的主题“英雄”上来说，李迪给我们阐释了在深圳这样一个改革开放最前沿的城市，在这样一个发生伟大变革的时代里，警察作为英雄的精神内核，那就是骨子里真诚的为民情怀、奉献精神。不管是在生死考验面前，还是家长里短之间，他们总是自觉地把老百姓放到第一位。《如果哪天轮到我》中，蒋海泉说，“案子再小，对老百姓都是天大的事”；《爱民的爱民故事》中，程爱民说，“谁让我是人民警察呢，就得听人民的”；《画面静悄悄》中，王斌说，“在我们看来不够立案的，在群众那儿就比天大”。所以，能够真正把人民警察的“人民”二字放到第一位的，真正为人民服务、为人民排忧解难的，都是英雄。破命案的是英雄，抓毒贩的是英雄，拿绑匪的是英雄，捕大盗的是英雄，甚至，陪孩子的也是英雄。《熊警官怕来电话》中写道，有个智障孩子，打电话说太阳不转了，熊海跑过去，跟他一起冲天傻看，直到孩子说转了转了，才笑着离开。陪着智障孩子干了一件在别人看来莫名其妙的事，但在这个过程中能够真心相待并且最后能够笑着离开，那就是英雄。《如果哪天轮到我》中，打工妹阿芳说："我做梦也想不到，你们把一个打工妹的事当事，谁都躲着我们。"在阿芳那里，帮她把钱找回来的蒋海泉就是英雄。

从写作本体来考量，《英雄时代》很有文学的味道。一是细节之美。《张奕元两解纠纷》中，张奕元摆事实，讲道理，成功地说服家属接受了亲人是自杀而不是他杀的实际情况，他感慨："又一起纠纷解决了，细节再次帮助了我。"用在《英雄时代》的写作上，可以说是"细节帮助了李迪"。一个个故事之所以能打动人，能既写出英雄本色，又写出人性光芒，就在于细节的丰富和巧思。二是幽默之趣。如《刑警赛芳》中，"要命办真要命"，"掉下去就掉下去了，谁叫我是要命办呢"等，如同变奏贯穿全文，诙谐生动，很是抓人；《刑警赛芳》中"前狗之鉴"；《紧拉慢唱刘晓光》中"没有凯旋的歌，只有想睡的觉"，"好花不常开，好觉不让睡"；《画面静悄悄》中，"画面静悄悄，内行看门道"，"画面静悄悄，证据确凿凿"，"画面静悄悄，时间像赛跑"……三是叙事之力。全书采取第一人称叙事，但又有作者的跳入跳出，生动流畅，有温度有灵魂；标题、结尾着力经营，《画面静悄悄》中百字左右的结尾，出人意料又直击人心；短句、短段带出强烈的节奏感，非常契合警察题材和叙述节奏。

我们并不缺乏英雄，而是缺少发现；我们期待英雄，也期待李迪这样真诚地、艺术地礼赞英雄的作家。这是《英雄时代》带给我们的启示。

（原载《北京日报》2019 年 1 月 8 日）

用心、用情、用功，塑造新时代的英雄群像

——评李迪长篇报告文学《英雄时代》

李朝全

李迪的长篇报告文学《英雄时代——深圳警察故事》这本书的制作非常新鲜，因为这是一部可视、可读、可听的报告文学，这确是我看到的第一部这样集读、视、听于一体的文学作品。当年李鸣生《震中在人心》号称第一部摄影报告文学，《英雄时代》也是这样一部具有创新意义的书。报告文学是和时代结合得非常紧密的文体，就应该在制作、出版方面也走在前列。这次群众出版社大手笔的制作，我个人愿意为之叫好，点赞。该社新出的系列报告文学《中国刑警（一）》也采用了这样的做法，每篇作品后都附有一个二维码，读者一扫进去就能看视频、图片，而且能听悦耳的朗读。这诚然是在为读者着想，出版社就应该以读者为中心，为读者出好书。

李迪今年刚刚满七十岁，按说已经不年轻，但是革命者永远年

轻，奋斗者永远青春。他是一位非常勤奋的文字劳动者，每年都有新作出版，而且每部作品都是带着体温、接地气的作品，都是有筋骨、有道德、有温度的作品，都是从生活中采集来，而不是坐在书房里编造出来的。在“打深井”深入生活方面，李迪一向被作为文学界的一个样板和标杆。

《英雄时代——深圳警察故事》这部作品保持了李迪一贯的文字叙事和把握能力，作品有很强的带入感，好读，且有感染力。全书采用第一人称叙述，是主人公或受访者面对作者的对话和交流式访谈，但在阅读时却一点儿不觉得枯燥，每一篇均可单独成篇。作家带着情感叙述，给人的感觉真实可信，这确是一种报告文学的表达方式。作家的选材也相当精当，从深圳两万多名公安民警中遴选出 160 多个典型人物进行采访，再从这 160 多个典型人物里筛选出 30 个进入作品，他当然能找到最打动我们的深圳警察和他们的故事。李迪采访的功夫是很扎实的。

作品的可读性，一是和作者与采访对象促膝交流谈话式的叙事有关联，二是叙事中有精彩的侦破、探案过程。作者善于通过运用人物的语言叙述，把人物的个性鲜明地表现出来。譬如快人快语的刑警赛芳，个性风风火火，她是“要命办”的负责人，工作起来确实很拼命。再如不爱红装爱武装的崔爱武，每句话结尾基本上都带一个“哈哈哈”，把严肃的事都当成快乐的事，这种人物语言都很见个性。尤为难得的是，这种个性的表现是受限的，是被束缚的，因为作家采用的是当事人自己的讲述，只能借助生动而鲜活的语言来表现其个性，而且把每个警察的个性都表现得不一样。这是作家的文字修炼功夫，李迪在写作上确实已达到了这样的火候。

作家还擅长从不同视角、不同侧面来塑造英雄。他既正面写警察，同时也写警察背后的警嫂、家人。比如《黑猫警长》中的主人公、民警姚一元的妻子罗静梅，通过她的讲述，可以更立体地表现警察老姚的形象。不光警察本人觉得自己的职业是很光荣的，而且他的家人亦以他为荣，从家庭角度营造了一个很好的从警环境。警嫂们不仅把家里的各种难处一个人承担起来，还特别体贴敬重自己的丈夫。老姚每次抓到小偷回家都告诉她，罗静梅就觉得特别高兴，她以丈夫的工作成绩为荣，以他的职业为荣，这个警嫂是有精神境界的。通过家属的讲述，读者更真切地了解了老姚的为人。有时他一天没抓到小偷，回到家却告诉妻子抓到了，只为了让妻子高兴一下。等看到妻子心情好了，他再跟妻子说实话。妻子说，你看我们家老姚多傻，哄哄我高兴就行了，还那么较真。作者不仅把警察形象写得活灵活现，也把警嫂的形象刻画得鲜明可感，她始终是担心并开心着：一面为丈夫的工作成绩开心，一面天天担心丈夫受伤。在塑造警嫂方面，民警许锦东的妻子也是非常优秀的。作者只通过几个很小的细节，如写到他们家三岁的孩子多多在幼儿园参与玩一个游戏，老师说年兽可以满足每个人的愿望，多多说我最大的愿望就是希望爸爸妈妈能多陪我一些。警嫂讲到这里的时候潸然泪下，她也让我们潸然泪下。我们都是父母，我们每天都可以见到孩子，但警察的孩子想亲近他们的爸爸却不可得。警察的妻子非常贤惠，尾椎骨受伤了，在家里等着丈夫回来帮她换药，一直等到凌晨3点多都没等到……许许多多的细节并非惊天动地，却让我们看到了鲜活的警察生活的多个侧面，在工作中的一面，在家庭生活中的一面，各个视角、多角度表现英雄，确实有过人之处。

《英雄时代》写的是新时代公安英雄群体。习近平总书记说，英雄是一个民族最闪亮的坐标。在和平年代，在深圳这个改革开放的前沿窗口，作家找到了这样一群时代英雄，将他们挖掘出来，塑造起来，让我们认识到英雄原本平凡，英雄就在我们身边，关键是要有人去挖掘他们，慧眼识珠，把他们辨识出来，刻画出来，让我们认识到他们代表着时代的精神标杆，他们身上体现了忠诚、为民、公正、廉洁的人民警察核心价值观，这也是公安文化的核心价值。李迪确实写出了公安英雄们的精神和丰采。

李迪对深圳警察的描写，不同于他已经写过的湖州警察、徐州警察、无锡警察等。深圳是改革开放的前沿，有许多与其他城市警察不太一样的独特的警情、警务。譬如深圳打工者多，作品中就写到了这样的情节，一个打工妹阿芳夜里走路捡到了钱，边上的人就骗她一起来瓜分掉，结果阿芳受骗，把三年打工的钱都赔了进去。深圳警察用心地破了案，打工妹阿芳没想到自己的这笔钱还能追回来，十分感动。作品中写到一个大骗子，这个大骗子十分有城府，为了倒卖假钞，精心策划，在小董的杂货店边上租一家店，假模假样卖茶叶，每天还开着奥迪车上班，小董上当了，换到手65万假港币。警察破案也真是用心、用情。因为茶叶店是租的，通过茶叶店找不到任何线索，奥迪车每天调换假车牌，也找不到线索，但是，经过细心推敲，发现车里的饰品没变。通过调监控视频，千方百计把案破了，小董最终拿回了自己的钱。这个小百姓一辈子的血汗钱，警察都帮他追回来了。这样生动的情节，在感动当事人的同时也让我们读者受到感染。李迪先生确实是用心、用情、用功写作的一位作家，令人钦佩。

（本文为作者在2018年12月22日举行的《英雄时代——深圳警察故事》研讨会上的发言，根据录音整理）

生活之水浇开创作之花

高伟①

李迪兄又出书了——长篇报告文学《英雄时代——深圳警察故事》，红色的书名，红色的腰封，就像迪兄标志性的红上衣，鲜艳夺目，熊熊燃烧。是的，李迪的创作是一种现象。应该好好说说这个“李迪现象”了。

李迪出道很早，1970年他22岁就开始发表作品，也因此被部队发现，吸收到人民解放军这所大学校里进一步培养。李迪无疑是颇有才情的作家，他的《傍晚敲门的女人》开创了新时期中国推理小说走出国门之先河。但他后来离开了文学，去了日本，再后来回国做生意，当寓公，停止了写作。在这之后的创作，可以说是老树新枝，焕发生机，尤其是近年来的创作状态，已呈繁花满树之景象。造物弄人，兴衰有自。而这一切，背后的密码其实很简单：回

① 高伟，《中国作家》杂志副主编。

归文学的李迪笃信“生活是文学创作唯一的源泉”这一朴素而深刻的真理，并且一直自觉地坚持贯彻于自己的创作之中。深深扎根于生活的沃土，他便成了一棵大树。所谓“李迪现象”，其实就是生活之水浇开创作之花。

回看李迪近年来的创作，你会发现，几乎所有的作品都拜他深入生活、发现生活所赐，如反映兰花案件的《血色兰花》，由个人命运体现时代变迁的《花自飘零》，书写石油领域小人物的《004号水井》，追忆部队宣传队生活的《宣传队》，展现公安战线群体和个人的《铁军·亲人》、《警官王快乐》、《社区民警是怎样炼成的》、《凌晨探案》、《徐州刑警》，包括他最近正在写作的《加油站的故事》，以及他近年发表在《人民日报》、《光明日报》、《解放军报》等报刊上的大量的纪实文学，无论是作品中的素材、人物、故事，还是创作的灵感和激情，都源自于生活，对应的是当下火热的现实，反映的是时代精神。现实主义写作在李迪这里，不仅是立场、观念，还是安身立命的方法论。正是这种贴近生活大地的创作姿态，给他带来了取之不竭的创作资源和永远充沛的创作激情。现在的李迪已经在“生活—创作”的快车道上轻车熟路，左右逢源，游刃有余。报告文学、小说写一个，发一个；发一个，火一个。文学作品问世不久，紧跟着就是影视改编。这是独属于他文学生命的夕阳红。如果说生活是一片海，迪兄就是那驾船远航的渔民，清波碧浪风光好，他在海上打鱼忙。

眼前的这部长篇报告文学《英雄时代——深圳警察故事》，依然体现了李迪一贯的创作个性和特点——

一、小人物的故事。李迪的创作，从来都是着眼于小人物的性格命运，这一点，你略微盘点一下他的著述目录就会知道。你也许会微笑着想：李迪为什么不爱写大题材大人物呢，不是许多人都在追求宏大叙事吗？我想，这要回到他写作的源头去找答案了——李迪一直是一个优秀的小说家，小说“说”小嘛，他的眼睛惯于从生活的褶皱处发现属于他创作的猎物。只有精彩的人物和故事，哪有什么大和小的区分呢（我猜，像“英雄时代”这种大词在写作的时候，是他压根儿不会去想的）？来自于生活的人物故事在他的眼里那都是无价的宝贝。所以，在报告文学作家都在追逐大题材、高回报的今天，李迪却能像鹰犬一样嗅到好的人物故事的素材，掘地三尺，一口咬住不放。这本描写深圳警察故事的书，又是他对上百位采访对象的采访中“淘”来的——顺便说一下，李迪的采访量一向是很大的，“搜尽奇峰打草稿”，是他的一贯作风，也是他热爱草根故事的体现。

二、无处不在的内在情感视角。本书依然采用了李迪擅长的第一人称写法（他是非常喜欢而且偏宜于第一人称“我”来叙事的）。他为人古道热肠，落笔处就格外有一种炽热内化叙述之中。看他的作品，常常不自觉地被感染，动情时涕泪交下也是难免的。公安题材是文学的富矿，也一直是李迪偏爱的领域。但他写警察故事，不追求单纯的紧张刺激，而是紧贴着生活的真实，聚焦普普通通的民警，重在刻画小人物的性格命运。长期深入公安生活，使他非常熟悉警察，情感上自然与警察同频共振，同此凉热，所以他的警察故事，在叙述上有一种内在的视角。他既是作者，又是讲述人；他穿插、串联；他的影子无处不在，读来既感到真实，又温暖好看。

三、生动的语言。李迪的语言太灵动了，活泼俏皮，形神兼备，既有鲜活的口语，也有当下流行的网络热词，笑意吟吟，酸爽跳透，那种遮蔽不住的热活儿，随便挑出一段儿来，我都认得出（别人谁能想到它们来自一个年逾七十岁的老人呢）。这种生动的语言，在当下报告文学创作中是比较稀缺的，它是李迪小说笔法的一种移植，用在具体的人物故事场景是非常提升文学性的，在目前非虚构作品中越来越多地见到，但如李迪这般气贯始终的真的是太少了。

“李迪现象”不仅对现实主义创作有启示，他的报告文学也对当下的报告文学创作具有启迪意义：好的报告文学应该具有一种什么形态？报告文学如何借用小说笔法刻画人物、叙述故事？报告文学如何写得好看动人？夕阳无限好，下笔无穷期，七十岁的李迪正在兴头上，不知还有多少他的生花妙笔等着我们来读呢。

祝福你，迪兄。

（原载《文学报》2019 年 6 月 13 日）

没有“四力”，就不会有好作品

李国强

2015 年 9 月 2 日，习近平总书记在颁发“中国人民抗日战争胜利 70 周年”纪念章仪式上的讲话中指出：“一个有希望的民族不能没有英雄，一个有前途的国家不能没有先锋。”在党的十九大报告中习近平总书记又强调指出，要“加强现实题材创作，不断推出讴歌党、讴歌祖国、讴歌人民、讴歌英雄的精品力作”。

2018 年是改革开放 40 周年。深圳市公安局成立于 1979 年的元月，是沐浴着改革开放春风诞生的第一家副省级城市公安局。为了庆祝改革开放 40 周年，为了纪念深圳市公安局成立 40 周年，反映改革开放前沿 40 年公安发展历程，深入挖掘新时代深圳警察好故事，弘扬深圳警队主旋律，充分展现深圳公安民警的忠诚信念、担当精神和英雄气概，讴歌为改革开放保驾护航的人民警察、公安英模，经由人民公安出版社推荐，深圳市公安局决定聘请作家李迪创作《英雄时代——深圳警察故事》。

李迪从 2017 年 12 月 18 日到深圳去扎根生活、深入警营采访，一直到 12 月 30 日才回到北京。此后去年 1 月、6 月又两次去深圳采访，一共是三下深圳，共采访160余位深圳警察，历时八个月，潜心创作完成了《英雄时代——深圳警察故事》。

作为本书的责任编辑之一，李迪第一次、第三次去深圳采访，我都是陪同他一起去的。可以说，从选题策划到陪同采访，从内容加工、校对到具体的出版形态，我自始至终参加了《英雄时代——深圳警察故事》这本书的组织和编辑出版工作。李迪的创作激情、创作精神和创作态度，以及他对于创作的忘情投入，使我等参与这部作品创作相关工作的同志都很受感动。李迪第一次到深圳采访时，按照深圳市公安局给他提供的采访对象，他每天上午、下午、晚上各约谈三个，平均一个人要访谈一个小时左右，这样每天都要访谈十个小时左右。深圳市公安局同志都知道他已经是一个七十岁老人，这么大岁数了，这样下去真不行。最后徐文海局长跟我说，改革开放这几十年，我们深圳发展得这么好、建设得这么好，市容市貌建设得漂亮，你跟迪老说能不能让他抽出一个下午的时间，我们陪着他，让他出去转一转、看一看。我跟李迪一说，李迪说："谢谢，但是对不起，我哪有这个时间陪他们游山玩水。"我说不是游山玩水，是去看一下市容市貌。他又说："谢谢，告诉他们我不去。"结果李迪三下深圳采访，也没有去看过深圳市容市貌一次。

这部作品采访、创作期间，我和深圳市公安局的同志，包括李迪，建有一个"深圳警察故事联络群"，因此，围绕这部作品的采访、创作，我们有很多的聊天记录。通过亲眼目睹李迪的采访、创作历程，我最深的感受就是：没有"四力"，就不会有好作品。"四力"当然是指习近平总书记在全国宣传思想工作会议上讲的"脚力、眼力、脑力、笔力"，对此，在李迪身上，或者说在李迪的创作实践中，我体会太深了。在《英雄时代——深圳警察故事》的写作过程中，我不但亲眼见证了一部好作品是如何诞生的，也更多地了解、认识了作家李迪。

李迪的创作实践再次证明，好作品是用脚丈量出来的，是用心用情打造出来的！好故事就是这样深扎、挖掘出来的，好作品就是这样采访、创作出来的！习近平总书记提倡的"四力"，李迪都身体力行了！可以说，李迪是当代中国作家中践行“四力”、坚持“四个讴歌”的好榜样！坚持深入生活、扎根生活，李迪是真正值得我们学习的榜样。

我在读过李迪创作的《英雄时代——深圳警察故事》后曾经写过这样几句评语：精彩故事，娓娓道来。惊险曲折，柳暗花明。担当精神，跃然纸上。忠诚信念，呈现大爱。这部作品生动反映了深圳警察的忠诚信念和爱民情怀，打击犯罪的决心、智慧和技能！不一样的故事，不一样的精彩！可以说，这部作品写出了新时代深圳警察的别样风采！李迪的文学功夫就是能够把人物写活，并且写得真实可信，生动鲜活！从一个个小事见真情，见为民情怀。

时代呼唤英雄，英雄无愧时代！作家李迪三下深圳、深入警营采访创作的报告文学《英雄时代——深圳警察故事》先在公安部主管的全国大型公安法治文学月刊、全国百强报刊《啄木鸟》杂志2018年第8期、第9期连载推出，11月又由群众出版社出版发行了单行本。这是中国第一部可读可听可视的报告文学作品。这部作品精心描绘了深圳警察的担当精神和战斗风采，忠实记录了“对党忠诚、服务人民、执法公正、纪律严明”的深圳警察为改革开放保驾护航的奋斗历程，真情讴歌了为改革开放事业忠诚奉献的人民警察！相信这部优秀的报告文学作品一定能够进一步凝聚警心、激励士气，鼓舞深圳公安和全体人民警察在新时代的新征程中，在平安中国建设进程中再立新功，作出更大贡献。

新时代要有新作为，更要有新气象新形象。好的公安文学作品，就要起到鼓舞士气、凝聚警心、激励斗志、树立形象的效果。从深圳公安“云警务”中深圳警察发的阅读这部作品的跟帖中我真切地看到了这种效果。讲好警察故事、树好警察形象是我们的光荣职责，让我们一起努力，不忘初心、牢记使命，共同书写最精彩的中国警察故事。写在我们的行动中，写在老百姓的口碑中，写在中国的大地上，写在新时代的征途上！

（原载《文艺报》2019年1月30日）

一本书 一座桥

王国平①

读李迪的报告文学新作《英雄时代——深圳警察故事》（群众出版社 2018 年 11 月出版），脑海中不由得浮现出“桥”的意象。这部作品就是一座桥梁，是一个行业与社会大众进行沟通的桥梁，以求实现相互理解、相互信任、携手同行。这是基于现在社会上一部分人戾气太足、怒气太盛，心情容易澎湃，缺乏足够的耐心。自媒体又高度发达，表达起来便捷、随意，于是很多问题原本不是问题，通过一些渠道的助燃，渐渐成了大问题，甚至酿成老大难的问题。以前说“中国人，你为什么不生气”，现在有时候也需要问一问，“中国人，你为什么老是生气”。这就需要沟通，需要坦诚，需要通过有效的方式让人与人之间能够实现相知，彼此体谅，相互支持。

---

① 王国平，《光明日报》文艺评论版主编。

通过对深圳警察群体的全方位书写，《英雄时代》向读者传递出的一个重要信息是公安干警到底是干什么的、是如何开展工作的。他们有着强烈的责任心，认定“流血牺牲不是本事，破案才是本事”，认定“确保人质安全才是本事”。同时，破案是难的，“说起来两句话，做起来真的很难”，要基于法律法理，要注重情感关怀，要去寻找关键证据，要形成完整的证据链条，这是一个漫长的过程，需要时间，需要努力，甚至需要机缘。为了一个案子，追踪了二十几年，这需要付出极大的耐力，需要树立强烈的信念。而且作品中不回避工作失误。在接受作家采访时，有干警说，抓住逃犯的故事没什么好讲的，抓了就抓了，倒是愿意讲讲没有抓着的，“你帮我一起总结教训，行不?”这就意味着“没抓着”是在心里藏着的，时刻从心底泛出来。公安干警的职业意识，为民保平安的职业追求，就通过这样的细致书写得以充分彰显。这样的作品，可以让读者熟悉一个行业的工作流程和运转规则，促进警察这个群体与普通百姓之间的沟通，促进警察这个群体与家属之间的沟通。对于警察这个群体自身而言，这样的作品也可以形成工作上的借鉴，进行精神上的抚慰——文学的光亮，终于以实打实的方式，照耀到自己和自己战友的身上。

《英雄时代》由30个独立篇章组成，以一个个鲜活而精彩的故事，写出了人民警察的精气神，写出了这个群体的工作状态与精神境界。作品重在写“人”，写人的情感世界与精神追求。公安干警对受害者有着一种亲人般的爱怜，对犯罪分子有着一种基于人间正义的痛恨。更为难得的是，他们也为失足者感到惋惜，尊重人格、平等相待。《紧拉慢唱刘晓光》中，女刑警刘晓光说：“贼有贼的尊严，贼有贼的情感。抛开他们是贼的身份，他们跟你我一样，也要承受七情六欲，承受家庭负担，承受社会压力，承受所有的一切。”在这一章的结尾处，她还在说：“法院会不会减轻对他们的量刑?”一句念叨，彰显出人民警察身上闪烁着的人性光辉。

一本书，一座桥。建造这座桥，使用的材料是语言。李迪的语言是有响声的，也是有画面、有场景、有神态的。看采访对象说的，大体上能感知到他们说时的表情与心境。很多人笔下的语言是干的，或者说是硬的。李迪笔下的语言是脆的，而且是“嘎嘣脆”，有一种个性化的风格。他的语言是脆的，也是温的，有着一种贴近人的体温，爱与恨的分寸把握到位。他不仰仗描写，而是善于以口述的方式来推进故事，这是需要高超的语言驾驭技巧的。书中是采访对象在说，也是李迪在说，他们一起在说。这么多采访对象，做的事情大体相同，一个故事接着一个故事登场，容易形成疲劳，人物的面目容易模糊。这就需要作家准确捕捉到每个人的个性风格。李迪善于从各自的姓名入手，从各自的微信名入手，使之区分开来。李迪喜欢阅读汪曾祺作品，是资深“汪迷”。汪曾祺的创作秉承沈从文的一条经验，那就是“贴到人物写”。李迪也善于“贴到人物写”。他通过自己的笔，让原本属于“这一类”的，成为活泼的“这一个”。这是有匠心的，而且是“匠心独运”。李迪就像是一个高级设计师，深谙“量体裁衣”的精髓，他为每个人都量身定制了精致的标题与符合身份的故事讲述方式。他用文字为公安干警绘制了一幅幅人物画，他将自己的情感熔铸于文字，为英雄塑像，为时代放歌。这体现出作家的功力，也彰显出作家的风格。

（原载《中国艺术报》2019 年 2 月 15 日）

其他评论

讲故事的人活在我们心里

——李迪和他的文学追求

何向阳[1]

2016年4月，李迪老师电话告诉我他的新作《警官王快乐》一书在无锡开研讨会，中国作协创研部是主办方之一，作为作者他想邀我参加，我当时正在中央党校学习，离京难以请假，便电话中向他表示祝贺并请他谅解。他表示没事，并祝我学习愉快。我感到这是一个非常体谅别人、心地极为善良的人。2019年9月在作协的电梯里再次见到李迪，那天是中国作协“脱贫攻坚题材报告文学创作工程”的启动仪式，创研部受命承担这一工程的实施。那天上午，小芊书记请国务院扶贫办刘永富主任在10楼大会议室作报告，我从办公的5楼按电梯按钮上楼，电梯门开，恰好李迪已在上楼的电梯上，同电梯的其他部门同事问10楼什么会啊？这么多大牌作

---

① 何向阳，中国作家协会创研部主任。

家都来了。我笑着和李迪老师打招呼，说脱贫攻坚工程有李老师加入，就已经成功了一半了。李迪开心地笑着，谦和地客气着，大家那天的心情都特别好。而今天距那个上午还不到一年，直到现在，我都不愿相信他已经于两个月前永远离开了我们。

讲故事的人走了，但他把故事留给了我们。

这些故事对于作为读者的我们而言，是一笔巨大的精神财富。作家出版社出版的《十八洞村的十八个故事》，是中国作协组织的“脱贫攻坚题材报告文学创作工程”中的一部，目前这一工程的25部作品已有21部完成待出，到年底可望出齐。李迪老师为《十八洞村的十八个故事》付出了他的全部，他的生命的最后时间全部交付给了这部作品，也可以说他的生命的最后时光全部贡献给了脱贫攻坚的写作，贡献给了曾经陪伴他、给了他鼓舞和快乐的生活奋斗在十八洞村的村民。这是一个立志以人民为中心，并将文学的人民性贯彻到生命的最后一息的作家。这样的作家，又怎么可能不被我们怀念，不被人民铭记！

李迪是一位在创作中始终以人民为中心的作家。在他的故事中我们读到的是一位作家对于人民的真挚热爱。这种对人民的真挚情感是一位作家与生俱来的品德，同时也是一位作家在深入生活、扎根人民实践中对写作者自我品性的不断陶冶与修炼。这种情感关系到一个作家对于他创作的态度，同时也关系到一个作家笔下的人民形象。习近平总书记在文艺工作座谈会上的讲话中指出，“人民不是抽象的符号，而是一个一个具体的人，有血有肉，有情感，有爱恨，有梦想，也有内心的冲突和挣扎。不能以自己的个人感受代替人民的感受，而是要虚心向人民学习、向生活学习，从人民的伟大实践和丰富多彩的生活中汲取营养，不断进行生活和艺术的积累，不断进行美的发现和美的创造。要始终把人民的冷暖、人民的幸福放在心中，把人民的喜怒哀乐倾注在自己的笔端，讴歌奋斗人生，刻画最美人物，坚定人们对美好生活的憧憬和信心。”在李迪刚刚出版的《十八洞村的十八个故事》中，我们读到的正是作为文艺创作源头活水的人民，而作为文学原料的丰富矿藏的人民生活，始终是他创作中取之不尽、用之不竭的源泉。

无论是《金兰蜜》中龙先兰从“酒鬼”到养蜂致富专业户的转变，还是《让我在山上把眼泪哭干》的为供养儿子上大学而“我自己当牛”种地又开农家乐的母亲，和她的在上海的大学毕业后翻越唐古拉山自愿到拉萨去援藏的儿子；无论是《就是悬崖我也要跳》中从给人打工到自己创业的养猪大户再到创办农家乐的“英雄永不停足”的隆英足，还是一个人一节课同时教三个年级、奋战在农村教育战线上、期望“让每一所学校都获得较好的发展，让每一个孩子都获得良好的教育”的青年教师蒲力涛，都是作家李迪在那个南方的冬天通过和十八洞村的村民们一起度过而得来的。与村民们交朋友，听他们讲述人生的故事，了解他们的成长经历，体味他们的喜怒哀乐，是李迪作为作家最开心的事。

《永和人家的故事》中的33个故事中的主人公，的确在槐花饼、大红枣、剪纸、豆皮、粉条这些最具烟火气的词语背后，是活跃于中国新时代的最有力量的生活意志，最勤劳肯干的善良的人们。无论是唱道情的刘金杰刘老汉，还是开早点铺的“大胡子”李留记；无论是民间剪纸艺人刘林翠，还是唱秧歌的冯曹胜老木匠，他们在李迪的笔下，都焕发出人的光彩，他们有血肉，有情感，有爱恨，有梦想，也有挣扎、有苦恼，更有不如意和困难，但是他们都以人的精神战胜了那些现在看来也许是微小而当时是强大的困难，走上了脱贫致富的道路，过上了小康的生活。他们，是一个个有名有姓的人，他们就生活在新时代中国现实的大地上。在作家李迪的笔下，这些“他们”，从来不是概念，他们跃然纸上的一个个生动鲜活的面孔，也从来不是单一化脸谱化的，“他们”是这个时代的主人。

但是，“他们”是不可能自己跑到作家的纸上的，作家得去生活中找到“他们”，与“他们”相遇相知相近相亲，和“他们”真正地交朋友，和“他们”真正地心连心，才可能真正地走近“他们”，“他们”也才会真正地向你掏心窝子，说体己话。李迪是和“他们”交心的人。他七上丹东、六下无锡，三季走过九省区，曾和看守所的警察一起过了两次春节。他五下永和，数月几度往返；走家串户，遍访十八洞村。他认真地对待他遇见的每一个人。他诚恳地珍爱要进入他书写的每一个人，特别是近两年，为写脱贫攻坚中的人们，为写向往小康生活并亲手创造着小康生活的人们，他在有限的时间走过了那么多的地方。山西永和，在中原偏北，属地临汾，临近黄河，1936 年毛泽东、彭德怀率中国工农红军抗日先锋队渡河东征，曾在此前后共居住了 13 个日夜，将“渡河东征、抗日反蒋”调整为“回师东渡、联蒋抗日”，从而扭转了中国革命的乾坤。晋陕峡谷我去过三次，但都未能走到永和，只到了它对面的延川。黄河在晋陕峡谷气势磅礴，骁勇向前，勤劳善良的永和人民是为中国革命的胜利作出过不可磨灭的贡献的。湖南十八洞村，在南方偏西，位于湖南省湘西州花垣县排碧乡，2013 年 11 月 3 日习近平总书记来村调研，首次提出“精准扶贫”，强调要从实际出发，因地制宜，切忌喊口号，也不要搞好高骛远的目标。经过村民们的奋斗，现在的十八洞村，旅游业已成为村子的龙头产业，村民们办起了农家乐，还做起了苗绣等特色手工艺品，2016 年村子人均收入达 8313 元，2017 年 2 月，成为湖南省率先脱贫摘帽的贫困村之一。十八洞村，可以说是党在十八大以来决胜建设全面小康、决战脱贫攻坚的起点，是新时代吹响了向贫困宣战的号角的地方。

无论是走在黄河岸边还是跋涉于湘西民间，李迪都是那么兴致勃勃，从田间地头，到街巷阡陌，他无时无刻不受着那些朴实的劳动者们的吸引，而他的朴实也吸引了众多的劳动者。“他们”向他打开话匣子，向他敞开心扉，对这个“外来者”、“异乡人”说出自己的经历、命运、理想和愿景。“他们”不想对他有什么隐瞒，同时也不会对他打官腔说妄语。“他们”在与他的相处中，受到他的一团火的热情的感染，“他们”与“他”，在心心相印中完成了心的交换。

这些生活在中国南方、北方不同水土的“他们”和他们的改天换地的创造，是作家李迪五次去永和，更是整个冬天都泡在十八洞村而结识和认识的，他们呼唤着他，而在这样深入的“行走”中，他们也认识了他，“他们”和“他”，就这样变成了“我们”。写下《创业史》的柳青是以皇甫村的十四年获得了“我们”的，他与蛤蟆滩的那些勤俭善良的劳动者最终融为了一体，而李迪也是中国当代文学史中这个作家队列中的一员，他以他的生命践行了社会主义文学的信念，锻造了一个“人类灵魂工程师”这个称号所蕴含的最朴素也最高贵的灵魂。

李迪是一位热衷于讲故事也善于讲故事的作家。铁凝同志在《一位无愧于时代和人民的作家》一文中写道，“李迪的作品是质朴的，没有华丽的修辞，他努力写出人民心里的话，他的风格温暖明亮，他的态度情深意长，这在根本上源于他对人民群众深切的情感认同。”她说，“从他的作品中，我们感受到在一个一个人物身上，一个一个平凡而伟大的战斗者、劳动者身上那推动历史发展的伟力。这样一个作家，是时代的记录者，是人民的歌者。”诚如铁凝同志评价的那样，李迪在作品中尽力保持着生活的原生状态与人的原初面貌。他的故事引人入胜，也扣人心弦。《丹东看守所的故事》、《听李迪讲中国警察的故事》、《英雄时代——深圳警察故事》、《加油站的故事》，还有我们刚刚读到的《永和人家的故事》、《十八洞村的十八个故事》，他在每一部书的书名上都冠以“故事”，不能不说是有良苦用心的。

这些故事的背后当然是一个个感动了作家的老百姓的真实生活故事，作家把他们从这个世界上每天都发生的纷纭故事中挑选出来奉献给我们，这个提炼的过程是淬火的过程，也是作家的世界观文学观得以明晰的过程。在中国现当代文学史上，赵树理就是一个擅长讲故事的人，他讲述的小二黑、小芹们的故事，在今天读来仍然活泼生鲜，他的人物仍然具有其他同时代作家不可比的来自民间的动人魅力。在他笔下，“‘人民’不再是五四时期需要被启蒙的大众，而是历史的、能动的主体”，这一主体的发现，与毛泽东《在延安文艺座谈会上的讲话》把人民放在文艺创作的主体地位上的指导与引领有关，同时也更与一个生于农村、了解农民、热爱农民、发自内心对农民利益关心、愿意热情书写农民并给农民看的作家的自觉意识不无关联。今天我们要了解20世纪30年代到60年代的太行山区的人民生活，了解当时晋东南和晋北百姓的生产劳动、婚丧嫁娶，了解历史中的无数个小二黑、孟祥英、李有才、田寡妇、潘永福这些具体的农民的面容、人民的理想，便不能绕过赵树理的小说，赵树理的小说是中国新民主主义革命的中国农村社会发展的一面镜子。但是这面镜子不是生硬地照出，而是力求照出人的生长性更准确地说是农民的成长性的一面镜子。人的成长、人的解放、人的觉醒在里面，“新的人物新的世界”都在里面，这面“镜子”，让我们看到了以激情烛照现实、以进取歌唱新生的解放区文学的现实主义创作中的理想主义气象。这种气象同样不是理想化的拔高，而是作家对现实农民心理状况的真实反映。也就是在这个意义上，周扬才感叹，“站在斗争的最前线，创造积极人物的典型，是我们文艺创作上的一个伟大而困难的任务”。“积极人物”的诞生，很大程度取决于作家的积极心态和在这心态下的积极发现。对于现实与人物典型，显然赵树理不是将之作为“任务”去完成的。周扬在1946年8月发表的《论赵树理的创作》中高度肯定“赵树理是中国文学史上第一个以农民的语言、农民的思想，写农民生活的作家”，并于1962年8月中国作家协会于大连召开的“农村题材短篇小说座谈会”上再次评价，“中国作家中真正熟悉农民、熟悉农村的，没有一个能超过赵树理”。赵树理曾言及他与农村的关系是“母子一样的”，“离得时间久了，就有些牵肠挂肚，坐卧不宁，眼不明，手不灵，老怕说的写的离开了农民的心气儿”。他言及与生活的关系时讲，“要真正深入生活，做局外人是不行的。只有当了局中人，才能说是过来人，才能写好作品”。

从这个意义上讲，李迪是接过了赵树理精神衣钵的人，他对于脱贫攻坚的书写也并不是当“任务”去完成的，他的书写，同时也是一个从“局外人”到“局中人”的锻造过程。一个“局外人”的作家，和立意成为“局中人”的作家，写出的作品面貌是不同的。和人民的感情到了怎样的程度，是从作品中可以看得出来的。李迪经常说，生活是口井，找到井，有水喝。如果只是从深入生活这个层面理解这句话，还并不足以概括李迪的精神境界，我以为他“找井”的过程，就是他对赵树理等作家所秉承的现实主义文学传统的自觉继承和不断弘扬的过程。这种弘扬表现在“讲故事”这种朴素的文学讲述方式上。作为“讲故事的高手”，赵树理是他所生活的那个时代诚实的“说书人”，而李迪作为讲述自己时代的故事的作家，他的诚实也贯穿于故事之中。从《加油站的故事》中的40个故事，到《永和人家的故事》中的33个故事，再到《十八洞村的十八个故事》中的18个故事，这只是他讲述的局部“故事”中的近百个故事。从这些平实记录的平凡人的故事里，我们读到的不是关于脱贫攻坚的标语口号，李迪也从不以概念化、符号化去处理他所选取的事件人物。他从不给他的人物贴标签，他的故事中的人都是亲切可感的，活泼泼的，都是能够让人记住的。这种写作方法，无疑是有些理论评论将“讲故事”的叙述方法贬低到非主体介入创作的论述所无法理解的。

李迪的“故事”写作，似乎也在自觉地为“故事讲述人”的作家主体正名。他要通过发生在中国大地上的成千上百个故事告诉我们，作为一个作家，讲好发生在作家身边的日新月异的故事有多重要，而身为一个作家，如若看不到这些携带着人的气息、人的血汗、人的眼泪、人的奋斗的故事，又是怎样地愧对于“作家”这个“人类灵魂工程师”的称号。

“做一个有情的人，做一些有情的事，写一些有情的作品”，李迪是这么说的，也是这么做的。他数十年如一日，无论是为人处事，还是对待文学创作；无论他写的对象是警察、工人，还是农民，他都从最贴心的地方关注他们、关心他们，他愿意与他们在一起，他愿意把自己作品的主人公留给他们。

故事，是李迪创作的魅力所在。而有魅力的故事的取得没有捷径，仍然要靠与故事中的人物心贴心的书写。故事中的人物从哪里来，仍是要靠在他们成为人物之前，一个作家对他们生活的深切的体察，对他们命运的真切的关注，对他们情感的真挚的同情，对他们成长的由衷的欣喜。如果没有这些，如果撤掉了这些，我们的文学则会是另一种面貌，它将是苍白无力的，更谈不上血肉丰满，气血贯通。如何能够做到气血充盈、血肉丰满，也是没有捷径的，只有脚踏实地。这里的脚踏实地不是一个常用语，或是形容词，而是真真正正地脚踩坚实的大地。习近平总书记说，“文艺创作方法有一百条、一千条，但最根本、最关键、最牢靠的办法是扎根人民、扎根生活。”对于作家来说，扎根人民，是为了写好人民，而能够写好人民，其根本还在于把人民放在心中最高位置，永远和人民在一起，坚持以人民为中心的创作导向，以满足人民的精神文化需要为写作的出发点。这样写出来的作品，人民才会认可，才会爱看，才会喜欢。早在 1942 年，毛泽东同志《在延安文艺座谈会上的讲话》中就提出文艺为什么人的问题，并指出：“为什么人的问题，是一个根本的问题，原则的问题。”习近平总书记《在文艺工作座谈会上的讲话》中指出，“人民既是历史的创造者、也是历史的见证者，既是历史的‘剧中人’、也是历史的‘剧作者’。文艺要反映好人民心声，就要坚持为人民服务、为社会主义服务这个根本方向。这是党对文艺战线提出的一项基本要求，也是决定我国文艺事业前途命运的关键。只有牢固树立马克思主义文艺观，真正做到了以人民为中心，文艺才能发挥最大正能量。”他进一步指出，“以人民为中心，就是要把满足人民精神文化需求作为文艺和文艺工作的出发点和落脚点，把人民作为文艺表现的主体，把人民作为文艺审美的鉴赏家和评判者，把为人民服务作为文艺工作者的天职。”并指出，“能不能搞出优秀作品，最根本的决定于是否为人民抒写、为人民抒情、为人民抒怀。一切轰动当时、传之后世的文艺作品，反映的都是时代要求和人民心声。”

时代要求与人民心声，是装在李迪心底的，如果我们熟读他的作品，就会发现，他讲故事的方式，不是将他自己放在前台，而是永远让他的人物——他在生活中遇到的形形色色的人，警察也好，工人也好，农民也好——站在前台，无论这些人物在哪里，在看守所，在社区，在油田，在加油站，还是在乡村，他都永远把他们放在聚光灯下，放在舞台的中心位置，而他呢，这位作家，与其说他像一个导演，不如说他更像一个坐在观众席上的观众。他坐在那里，静静地观看他们的演出，并深深地为他们的人生故事所打动。所以，你会发现，他的创作到了后期，在《永和人家的故事》和《十八洞村的十八个故事》中，他的讲述者身份已然淡化，而原来的被讲述人变成了讲述者，作家变成了倾听者，倾听着他所关注的人的心灵故事，每个人的心声，都值得他驻足，值得他书写。

这种让人物自己出场讲自己故事的口述方式，并不是李迪的创新，在中国古典传统文学中我们每每与其相遇，李迪其实是接过了这种在20世纪中国文学过多受到欧化句式或翻译语言影响之后有所断裂的传统，于此我们看到了李迪的口语化、短句子，以及行文中对对话的突出。比如他在采访十八洞村村民杨超文时，《头上剃字的人》开头一句就是杨超文的语言："李老师，我没有故事。但是，我特别想跟你说说话，讲讲我这一生是怎么走过来的……你愿意听我讲，还说我讲什么你都愿意听，这让我心里有说不出的高兴。"比如，《一个淡定的电影原型人物》中，李迪找到电影《十八洞村》王学圻演的主人公原型杨进昌之前，村民们告诉他，他不会接受你的采访，他没有接受过任何人的采访，但当李迪爬到梨子寨山上最高的地方，连续三天早晨都去找杨进昌，终于打动了他，杨进昌说，"李老师啊，如果你不说你是当兵的，我今天绝不会跟你聊天。但是你说你是当兵的，而且当了八年，你是我的老班长，那我就跟你聊聊。"话匣子就这么打开了。新的故事也就这样诞生了。我们在这些故事里，都会感到生活的本来，没有人为的拔高，没有刻意地贴金，但这些老百姓自己讲述的故事却是那么感人，正如杨进昌所说，"我也不是什么大人物，更不想借这个电影发什么财，一生就是这样平平淡淡的，本来日子就是平平淡淡的，电影没拍的时候平平淡淡，电影拍起来轰轰烈烈，电影演过去了日子又回到了平平淡淡。"但就是这样平平淡淡的大白话老实人，就是这些平平淡淡地过日子奔小康的不起眼的"小人物"，却给了作家心灵的一次次震撼，他要翻山越岭地找到他们，要倾听他们的经历，并把这种心底的震撼也传递给我们。

形式问题从来不仅仅就是形式问题。文学作品看似是语言问题，其实也包裹着一颗心，使用这种平白易懂的语言，对应于百姓自己讲出的故事，而让老百姓自己也看得懂，看得津津有味。如果没有这样的善意和情怀，着重说唱艺术民间传承的赵树理不会成为赵树理，以口述方式让百姓现身说法讲故事的李迪也不会成为李迪。

中国正经历着一场伟大的变革，这场伟大变革，不仅是我国历史上最为广泛而深刻的社会变革，更是人类历史上最为宏大而独特的实践创新。今天，中国这个有着 14 亿人口的发展中国家，将提前 10 年实现联合国消除极端贫困、让所有人生活达到基本标准的减贫目标，全面建成小康社会，是我们党确定的第一个一百年奋斗目标，是中华民族发展史上的重要里程碑。能够见证这样的历史时刻，为这一历史时刻书写放歌，是我们这一代作家的光荣和使命。作家李迪作为亲身参与到这个具有重大历史意义时刻的广大作家中的一员，以强烈的责任感、敏锐的感受力，记录人民生活，反映时代脉动，以感情充沛、功力深厚的创作，描绘历史进步，弘扬时代精神，以人民自己的故事，激励广大人民在新时代长征路上砥砺奋进，可以说，他交出了身为作家的一份对于时代的精彩答卷。他的作品也必将随着时间的迁移而获得越来越多的读者认可，被越来越多的读者记住。在此，我们怀念李迪，就是要继承他以人民为中心的坚定的文学信念，沿着他终其一生所坚持的现实主义的广阔道路而奋然前行。李迪不朽！

（原载《文艺报》2020 年 9 月 7 日）

李迪：公安文学前行的一种印证

张策

李迪，著名作家，于2020年6月29日因在采访扶贫攻坚工作中积劳成疾病逝。他去世后，中国文学界给予了他极高的评价。中国作家协会主席铁凝在纪念文章中称他为“一位无愧于时代和人民的作家”，并号召全体文学工作者以李迪为榜样，“把滚烫的心放进与人民同心的作品，让波澜壮阔的历史、昂扬奋进的精神成为永世流传的中国故事”。

铁凝主席的评价是恰如其分的。作为中国作家，李迪始终把自己的目光凝视在中国的大地之上，将自己的全部热情倾注在为时代和人民书写的职责之中。他的创作，始终紧扣国家的发展进步这个主题，呼应广大人民群众的精神需求，保持着高度现实主义的创作基调，在中国文学的宏伟画廊里，留下了属于自己的更属于人民的优秀作品。

需要特别指出的是，在李迪一生的创作之中，公安题材始终是他的重要选题之一，是他始终热衷的创作方向。公安题材的小说、报告文学，是李迪作品中最重要的一部分，也是他最主要的创作成就所在。甚至可以这样说，李迪的公安文学创作，印证着公安文学整体前行的步履。李迪于公安文学来说，是里程碑式的重要作家。

本文将对李迪的公安题材文学创作予以简要回顾，探寻他在创作历程中的思考和实践意义。

李迪，北京人，中学毕业后赴云南生产建设兵团插队，后参军入伍，并开始文学创作。复员后曾任人民文学出版社编辑、《商品与质量》周刊总编辑。他在从事编辑工作的同时，创作了大量优秀的文学作品，著有长篇小说《遥远的槟榔寨》、《野蜂出没的山谷》等。他的中篇侦探推理小说《傍晚敲门的女人》和《〈悲怆〉的最后一个乐章》在发表时引起了强烈反响，分别获得首届金盾文学奖和蓝盾文学特别奖，并译成多种文字在国外出版。《傍晚敲门的女人》被誉为新时期中国侦探小说的开山之作。

上世纪七十年代后期，中国文学从沉寂中苏醒，迅即进入了一个井喷式的快速发展状态。因为与当时盛行的所谓“伤痕文学”在诸多表达上有着契合之处，公安题材文学特别是小说创作便也呈现出繁荣的态势。李迪的中篇侦探推理小说《傍晚敲门的女人》就此应运而生。小说取材于当时发生在北京的一起真实案件。李迪敏感地捕捉到了这个看上去并无特殊之处的普通杀人案背后隐藏着的情感故事，用细腻而充满激情的笔触，层层剥笋、步步推进的结构和独特的审讯工作视角，把一个杀人案的审理过程铺陈得跌宕起伏，又丝丝入扣。可以说，这篇作品的精致结构和细节处理，放到今天都可称为范本。

小说内容其实很简单。某公司经理王少怀被杀死在其父亲独居的卧室里，唯一的犯罪嫌疑人是来此和他幽会的公司医务室医生欧阳云。欧阳云被传唤后先是拒不承认与王少怀有关系，被揭穿后又坚决否认杀人。而当办案人员经过缜密分析感觉杀人凶手可能真的另有其人时，她又突然翻案坚称是自己杀了王少怀。案件最终告破，是深爱欧阳云的运煤工丁力杀死了衣冠禽兽王少怀，而欧阳云因悔恨自杀。

李迪对作品进行了精心的构思。他没有选择惯用的现场勘查、调查取证、法医解剖、集中分析的侦办过程，而是把故事的叙述和推进集中在预审室里侦查员梁子与欧阳云的直接交锋上。狭小的空间和敌对的情绪，营造出一种紧张至极的氛围张力，双方你来我往、此胜彼消的言语交锋充满了试探、反驳、攻击、揭露和爆发。谎言一点点地被粉碎，事实真相一点点地被摆到读者面前，其间充满了精妙的推理和调查。在预审室的跳进跳出，营造出一种强烈的节奏感，使全篇作品更具活力，更富悬念。

在这篇小说里，李迪巧妙地借鉴了西方侦探推理小说的笔法，两个人的对决方式能让人性的隐秘暴露得更充分也更血淋淋。李迪还恰当使用了意识流的手法，以回忆或梦境的方式穿插了一段主人公在插队时追捕狐狸的往事，以动物的惨烈情感衬托着案情的逐渐揭露，加重了对丑恶的抨击，也加深了对美好的渴望。在当时就有评论指出："整个审讯过程，与其说是公安人员对案件的侦破调查，不如说是作者对欧阳云这样一个有着坎坷身世和不平经历的女性的心灵世界的一次艰难探寻。这种心理探寻，使这篇小说超越了一般侦探小说的故事价值，而获得了更高的艺术支点。"

从今天的眼光来看，李迪《傍晚敲门的女人》的更高成就，在于没有盲目跟随当时的"伤痕文学"浪潮，把眼光简单投放在对历史的抨击和控诉上，而是真正着眼于在字里行间努力探寻人性的隐秘，并在侦探推理小说的艺术形式上做出了有益的尝试。这种艺术上的清醒，对于刚刚开始起步的公安文学创作，特别是侦探推理题材创作，是非常有指导意义的。可以说，李迪在公安题材文学上的初次尝试，就为公安题材文学的发展方向予以了校正，给当时狂热而盲目的初学者们提供了一种清醒的思考和学习的范本。

李迪的语言也有自己鲜明的特点。句式精练，节奏感强，符合故事叙述的需要，甚至表现出一种特意营造的跳跃感，很好地掌握了故事的节奏，表达出了故事的内涵。

如果说发表于 1984 年的《傍晚敲门的女人》奠定了中国新时期侦探推理小说发展的良好基础，那么李迪于 2011 年出版的长篇报告文学《丹东看守所的故事》则是公安题材报告文学的突破之作，其重要意义影响至今。

众所周知，公安题材报告文学的发展，经历了艰难的历程。其实就题材而言，公安工作是文学取之不尽的素材富矿，大量感人的英雄事迹，众多惊心动魄的大案要案，都为文学创作，特别是报告文学创作提供了丰富多彩的素材，而其中所呈现的社会问题或人性思考，都有着其他题材所不能比拟的优势。但也正因为如此，许多作家或迫于宣传目的的需要，或陶醉于作品及时发表的快感，仅仅满足于对素材的浅层次开掘，不注重更深内涵的开掘，使公安题材报告文学的创作长时间处于一种故步自封、粗制滥造的状态，作品多而精品少，甚至生产出一批介于报告文学与通讯、速写之间的“四不像”作品，在公安题材报告文学的理论体系中也造成了极大的混乱。

在《傍晚敲门的女人》等作品之后，李迪自文学界“消失”了近十五年的时间，其间他对社会变化的观察与思考，被 2009 年中国作家协会、公安部监管局共同主办的“中国作家走进公安监管场所”活动所触动、所激发，进而创作出长篇报告文学《丹东看守所的故事》，在公安题材报告文学一片混沌的雾霾中，撕裂出一线晴朗，使读者看到了公安报告文学的希望。

李迪的《丹东看守所的故事》，今天看起码有以下几个突出特点：第一，有意识地把笔触深入到人性的最隐秘之处，从看守所民警的精神世界里提炼出怜悯与善良，在在押人员的内心深处探寻他们的堕落根源与忏悔，并将此与中国社会的大变革背景有机地结合在一起。第二，摒弃浮躁的创作方式，下功夫捕捉最生动、最感人的故事与细节，用抒情而沉重的笔调真实呈现给读者，力求文字的情绪饱满。第三，用深入而忘我的采访，体现出优秀作家的责任意识和刻苦精神，为广大公安作家树立了深入生活的典范。

李迪为了写《丹东看守所的故事》，七次下丹东深入采访，两次在看守所和在押人员一起过春节。他睡在空闲的监房里，和在押人员同吃同住，聊到情深一起流泪。他采访到的细节，有些评论家读了都不敢相信是真的，但那确确实实是现实中真实发生过的故事。《丹东看守所的故事》因此而轰动全国，成为公安题材报告文学的名篇，更为公安题材报告文学之后的发展，在创作思路和创作方法上都提供了有益的借鉴。

李迪的长篇报告文学，也由此逐渐形成了自己的语言模式和结构方式，并在之后的创作中日臻成熟。这是一种非常灵活多变且适合公安作家掌握运用的结构：以一个一个故事分别成篇，连缀成书。故事与故事之间有着内在的紧密联系，又分别讲述或阐明了不同的内涵。它不同于某些作家的全景式作品有着恢宏的架构，但生活气息浓郁，故事生动感人，语言也平易可亲。在整部作品之中，会感到有一种充满活力的情绪在流畅地前行。

自《丹东看守所的故事》之后，李迪一发而不可收，陆续推出了《社区民警是怎样炼成的》、《徐州刑警》、《英雄时代》等公安报告文学名篇，奠定了自己在公安题材报告文学领域的地位，客观上也为之后他的一系列报告文学名著，如《加油站的故事》、《永和人家的故事》、《十八洞村的十八个故事》等，打造了在语言叙事风格上的一致性。

这种一致性的重要内涵，不仅在于其语言风格，而更在于其思想性的表达。李迪始终以其饱满的热情，讴歌着他心目中的祖国和人民。他笔下的几百个故事，主人公无一不是普普通通的中国人，是默默无闻地坚守在自己岗位上的劳动者。无论是社区民警还是加油站职工，无论是扶贫攻坚的基层干部还是脱贫致富的山寨农民，每一个人物形象都闪耀着人性的光芒，都体现着中国人的善良、勇敢和坚韧不拔。

李迪是个永远不满足于已有成绩的作家，他无时不在思考着创作上的突破，努力寻找着突破口。2015 年，他在积累了大量素材的基础上，别出心裁地创作了系列微型小说集《警官王快乐》，塑造了一个性格幽默、和善可亲、勤勤恳恳为社区群众服务的老警官形象。“王快乐” 的出现，可以说填补了公安文学人物形象中的一个空白，他既继承了二十世纪五十年代末的电影《今天我休息》中马天民的优良传统，又充分表现了新时期公安工作与群众路线相结合所产生的新范例、新形象，如一股清风，在文坛上吹起了一阵涟漪，广受读者和评论界的好评。

综上所述，我们可以发现，李迪的公安题材文学创作，经历了自侦探推理小说至报告文学再至微型小说的三个阶段。而这三个阶段，李迪都以自己的优秀作品，领风气之先，为公安题材文学创作带了好头，甚至在客观上起到了端正方向、标明道路的作用。有人评价说，《警官王快乐》作为微型小说集，素材多来自李迪在创作报告文学时的采访，应该视为李迪报告文学创作的“副产品”，其文学价值值得商榷。笔者不同意这样的说法，这是对公安文学事业整体状况不够了解而产生的误解。作为日常工作繁重、职责压力巨大的公安作家队伍，创作厚重作品常常是一种奢望，而微型小说的创作在公安作家队伍中具备强大生命力也就不难理解。李迪的《警官王快乐》，无疑是在这方面的领军之作，它对于公安文学的影响是引领性的，是示范性的，它不仅带动了公安微型小说的创作，也在公安文学的精致化、幽默化上做出了尝试。它和《傍晚敲门的女人》、《丹东看守所的故事》一样，是公安文学重要的阶段性成果，是具有标志性的重要作品。

李迪的公安题材文学创作，可以说是在公安文学领域中给我们留下的一笔丰厚遗产。它的意义起码在于以下几点：第一，正确的价值观、世界观是文学的精神导向。如铁凝主席所说：“他的风格温暖明亮，他的态度意味深长，这在根本上源于他对人民群众深切的情感认同。”李迪对人民群众的爱深沉而且炽热，他是一个“无愧于时代和人民的作家”。第二，坚持不懈地深入生活是文学的坚实基础。只有坚持深入生活的创作态度，只有坚持如李迪所说“要在生活中挖井，找到井，有水喝”的坚韧毅力，我们才能像李迪那样，创作出优秀的感人的文学作品。第三，鲜明的、个性化的文字风格是文学的活力所在。几乎所有评论者都认为，李迪的文字风格非常鲜明，这种鲜明的、充满活力的风格特点，使他的作品耐读、好读，更能深入人心，打动读者。第四，健康、积极的人生态度是文学的基本要求。只有热爱生活、拥抱生活，作家的创作原动力才能取之不竭。

李迪的逝世是中国文学界的一大损失，更是公安文学事业的一大损失。李迪文学创作的意义，将永远启迪和鼓励着更多后来者前进的脚步。

一部极具个人艺术风格的作品

——读李迪中篇小说《新华书店》[①]

彭程

李迪的中篇小说新作《新华书店》，可谓是一部将作家的个人艺术风格发挥到了极致的作品。这部小说从上世纪 80 年代初写起，通过若干鲜活人物和生动故事，描绘了一家国营新华书店在三十年岁月中的兴衰沉浮，寄托了作者关注现实、鞭挞丑恶的社会责任感，鲜明的爱恨情怀跃然纸上。

如小说名字所示，这是一部行业题材的作品，选择这个题材，或许和作者具有与小说家并行的另一个身份即报告文学作家有关。这个身份决定了他的艺术敏感区域、他选择和进入题材的方式。作品中，国营新华书店昔日的辉煌荣耀和今天的尴尬困境，应对市场大潮冲击的种种举措，像经营方式的变革与二渠道书商的合作和竞

① 《新华书店》，原载《中国作家》2014 年第 11 期。

争等，都得到十分清晰生动的描绘。一个局外人读了这部作品，也能够大致搞明白这个行当的业务内容和风云变幻。

在小说一号人物方震身上，寄托了作者的审美理想。这位复员军人出身的年轻人，热爱书店的知识氛围，勤奋钻研业务，把批销科工作搞得有声有色，又能够与时俱进，顺应市场经济的冲击，改革经营模式，三次临危受命，救活了深陷困境中的新华书店。但他的所有努力最终都付诸东流，巨额的国有资产一次次被书店内部的蠹虫勾结社会上的不法分子攫为已有。和描绘方震所使用的笔墨不同，对这些人物的刻画，更显示了作者一贯擅长的手段，那就是漫画般的勾勒。外表憨笨实则狡诈的村长郭劳子，欺上瞒下、唯利是图的书店办公室主任宋迷糊和后勤科长刘大埋伏，为了私欲而沆瀣一气，监守自盗，通过种种卑劣的手段，将新华书店的钱转到个人腰包中，成为国营经济的蛀虫。作者描画这些人的龌龊丑恶嘴脸时，都是以一种嘲弄讽谑的口吻来写的，让人想到《儒林外史》或《官场现形记》中的一些地方，但更为夸张。作者审丑的目光投射之处，有种滑稽可笑，让人读后忍俊不禁，但笑后又是对这般人等的厌恶和鄙夷。辛辣的讽刺和鞭挞，贯穿了小说的通篇。

说到漫画式人物刻画，还要提到黄铁锤这个人物。老革命出身的前任总经理、为书店打下了殷实家底的老顾退休了，上级派黄铁锤来接任。他来书店前是物资局副局长，对书店业务既不懂也无兴趣，一门心思想着如何才能把官做得更大。他好大喜功，不务正业，不做市场调研，听不进反对意见，轻率地挪用书店资金建轧钢厂，梦想大赚一笔。他还嫌见效不够快，又投资建了养鸡场和纸盒厂，无一成功，造成了几千万元的巨额损失，喂肥了内外勾结的郭劳子、宋迷糊、刘大埋伏之流。这显然是极其严重的渎职，但因为黄铁锤自己没有贪污，并没有受到真正处罚，只是换了个单位，而且还遂了他的愿官升一级。作者这种安排也是别有深意的，折射出了对国营单位在用人机制上的弊端的忧患意识。在刻画这个人物时，为增强喜剧色彩，反复描写他喜欢吃老家岐山的臊子面，以及哼唱陕北的信天游民歌，而且总是那两句——“想亲亲想亲亲想得鹅（我）胳膊那个软，拿起那个筷子端不起那个碗”。

谈论这部作品时，必须要说到文体上的一大特点，就是一种评书式的叙述口吻。这不但体现为语言风格上的极尽幽默夸张，也体现为作为叙述者的作者的鲜明存在感。阅读过程中，随时能够感觉到叙述者的身影，分明是他跳将出来，指指点点，说三道四，甚至是插科打诨。个别地方不止于评书，更接近单口相声了。对这种手法读者可能会见仁见智，但它的确强化了喜剧的效果。

这两种手法的融合，成就了这部作品表达方式上的最为突出的特色。今天的小说写作更多强调叙述口吻的客观冷静，作者小心翼翼地将自己藏匿在文字间，避免主观色彩的溢出。但小说艺术的追求既然是多元化的，也就应该允许作者根据审美喜好和主题表达的需要，而做出自己的选择和追求。也许是作者写得较快，在一些细节处理上还欠缺进一步的锤炼斟酌。一些议论缺乏收敛，铺陈夸张过度，未免有过犹不及之弊。

（原载《中国艺术报》2014 年 12 月 17 日）

惊险侦破小说的奇葩

——谈《傍晚敲门的女人》① 的结构艺术

杜元明②

一

在当前公安题材创作的文苑之中，李迪的中篇惊险侦破小说《傍晚敲门的女人》，犹如风姿绰约的奇葩，以其精巧新颖的结构艺术而独放异彩，惹人喜爱。

这篇作品的情节并不复杂，它所叙述的我公安干警侦破一起行凶杀人案的故事本身也并不惊险，但作者却化平淡为神奇，使作品产生了勾魂摄魄、扣人心弦的艺术魅力，从而显示出作者谋篇布局的技巧。结构是颇具匠心的：整体结构上，它继承了我国传统小说故事情节富于连贯性、完整性的特点，又汲取了西方文学的象征性

---

① 《傍晚敲门的女人》，原载《啄木鸟》1984 年第 4 期。

② 杜元明，中国人民公安大学原中文系主任、教授。

的特色；而在局部结构上，则常于叙事中穿插进人物的梦幻、回忆、联想以及内心独白或议论，使作品的情节呈现出一定的跳跃性和抒情性，具有意识流小说的那种心理结构的特征。作品熔中西技艺于一炉，用一个破案的线索将纷纭繁复、令人眼花缭乱的种种社会相和人生相串连起来，组成了一幅绚丽多彩的生活画卷。这种以情节结构为基调、以心理结构为插曲而形成的多重奏的结构方式，既有利于反映现代中国社会一角的错综复杂，又有助于展现人们心灵世界的微妙多变，达到结构完整而不刻板、布局灵巧而不零乱，堪称小说结构艺术的一种创新和突破。

二

我国传统小说的结构，讲究情节曲折完整，故事有头有尾。《傍晚敲门的女人》继承了这种结构特点。作者基本上按照破案顺序，从公安预审员梁子接受侦破任务开始，写到审讯侦查过程中遇到的各种矛盾与问题，直至预审完毕、真正的杀人犯丁力自动投案并被判处死刑，重大嫌疑者欧阳云被释放然后又自杀。作者写了破案的全过程，情节次第展开，并无切割与打乱，基本上是一种传统的写法。可是，我们读之仍感津津有味，欲罢不能。其故何在呢？就小说的结构而言，我以为其中的奥妙在于：

第一，悬念的设置。文学作品布设悬念，意在借此为情节推波助澜，以“种种关子来吸引读者”（赵树理：《〈三里湾〉写作前后》），造成一种耐人寻味的艺术感染力。作者为全篇设置了多层的悬念结构。其中，案子发生后，是谁作案的？又是怎样作案的？这是贯穿全篇的大悬念，作品中全部人物活动都是据此而安排和展开的，它有如全篇故事的轴心，对矛盾冲突的发展具有巨大的统摄力和带动力。作者又环绕着大悬念布置种种小悬念，不断提出一些与破案密切相关的疑点与问题，直到结局才弄清真相、揭开谜底，从而形成大悬念套小悬念、矛盾一环紧扣一环的结构形式。小说设置的谁作案、谁之罪的大悬念，同每一侦破环节中发现的新线索、新问题、新矛盾所构成的小悬念，是互相映照、互相联结的。一连串悬念的布设如同吹皱一池春水的阵阵劲风，使本是平淡的一桩破案故事变得波浪迭起，险象环生，从而加重了情节的曲折性、矛盾的尖锐性和气氛的紧迫感，把读者引入一种“山重水复疑无路，柳暗花明又一村”的奇妙艺术境界。这种悬念结构正是对我国传统艺术技巧的成功取法。

第二，象征的妙用。对秃耳朵狐狸的形象刻画以及“我”追赶它的梦幻描绘，构成了《傍晚敲门的女人》的情节副线。它伴随着提审、侦查、破案的过程而时隐时现、时断时续，对作品的情节主线起到了陪衬、暗喻和象征的作用。譬如，秃耳朵狐狸那一声凄厉的、令人血液凝固的惨叫，以及一双大睁着的挤满泪水的绝望的眼睛，作为梦境，作品一落笔便展现出来了。“自从接下了丁字街凶杀案的任务，十年前的往事就时常闯进我的梦里……”作者用这几句话，暗示着在故事的进程中，现实的侦破杀人案与往昔的追赶秃耳朵狐狸，是作为互为映衬的两条情节线索并存且交叉地发展着的。在具体的情节发展中，每当对欧阳云的审讯陷入僵局的时候，作者似乎有意使读者的情绪放松一下，总是穿插一段“我”追赶狐狸的回忆或梦幻，这些描写看似使侦破情节中断，实则是用以影射、暗喻今天的审讯，它构成了一种情绪的反应，使人对案情的复杂性如同追赶秃耳朵狐狸时的兜圈子一样难以对付，留下极为深刻的印象。有时，它又象征着人物的命运，如同“秃耳朵”被夹子打中时发出凄厉的叫声一样，当预审员“我”点出丁力的名字时，欧阳云竟像自己日夜担惊受怕的隐衷被人当众戳穿似的，也发出绝望的尖叫以致昏厥过去。足见，这种象征暗示手法的运用，使作品的情节和人物涂上一种神奇的色彩，且具有某种不无讽刺意味的戏剧性。

三

作品在某些章节上，还按照人物的心理活动逻辑，打破了时空的序列，在情节行进中穿插进一些幻觉或回忆、联想的描写，使作品又呈现出一种具有跳跃式思维特点的心理结构的特色。但作者不像意识流小说那样让意识如天马行空般的随意流动，而是把人物的心理刻画与其行动的现实性、象征性描写有机地结合在一起。有写实，有幻觉，有回忆，有联想，昨天与今天杂糅，森林与街市连缀，行动与心理俱现。情节结构与心理结构水乳交融，避免对案例枯燥、单调的叙述，也克服了一般惊险侦破小说常见的那种单纯追求情节曲折离奇的弊端，而把作品中的各种艺术因素都统一到人物形象的塑造上来，为人物的刻画提供了典型的背景和广阔的场景，从而使作品富于时代性和历史感，具有含蓄、象征、寓意深远的艺术长处。

就具体章节而言，作品的写法也是摇曳多姿、不拘一格的。比如有些章节，是人物行动或对话的如实描写；有的章节，则全是象征与回忆；还有的章节，则主要是展示人物的信件或记事物品，形成了内心独白式的意识流动或心灵透视。作者巧于构思，精于剪裁，结构上讲求一个“变”字。其中，关于欧阳云的三封信及其记事日历片的情节安排，更具匠心：作品所写的这些信和日历片，每一件都是一个悬念，是推动情节发展的一个动力，作者总是将其放在关键时刻才见示于人，而每次展露出来，都意味着破案中有了新的线索或新的突破。作者苦心经营，用三封信及日历片推出小说情节的一个又一个高潮，由此而导演出一幕幕惊心动魄的人生话剧。通过这些信和日历片，既揭示了人物的内心隐衷，使人见信（物）如窥其人，但又不仅仅是为着表现人物心理，它们在结构上还有把情节推向前进的作用。因此，这些信和日历片的使用，便见出作者长于心理刻画、精于布局谋篇的真功夫！

《傍晚敲门的女人》是当代中国惊险侦破作品中的佳作。它在公安干警的形象塑造、小说的艺术结构和文学语言的运用等方面，都很有特色。鉴于当前通俗文学，包括惊险侦破作品的创作方兴未艾，而其中又良莠互见，甚至泥沙俱下，我以为探索《傍晚敲门的女人》的艺术经验，对于克服同类题材创作之中迄今存在的粗制滥造之风，提高惊险侦破作品的创作水平，是不无意义的。

（原载《啄木鸟》2014 年第 1 期）

深入生活，礼赞英雄，用心讲述中国警察故事

——李迪公安题材文学创作散谈

李国强

生活是口井，找到井，有水喝

自从其创作的长篇纪实文学《丹东看守所的故事》相继在数家报刊发表并由群众出版社出版后，李迪这老头儿这几年越来越火了。

李迪不是一个喜欢出风头的人，但总有一些会需要他去参加，总有一些活动需要他去出席，还要接受媒体采访什么的，推脱不掉，就要去，就要讲上几句，说上两语。每次讲时，他总是很认真、很诚恳，言之切切，发出呼吁。发出什么样的呼吁呢？四个字：深入生活！对此，他形象地比喻说，生活是口井，找到井，有水喝！

谈起创作《丹东看守所的故事》的体悟，李迪讲得最多的主要有两点：一个是深入生活，一个是要用心去写作。

最近，我时常在想这样一个问题，作为一个已经六十过八的老作家，李迪为什么能？我们能不能？如果我们不能，我们为什么不能？窃以为，这不是能力问题，也不是行动问题，最主要的还是态度问题和认识问题，说到底，就是如何正确认识“深入生活”的问题。

显然，对于“深入生活”这个问题的认识，李迪要比许多当代作家的认识深刻得多，并且较早地付出了行动。尽管他在深入生活时吃了不少苦头，但同时也尝到了深入生活的甜头。

三十多年前，李迪在《啄木鸟》杂志发表的蜚声海内外的侦探推理小说《傍晚敲门的女人》就是通过长期蹲点深入生活创作出来的，并一举奠定了他在当代中国文坛的地位。

2009 年 11 月，李迪应邀参加了中国作协、公安部监所管理局组织的“中国作家走进公安监管场所”活动，第一次来到了全国公安监管战线先进单位丹东看守所，从此他便与丹东看守所结下了不解之缘。2010 年，李迪又被中国作协遴选为第一批定点深入生活的作家。在近两年的时间内，李迪先后七赴丹东，在丹东看守所度过了二百多个日日夜夜，其间连续两个春节都是与丹东看守所的干警和在押人员一起度过的。在这里，他与干警们同吃同住同值班。全所干警没有不认识他的，也没有他不认识的。在朝夕相处中，李迪与他们结下了深厚的友情，同时被他们的吃苦奉献精神和他们对在押人员实行的人性化管理所深深感动。在这里，他整天与一群在押人员，甚至是死刑犯打交道，与他们用同一个脸池，上同一个厕所，还经常在放风时与他们一起晒太阳、聊天儿。久而久之，他与这些人中的许多人也成了熟人、朋友。他理解他们的苦恼与忧愁，同时也给予他们应有的安慰和尊重。李迪以他的仁心热肠，赢得了所里在押人员的信任和敬重。他们不再把他看成一个来这里体验生活的作家，而是把他看成一个能说知心话的老大哥，什么话都愿意给他说，给他谈，甚至连隐藏在心中多年的秘密和心事都会给他讲出来，他因而也在此“捞”到了更多生动、感人的创作素材。

在这样艰苦甚至有点儿危险的地方，这样地深入生活，做这样的采访、体验，对于许多作家来说，三天五天可以，但要坚持一个月、两个月，甚至坚持七八个月，如今有几个作家能真正做得到？

关于《丹东看守所的故事》在文学创作上的收获及其引发的现实意义，许多著名作家、评论家已给出了非常中肯的评价，已不需要我再多言说什么。比如，中国作协书记处书记阎晶明评论此书道：“这部作品之所以成功，可以说是作家深入生活的程度造就了作品的本色。”《光明日报》文艺部主任彭程在评论此书时说道：“阅读这部作品，让我们看到了作家强烈的社会责任心和使命意识。这部作品的成功也再次佐证了一点：优秀的文学作品，是拥抱生活的产物，是作者爱心的凝结。文学必须从生活的深井中挖掘，才真正具有生命力，才能够迸发出打动人心的力量。”

只有深入生活，才能创作出无愧于我们这个伟大时代的优秀作品

2015 年 12 月下旬，全国公安文艺工作座谈会在北京召开。李迪作为特邀代表参加了这次座谈会并作了典型发言。他十分动情地说，虽然我不是警察，但我爱警察；虽然我不是公安，但我爱公安！作为一个编外“警察”，作为一个作家，我就是要坚持写警察，写我们的好警察，好好写我们的人民警察，讲好人民警察的故事！此话一出，会场自然是掌声一片，一片掌声。

三十多年来，李迪先后发表、出版了十多部、一百多篇公安文学作品，其中有中长篇小说、中长篇报告文学（纪实文学），也有短篇小说、小小说等。尤其是近年相继发表、出版的《丹东看守所的故事》、《枫桥枫叶红愈红》、《社区民警是怎样炼成的》等作品，故事真实感人，人物鲜活生动，塑造了一个又一个有血有肉、忠诚为民、可亲可爱的人民警察形象，同时也增强了作品的感染力、吸引力。但是，有多少人知道这些故事是如何“捞”上来的呢？有多

少人知道这些作品是如何创作出来的呢？他创作成功的秘诀又是什么呢？用李迪自己的话说就是八个字：深入生活，用情用心！

为了创作反映新时期公安民警亲民为民的浙江枫桥经验发扬光大的故事，李迪曾三下绍兴，亲自跟着民警巡逻办案，排解民忧，化解邻里纠纷。新近出版的长篇报告文学《铁军·亲人》、《社区民警是怎样炼成的》和系列小小说作品集《警官王快乐》，同样也是李迪六下无锡、三下扬州，深入生活，深入公安基层一线体验、采访后撰写的反映基层公安民警亲民爱民故事和日常工作、生活的优秀作品。其中多篇作品曾在《人民日报》、《光明日报》、《解放军报》、《中国艺术报》、《北京日报》、《人民公安报》、《啄木鸟》杂志等多家报刊发表，深受广大读者好评。

习近平总书记在文艺工作座谈会上的讲话中深刻指出："文艺创作方法有一百条、一千条，但最根本、最关键、最牢靠的办法是扎根人民、扎根生活。"不久前，习近平总书记在中国文联十大、中国作协九大开幕式上的讲话中又强调指出："走入生活、贴近人民，是艺术创作的基本态度。""歌唱祖国、礼赞英雄从来都是文艺创作的永恒主题，也是最动人的篇章。""对中华民族的英雄，要心怀崇敬，浓墨重彩记录英雄、塑造英雄，让英雄在文艺作品中得到传扬。"从《丹东看守所的故事》到《枫桥枫叶红愈红》，从《社区民警是怎样炼成的》到《听李迪讲中国警察故事》等，李迪通过坚持不懈地深入生活，采写了多个警察英模和基层普通民警亲民爱民的感人肺腑的故事，弘扬了正能量，唱响了主旋律。李迪的创作之路再次证明，作家只有深入生活，扎根生活，贴近基层，贴近群众，才能创作出无愧于我们这个伟大时代的优秀作品；也只有这样通过深入生活，用"心"写出来的作品，只有这样的有泥土味儿、带露珠儿、接地气的作品，才能真正地温暖人、鼓舞人、启迪人。

李迪的创作道路，给当代作家提供了一个现实的样本和可以借鉴的启示

通过阅读李迪这么多公安题材文学作品，这么多关于当代中国警察故事的作品，我不得不承认，李迪是个讲故事的高手，是个煽情催泪的高手，是个熟练驾驭汉语言文字的高手！他能把小题材写出大情怀，把小故事写出人间大爱。什么大情怀？家国情怀。什么人间大爱？爱党爱国爱人民，爱家爱岗爱事业，爱亲人爱战友爱奉献！诚如中国作家协会副主席高洪波在谈到李迪近年来创作的公安文学作品时所言："李迪的确擅长讲述中国故事，描写人间百态。在底层故事中展现人性的温暖与关怀，题材无关大小，文字须带体温。李迪正是用自己的笔证实了这一点。"

另外，我们还有必要注意并探讨一下李迪文学作品的独特的语言文字构成形式和由此产生的独特的艺术魅力。他在作品中爱使用对仗式、排比式、拟人化的语句，爱使用精炼的短语和富有节奏感、动感、形象感的短句、重叠句、颠倒句等，因此在一定程度上使他的作品成了诗化的语言，或可称作语言的诗化，也营造了他的作品的独具特色独具风格的美的语言、美的句式和美的阅读氛围、阅读体验，使读者情不自禁地跟着他的故事、他的人物、他的语言、他的文字而欢乐、高兴、激动，或痛苦、悲伤、烦恼……总之，在他不显山不露水、看似不经意的娓娓道来的文字中，能让你跟着他欢歌，也能让你跟着他流泪！他能让你跟着他拍案而起，也能让你跟着他击节叫好！这就是李迪的文学功夫！当然，这一切的一切，都源于他长期坚持深入生活、扎根生活，他这些鲜活的故事、鲜活的人物、鲜活的语言，都是他从生活中一点一点、一个一个捞出来、挖掘出来的。从这个角度这个意义上来说，李迪的成功，李迪的创作道路，也给当代作家提供了一个现实的样本和标杆，提供了一个可以学习、借鉴的启示，那就是要想创作出无愧于我们这个时代的优秀作品，就必须不怕苦不怕累，淡泊名利，甘于

寂寞，坚持深入生活、扎根生活，唯其如此，别无他途！因此，感谢生活！感谢李迪！

文学艺术圈的人都知道，“深入生活”是一个老话题，也是一个延安时期的命题。延安的命题应当而且必须给出当代的回答。李迪正是以他的《丹东看守所的故事》以及他近年来写作发表的湖州、扬州、无锡、徐州等诸多当代中国警察的故事，给了我们一个掷地有声、非常精彩的回答。

（原载《中国艺术报》2017 年 1 月 24 日）

从深入生活的践行者到人民的歌者

高伟

李迪的文学道路，是一条践行“生活是创作的唯一源泉”这一真理的探求之路、成功之路。

李迪创作勤奋，著作等身，一生创作了大量的小说、儿童文学和纪实文学作品。翻阅这些作品以及作者自己的创作谈，你会发现，这些作品的背后，都有着作者深入生活一线的影子，就算是小说，也都有着纪实性的品格，都有着折枝带露、带着真实生活气息的品质。尤其是他近十年来的作品，是李迪深入生活、用纪实文学的手法，为时代记录，为人民讴歌。回看李迪近年来的创作，几乎都是他深入生活、发现生活的所作，如反映兰花案件的《血色兰花》，由个人命运体现时代变迁的《花自飘零》，石油领域的小人物《004 号水井房》，追忆部队宣传队生活的《宣传队》，反映公安战线群体和个人的《铁军·亲人》、《警官王快乐》、《社区民警是怎样炼成的》、《凌晨探案》、《徐州刑警》，反映扫黑除恶的《黑案》，讲述石油战线普通加油工命运的《加油站的故事》，展现脱贫攻坚取得巨大成就的《永和人家的故事》、《十八洞村的十八个故事》，以及他近年发表在《人民日报》、《光明日报》、《解放军报》等报刊上的大量的纪实文学，无论是作品中的素材、人物、故事，还是创作的灵感和激情，都源自于生活，对应的是当下火热的现实，反映的是时代精神。现实主义写作在李迪这里，不仅是立场、观念，还是安身立命的方法论。正是这种贴近生活大地的创作姿态，给他带来了取之不尽的创作资源和永远充沛的创作激情。

纵观李迪的文学道路，大致可以分为三个阶段：80 年代以《傍晚敲门的女人》为代表作登上文坛；80 年代后期至 90 年代中期，是他游走日本、远离文坛，创作上彷徨困顿、停滞的阶段；90 年代后期至今，尤其是近十多年来，是李迪重返文坛、创作井喷（我戏称之为“老树新花”）的阶段，这个时期，李迪真诚地响应了中国作协的“定点深入生活”项目，参加了中国作协组织的大大小小许多采访活动，是李迪深入生活取得丰硕成果的时期，也是李迪从创作理念上更加笃信“生活是文学创作唯一的源泉”这一朴素而深刻的真理，并且一直自觉地将此坚持、贯彻于自己的创作时期，这也是李迪文学创作最为成熟和重要的时期。仅 2015 年、2016 年，为了创作反映警察生活的作品，他三下扬州创作了《社区民警是怎样炼成的》，四下徐州创作了《徐州刑警》，六下无锡创作了《铁军·亲人》、《警官王快乐》，加上之前七下丹东看守所创作的《丹东看守所的故事》，这些都成为作家深入生活的传奇和典范，成为他自己作为经验总结的“创作谈”。他曾经激情满怀地在创作谈里写道：“生活是口井，找到井，有水喝!”

作为好朋友，我见证了他在这条道路上从探索到自觉实践的曲折和欢喜。对于作家深入生活，李迪有他自己独到的见解，他将深入一线生活，作为一种必有的功课自觉地纳入到创作的过程之中。他非常重视采访，积累了一整套关于采访的经验，他会提前给他们发采访题目，要求他们不说套话，就说自己印象最深刻的几个故事。他会随时在采访过程中抓住采访对象说出来的极具生活气息和光彩的句子，作为点睛之笔，有的甚至就拿来做了题目，比如收在

《十八洞村的十八个故事》里的篇名《就是悬崖我也要跳》、《让我在山上把眼泪哭干》。他极为重视生活中的情感体验和细节。《004号水井房》是李迪2012年在中国作家杂志社组织下三进塔克拉玛干沙漠、深入石油工人生活创作的报告文学作品。为了写好这篇反映新疆农民工坚守沙漠、默默奉献的报告文学作品，他三次到塔克拉玛干沙漠，最后《004号水井房》这篇8000字的报告文学，获得了第23届中国新闻奖报纸副刊作品评选金奖，根据这篇作品改编拍摄的电影《水滴之梦》，也拍得感人至深。李迪说过，假如没有他的第三次再到塔克拉玛干沙漠，就绝不会有后来的这部作品令人落泪的结尾，就不会有这部作品的成功。可见他的深入生活，绝不是比画一下，说说而已，而是按照文学的创作规律，认认真真地落实在具体的创作中。

李迪是一个优秀的小说家，无论是他早期的文学创作，还是后来的纪实文学或者非虚构小说，他标志性的灵动鲜活的语言，跳动着一种遮蔽不住的热络，极具来自生活土地的感染力，这让我们感受到了小说家的才情。近十多年来，他越来越关注时代、社会，把精力逐渐放到报告文学或者非虚构文体的创作上来，他越深入到现实生活的一线，越加感到了作家身上的责任感。就像他在一篇创作谈里写到的："在这样的地方，面对这样的人，我无法不去写他们。"当他用他特有的激情、幽默、灵动鲜活的语言，书写一个个真实感人的中国故事的时候，实际上李迪已经选择了一条为人民而写作的道路，自觉地把为时代和为人民而歌的责任担在肩头。铁凝主席在《一位无愧于时代和人民的作家》的文章里说：他是多么喜欢"故事"这个词，而他正是一个讲中国故事、传中国精神的作家。从这些作品中，我们感受到的是广袤的大地与奋进的人民，感受到在一个一个人物身上、一个一个平凡而伟大的战斗者、劳动者身上那推动历史发展的伟力。这样一个作家，是时代的记录者，是人民的歌者。

当一个作家，把他的心和情都奉献给人民的时候，他就有了将自己的文学事业融化为时代书写的自觉，他的写作就代表了大地的声音。正是在深入生活、扎根人民的过程中，在寻找、感动和激情的创作中，李迪自然而勇敢地完成了从践行深入生活的作家，到为时代为人民代言的歌者的跨越，成为一位以人民为中心创作的作家。他在给《警官王快乐》的原型、社区民警陈先岩的签名上写了“人民至上”，这里的“人民至上”绝不是口号，而是确确实实把创作的主体对准人民，把情感和笔墨都聚焦在反映底层生活的小人物身上。写他们的故事，为他们的悲喜而歌哭，代表着李迪将自己的命运与祖国的命运紧密相连的责任和精神。

李迪有一种发乎人性深处的生命意识、悲悯情怀，以及他对生命万物有一种特别的善意，他的家里常年收养着十几只被丢弃的流浪猫狗。在生活中，面对弱势人群的时候，他总是善良、慷慨仗义。这种对于生命的悲悯，表现在文学创作上，就是他对于小人物的关注。他创作的多是小人物的故事，社区派出所的片警、看守所的囚犯、苦守在新疆沙漠里的农民工兄弟，在李迪的眼里，他们都同样值得尊重，值得书写。李迪是真正将自己的身心融化在创作之中的作家，记得他曾亲口对我讲他创作的《你可知道，那草帽在何方》时的情景。这是一篇李迪参加公安部“清网行动”采访之后创作的警察抓逃犯的作品。为了让自己融化在主人公的情感之中，他把自己关在小屋里，一遍遍放着日本电影《人证》里的插曲《草帽歌》，边哭边写，边写边哭，熟悉他创作状态的老伴魏老师经常隔着门喊：老李，别哭了啊，吃饭吧。正是因为李迪的这种身心共情的燃烧，使他的作品洋溢着一种蓬勃的激情、明亮的品质和人性的温度，令人感动和振奋。

李迪的《十八洞村的十八个故事》的完成，是在他身体极其衰弱的情况下，以坚韧的毅力，以对人民高度负责、对无限热爱的文学事业高度负责的精神支撑下完成的，虽然这只是一个人默默的咬牙坚持，但其中的艰难卓绝以及高贵的人格精神，足以感天动地。这是他一个人的战争，这是他拼尽全力的最后一战，在这场看不见硝烟的战斗中他耗尽了自己最后的力气，他像一个战士，倒在了自己写作的岗位上。他在生命的最后关头仍然奋力向前的姿态，让人不由得想起他在书中的一章用过的篇名：就是悬崖我也要跳！他奋不顾身的最后一战和轰然倒下，把自己升格为一个慷慨赴死、坚持战斗到最后一刻的壮士。

从深入生活，扎根人民，到为时代讴歌，为人民写作，成为时代的记录者、人民的歌者，李迪的文学道路给了我们一个很好的启示。李迪虽去，但他的精神永存。他永远活在朋友的爱戴之中，他的作品也将因为承载了中国波澜壮阔的历史、昂扬奋进的精神，而永远流传。

（原载《文艺报》2020年9月21日）

花自飘零何处去

——读李迪近期作品

朱竞

作家李迪，圈内朋友都称他迪兄。他大红大紫成名于上个世纪八十年代，以中篇小说《傍晚敲门的女人》开创了我国推理小说走向世界之先河。

近年来，作家李迪坚持深入生活，笔耕不辍、创作颇丰。2009年11月，李迪参加了中国作家走进监管场所采风活动，作家们先后来到了北京西城看守所、辽宁丹东看守所、湖北武汉戒毒所、河南商丘拘留所。最后，李迪选择了回到丹东看守所。他说："丹东看守所的条件非常艰苦，这里二十多个号里关着五百多男女，故事写也写不完。"于是他七下丹东看守所，创作出长篇纪实文学《丹东看守所的故事》。这部作品以关注现实、关注社会、观照心灵为视角，刻画出人性的另一面。

继《丹东看守所的故事》之后，李迪像是打了鸡血，创作势头和精神状态一直在亢奋中。多部作品在国家重要刊物发表及出版社出版后，受到好评。比如《花自飘零》、《那时候，我们青春浪漫》、《004 号水井房》、《国营书店》、《警官王快乐》、《樱桃沟里樱桃红》等，这些作品分别获得了多种奖项。同时也被影视界看好，纷纷找上门来改编成影视作品。前不久，《中国作家》为李迪的报告文学作品《004 号水井房》改编的电影文学剧本《极致水滴》召开研讨会。2012 年李迪三下新疆塔克拉玛干沙漠，采访坚守水井八年的农民工邓师傅夫妻，创作出报告文学作品《004 号水井房》，在《北京日报》、《人民日报》先后发表，并荣获全国第 23 届中国新闻奖报告文学金奖。

作家李迪是一位热情善良的北京老头儿。如今也已过了耳顺之年，但他依然热情饱满地写作，依旧穿着大红的衣服，深入生活在民间，创作出一大批优秀的文学作品来。这些作品的出炉，如他喜爱的大红衣服一样，越来越走红。

“迪兄惯写闺中愁”

2014 年 5 月的一天，作家李迪送来新书《花自飘零》，放在我的办公桌上，那天刚好我不在，没能与迪兄细聊。看着迪兄新出版的这部作品，封面上若隐若现、若开若合的花朵，让我想到李清照的词：花自飘零水自流，一种相思，两处闲愁。我断定迪兄又开始讲述一部忧伤的故事。飘零的落花和东逝的流水，让我联想到青春渐老、芳华易逝。

长篇小说《花自飘零》是 2013 年中国作协重点扶持作品。小说讲述了一个叫菊儿的女人的曲折命运和缠绵悱恻的爱情故事，情真意切，催人泪下，是一个地地道道的北京女孩儿的成长史、受难史。主人公菊儿五味杂陈的人生，以及她独自打拼奋斗、独自悲伤欢乐的经历，构成了一个具有感染力的世界，在充满悬念的故事中，品味人生之苦和人性之美，品味久违的感动和不向命运低头的正能量。

中国作家协会副主席高洪波题其新作《花自飘零》时这样写

道："花自飘零水自流，迪兄惯写闺中愁。情深掷笔无觅处，窗外闲云正悠悠。"

李迪说，这部小说创作的缘起，是在一次理发店的闲聊中，他意识到，这位理发师菊儿的出身及家庭背景是有故事的。理发店的老板菊儿，六十岁左右。通过交谈，李迪得知菊儿出身于高干家庭，当过知青，又当过工人，经历了下岗、自己创业等过程，在感情上，经历了三个男人，至今单身。于是他在长达一年多的对人物原型的跟踪采访中，倾听诉说，收集故事，走进被采访对象的内心世界，最终完成了这部作品。作家李迪以生活中的真实人物为创作素材，用艺术化的创作手法，讲述《花自飘零》主人公菊儿的一生。

在李迪的作品中，对女性的描写，大多是成功的。李迪说，女性的爱恨情仇是文学永恒的主题，无论是《傍晚敲门的女人》还是《丹东看守所的故事》中的女在押人员、女警察，或是《花自飘零》主人公菊儿，她们的人性之美、人生之苦，都冲击着他的心。

有人把李迪归为"京味儿"小说流派类。作家赵大年曾说，"京味儿"小说从未形成流派，也从未有过自觉的创作群体，只是有些作家在写了带有这种特征的可观的作品之后，被评论家和读者归为"京味儿"作家而已。"京味儿"小说是不断发展的，北京人的成分也大为改变，现在谁再通篇用老舍的语言写北京，显然是不行了。"京味儿"文学、京派文学和北京地区文学不是一个概念，"京味儿"文学是北京文学的一个分支和一种传统，它在挖掘、展示皇城根儿子民的生活和心态上有独特价值和发展余地，但是对于表现"新人类"、大学生和中关村人等普泛化和现代化的人物与生活，却有着不可逾越的局限性。

而作家李迪却说：我就一个北京老头儿，讲几位北京人的故事而已。李迪是土生土长的老北京，写北京是写到骨子里了。

别了，国营书店

《国营书店》是李迪最新创作的中篇小说，我是在他的微信上分十几次读完的。我对国营书店是有感情的。在我小的时候，也经常泡在国营书店里，那里有知识、有快乐。而如今的孩子们，有多少去过书店？

正如李迪试问：还记得你家附近那个门脸不算大的新华书店吗？还记得你在那里看书买书的快乐吗？噢，朋友，忙碌的你已经有多少日子没逛书店了？或许，你早已发现那个，不，不止是那个，仍旧悬挂着伟人手书的新华书店，早已不卖书了，成了食品店、复印店、照相馆甚至卖起了背心裤衩老头儿帽。这是怎么了？书店去哪儿了？曾经遍布全国风光无限的国营书店，到底经历了怎样的变迁？随着图书发行体制的改革，计划经济向市场经济的全面转型，国营书店已经无法再维持一统天下的局面。

李迪的《国营书店》非常详尽地讲述了国营书店在近三十年来从兴盛到衰败的全过程。这也是对中国改革开放社会进步的印证。

小说《国营书店》第一章这样写道：

> 方亮在部队服役三年，复员时刚过二十一岁，从里到外精神得像刚栽的树。那是八十年代初期，百废待兴，他这样高鼻梁大眼睛的帅哥儿，可以去的地方很多。公安局、法院、政府机关，孙猴子进了蟠桃园——随便挑。他在连队当兵的时候，因为出黑板报露过一小手儿，被借到团里干宣传，整天空话套话还要看领导嘴脸。方亮发毒誓，解甲归田后再也不干宣传了。那干什么？也没谱儿，就是想干点儿实事，哪怕学一门儿手艺。老妈叹口气说，要不是你爹病故了，跟他学学吹灯泡也好啊。方亮说现在哪儿还用人吹啊，早改机器了。这时，老顾亲自带着人事处长找上来，一见面就高门大嗓，到咱这儿来吧！咱是国

营书店，中央单位，正局级。全国图书市场都归咱！待遇高，福利好！眼下店里的人都老了，招你们小青年进来，不出三四年就是你们的天下！……

三十年后的今天……

多熟悉的地方，多可亲的楼群……可是，现在，一切都没了。风卷残云，城头变化，大院成了大街，书店成了闹市。招牌林立，广告繁杂：天艳旅社，麻辣香锅，灯具卧具，成人用品，棋牌麻将，起名测字，足疗按摩，甚至还有精神病观察室、传染病住院部……

我是带着忧伤、带着怀旧的情感，读完了《国营书店》这部小说的。

接着又读李迪新作，《警官王快乐》，一看这题目，就快乐无比。

然后又读了李迪写的十几篇《猫猫的故事》，读到了壮壮的离世，让李迪无比痛心……

（原载《中国作家》2014 年第 16 期）

用平易的语言塑造平凡的英雄

——李迪公安题材作品中的语言艺术

张璟瑜①

近十年来，李迪在公安文学领域刮起一阵旋风，自2009年开始采写长篇报告文学《丹东看守所的故事》以来，他几乎一直奔波在公安一线采访创作，推出的作品就像一串鞭炮，写一个，炸一个，从《铁军·亲人——无锡警察故事》、《社区民警是怎样炼成的——陈先岩的故事》到《警官王快乐》、《徐州刑警》、《英雄时代——深圳警察故事》，他十年写了七部书，把整个公安文学圈炸得噼里啪啦，全国上下都能听到李迪讲的警察故事。水到渠成，2016年，中宣部和国家新闻出版广电总局所确定的120部主题出版重点出版物中，就有李迪的文集《听李迪讲中国警察故事》。

李迪讲的警察故事之所以每一个都能叫响，离不开作家在两个方面下的深功夫，一个是采访，另一个是语言。如果说扎实的一线采访

---

① 张璟瑜，《啄木鸟》杂志编辑。

聚集的是爆竹中的炸药的话，那么李迪极富特色的语言就是点燃它们的引线——诙谐、幽默、夸张、口语化，这让他的作品极具辨识度。

李迪与作家汪曾祺有着亦师亦友的关系。在李迪家的客厅里，悬挂着汪老的一幅题字“有镜藏眼，无地容鼻”。这是二人1991年在云南参加笔会时，汪曾祺看到李迪的皮肤被紫外线晒得黝黑，唯有墨镜遮住的眼睛一周是白色，与他开的玩笑。李迪之所以将这八个字悬挂在家中，可见他对生动的、充满活力的语言的高度欣赏，这也是他对创作语言的要求。

汪曾祺极为重视文学的语言，他认为，语言不只是一种形式、一种手段、一种工具，语言本身就具有内容性。汪曾祺追求质朴无华却高度准确的表达，从民间语言中汲取自由活力，将对话和人物结合得浑然天成，于漫不经心中，将人物的语言写活。而李迪对于文学语言的审美追求，与汪曾祺是高度一致的，只是在具体的语言运用上有着自己独特的气质。

善用短句，强烈的戏剧化冲突

李迪善用短句，有时一句一行，有问有答，就像在看一出戏，锣鼓一响，人物粉墨登场，故事极具节奏感，牵着读者，眼神不飞，思绪不散。比如写深圳警察姚一元故事的《黑猫警长》：

> 相见，落座。还没说话，他就从包里掏出一个大本，像老农拿出自家园里摘的果，眯起两眼看我。潜台词还用说吗，脆，甜！没打药！我一抬眼，立马被吸，哎哟喂，封面大字赫然——《伏击队抓获嫌疑人情况登记表》。伏击队?！对，伏击队。

李迪讲故事，会上来就用寥寥数语抓住人的眼球，就像戏曲开场的锣鼓响。李迪对文章开头的重视，源于文学最早的启蒙。他曾多次在讲解文学创作时，提到他的文学启蒙来自于小学四年级的一堂语文课。他的语文老师张先生在课堂上给同学们念小说，第一篇《晋阳秋》，开头第一句："老柳树上吊着一个人。"这一句话，李迪记到现在。当有人向他请教创作方法时，他常会提到这句话。

"老柳树上吊着一个人"——好人坏人？死了没有？男的女的？谁吊的？干吗吊？很多悬念就出来了。这种在语言中不断制造悬念的方式，已经成为一种非常明显的李迪式的行文风格。在写"清网行动"的报告文学《你可知道，那草帽在何方》中，李迪的开头是："当彩霞追来的时候，血案已经发生！"这与"老柳树上吊着一个人"异曲同工。

李迪写公安英雄人物，从不会按照时间顺序来全面讲述英雄的成长经历，照他的说法，那是写履历表。他更喜欢模糊时间、模糊地点、模糊概念，选取典型故事按照戏剧化的逻辑讲述，以此来调动读者的注意力和情绪。李迪善于在字里行间不断制造冲突、反差、悬念和意外，让他的作品中呈现出一种热闹非凡的气质，而这种气质与公安火热的战斗生活相得益彰。

新鲜口语，漫画式的夸张

李迪虽然年过七十，但他的语言更新得非常快，甚至和网络同步。他拒绝现成的词汇，拒绝好词的堆砌，坚持从民间话语中吸取强劲的生命力，用口语写作，这是李迪所持守的美学观念。《两妯娌》中，社区民警王快乐出场，李迪写道：

> 王快乐顿开茅塞。他也买来一个喇叭。没想到，刚出门，收破烂儿的就跟上来，哎，这片儿破烂儿我包啦！王快乐笑了，你没看见我穿警服吗？收破烂儿的说，你捡个警服穿上就是爷啦？有本事穿太空服，两脚不着地，你飞！王快乐说，那多费火箭啊！

这样的语言不仅鲜活，而且准确，符合收破烂儿人的思维方式和语言特征，也表现了王快乐这个社区民警的豁达。

汪曾祺说过：“一个作家的语言跟本人的气质是有很大关系的。”正如我们从汪曾祺散淡的文风中感受到的是一位有着达观淡泊心境、洞察事理的蔼然老者形象，透过李迪充满时代感、诙谐、夸张的语言，你似乎能听得见这位热情、乐观、睿智甚至带着点儿野性的“红衣少年”的爽朗笑声。李迪的语言永远是情感充沛的，就像他本人一样。他拒绝平淡，善于用漫画式的夸张把人物的特点放大。比如，他的形容词都极具画面感，“大嘴咧成瓢”、“老刘的眉头拧成个包子”、“刘霞的脸红成鸡冠”、“登时吓成木乃伊”、“王快乐嗓门直逼帕瓦罗蒂”。这种形象的比喻建立在他敏锐的观察力上，他像是头上戴着高灵敏度的监测雷达，人物身上隐藏的特点，在他那里都会嘀嘀报警，被他一网打尽。当他把这些“特点”抛了光端出来时，一个丰满的人物便跃然纸上。

李迪不仅善于发现特点，而且善于制造笑点。民间俗语、谐音打趣在他的文字中俯拾皆是。他写民警周五南的名字来源，说：“周家有九个孩子，他在男孩儿里排第五，父母就起了这个名字，南押男的音。周五南说，感恩父母啊，要叫周老五就坏了，叫着叫着，叫成周老虎，人家一听吓死了，还怎么做调解工作?”一个名字，转个弯就和主人公社区民警的身份在一起拧出朵花。

语言其实是作者人格的一部分，体现作者对生活的基本态度。李迪曾用100篇1000字左右的故事塑造了一个社区民警，名叫王快乐。《警官王快乐》一书不仅荣获金盾文学奖，而且被拍成同名电视剧，即将播出。提起社区民警，人们以往的印象就是调解不完的矛盾纠纷，琐碎又不见功的工作，想起来就头大，没人会觉得快乐。可李迪偏偏就看到了乐，写出了乐，这其实就是李迪看待生活的眼光——矛盾纠纷中是被放大的人性，可笑；悲欢离合中是被浓缩的人生，乐观。

笑中带泪，用浪漫盛住悲伤

李迪的文学语言是明亮的、是火热的，但是警察的工作大多数时候是要直面罪恶的，甚至很多时候罪恶得到惩治，人生的悲剧却无法挽回。面对这些，李迪总是用一种特有的浪漫将其盛住，让悲剧显得不那么残忍，让悲伤显得不那么冰冷。

在报告文学《你可知道，那草帽在何方》中，妹妹彩娟在一场家庭纠纷中失手杀死了四叔的老婆，姐姐彩霞拉着妹妹逃跑，妹妹顺手抓起一顶草帽，这草帽，正是当年四娘买给彩娟的。李迪用电影《人证》的主题曲《草帽歌》将故事穿起："妈妈，那顶草帽，它在何方，你可知道。就像你的心失去了，我再也得不到……"歌曲在整个追逃的过程中数次响起，将彩娟的悔恨，将警察的恻隐之心都托了起来，让读者看到，在法律无情的界限外，是人性的温度。尽管这是一曲悲歌，但读者的灵魂在这一曲悲歌中得到了涤荡、升华。

《街边花店》中，李迪写下了一段吸毒人员的凄婉爱情故事。社区警察殷孝慈抓获吸毒人员常胜，送往戒毒所强制戒毒前的例行检查中，殷警官得知常胜患有严重的心脏病，时日无多。而在跟常胜的聊天中，殷警官意外发现，蹲过十年大狱、吸过毒且重病缠身的常胜，竟然交上了个女朋友。这是个苦命的女人，从小被拐，逃出后被一个老奶奶收养，奶奶死后，她到处打工养活自己。一次在她被流氓纠缠时，常胜出手相救，两人便在一起了，常胜为女人开了个花店，女人给常胜生了个孩子。结尾处，李迪用一场殷警官的噩梦将故事推向高潮。梦中，殷警官梦到常胜身故，逼真的场景让读者掉下眼泪，然而，梦醒，一切安好，读者的心又暂时得到安慰。这是李迪的浪漫，他看透了生活是一场悲剧，却在无尽的黑夜里，为读者留一盏温暖的灯，让希望不灭。

李迪笔下的警察故事，从不是用犯罪分子绝对的恶来衬托警察对正义的执守。在他的笔下，警察和罪犯都被撕下标签，人性闪烁着其自有的光芒。这是李迪的文学观，亦是他的英雄观——没有天生伟大的英雄，只有默默付出的凡人。英雄无畏的背后，是善，更是爱。

（原载《中国民族博览》2020年第3期）

那些扑面而来的书写

——读李迪的《十八洞村的十八个故事》[①]

贺秋菊[②]

隔老远，就看到了出站人群中穿红衣服、白裤子，戴茶色墨镜的李迪老师，亲切和热情是伴随着爽朗的笑声扑面而来的，仿佛他才是接站的主人。当警察时读过李老师的《傍晚敲门的女人》和《丹东看守所的故事》，他是能“一句话点铁成金”的故事高手。读《十八洞村的十八个故事》，那些人物和故事从李老师的笔端一个个溜了出来，让你感到亲切，感到真实，感到兴奋。

一

“李老师，我叫……”“李老师，我是……”“李老师……”第

---

① 《十八洞村的十八个故事》，作家出版社，2020 年 8 月第 1 版。

② 贺秋菊，主要从事中国当代文学研究，现供职于湖南省作家协会。

一人称讲述，瞬间把读者带入采访的现场，感受采访者的感动，聆听采访对象独有的声音，体会十八洞村人对书写的信任和尊重。富于生活气息的人物通过不同的讲述，在读者面前铺陈开来，真实、生动，令人印象深刻。

扶贫工作队队长龙秀林在接受采访时说：“李老师，消息来得很突然！”看似没来由，显得很突兀，但正是这么一句话，未见人影，不知胖瘦高矮，却先闻其声，一位正值盛年、有着丰富宣传工作经验、爽朗、耿直、实干却又绝不失机智的扶贫队长扑面而来。“姐妹农家乐”的金娣似乎更直接：“李老师，我叫金娣。”语言干脆利落，一听便知道是位麻利能干的老板娘。“酒鬼”龙先兰说：“李老师，我就不从‘酒鬼’开始讲了，龙队长肯定都跟你讲过了。”一句话，把这位憨厚、腼腆的男人推到读者面前。直面过去，他是诚实、勇敢的，面对未来，他有自己的打算，且满怀信心。

村主任隆吉龙的讲述缓慢而沉稳：“李老师，我是村里最早出去打工的，一去二十年！”剧透大半截人生的同时，“最早”、“一去二十年”又不经意间引出了这位农民工村主任身上与众不同的坚守和创新精神。这是他最终被推选为村主任，带领村民脱贫脱困发家致富的重要基础。和隆吉龙一样有着农民工经历的村民很多，他们都在响应号召，返乡创业。村民龙金彪就是这样的一位：“李老师，我在浙江台州打工九年，是2016年年底回来的。”

“李老师，您都看到了，我一个人在一节课里同时教三个年级。”这是十八洞小学教师蒲力涛的开篇。这位三十岁出头、扎根乡村教育的男教师言语中透露出无奈与艰辛，也由此可见这位乡村教师致力乡村教育改革的愿望与情怀。“爱在拉萨饭店”六十多岁的龙拔二大妈把采访当成了拉家常：“李老师，我这个人心大，爱说‘没的事’。不管遇到多大的难，我都说‘没的事’。”简简单单的“没的事”背后是一位普通十八洞村人历经坎坷人生后的洒脱和通透，是一位母亲对远在西藏支教的儿子长久的思念和默默的支持。

“李老师，我没有故事。但是，我特别想跟你说说话，讲讲我这一生是怎么走过来的。”村民杨超文的朴实忠厚扑面而来。在每一个十八洞村人看来，他们都只是跟李老师说了自己经历的事，那不是故事，只是生活。所以，村支书龙书伍并没有介绍他的村支书身份，而是从本村人的角色开始："李老师，我是本村的人，我家里有两兄弟，我是老大。"时刻把村里事当自家事，把村里人当自家亲人的角色定位和处事特点，是十八洞村"精准扶贫"工作取得巨大成绩极为重要的因素。

二

《十八洞村的十八个故事》说是故事，倒不如说是十八洞村人的一些人生片段。它们是早年土匪抢劫烧杀的过往，是曾经贫困生活的回忆，也是逃离偏僻落后山村外出打工的坎坷经历和个人成功，更多的却是近年来十八洞村发生翻天覆地的变化。李老师恰如其分地剪辑和艺术处理，让一个个故事扑面而来。

《关键时刻》从扶贫队长收到的三个"大礼"开始。作为大礼之一，村里的"酒鬼"闯进扶贫队长给省领导汇报的会场，砸了场子。终究，又是这位扶贫队长帮助砸场子的"酒鬼"脱了贫，致了富，娶了媳妇。"龙队长没有食言。第二天，两个年轻人联系上了我。"《金兰蜜》写的是一对年轻夫妇的爱情故事。《黄桃金灿灿》的村主任在外打工漂泊多年，小有成就，却终于在母亲返乡以后，坚定了返乡创业的决心。创业之路阻碍重重，种种艰辛溢于言表，这也是一路走来的十八洞村人艰辛的脱贫致富之路。《火塘夜话》里飞虫寨九十多岁的龙文典老人说："我要跟你讲的这些当年闹土匪的事，如果我再不讲，就没有人知道了。"那些过去闹土匪的事，是过往的记忆，也是深植在贫困深处的历史。

《对联的故事》里杨老师回忆起过去的乡村教育："每到开学的时候，我要一家一户地去喊孩子们来。整个乡十多个村的老师们就分配任务，你到你那个村去发动学生，他到他那个村去发动学生。"作为村里有文化的人，杨老师也谈起了十八洞村的来由。对于总书记来到十八洞村，有文化的杨老师用一副对联记录下了自己的幸福人生。《姐妹农家乐》的讲述者卖了个关子，“这么多年来，我的心一直是收紧的，好像有一根绳拴着”，把读者带入到一种紧张的氛围中，故事便从这种紧张氛围中一点儿一点儿生发出来。“精准扶贫”的政策让老杨可以在家里经营农家乐，不再下矿，金娣那拴着绳子的紧张的心真正解脱了出来。“姐妹农家乐”的经营有道自然也源于金娣的善良和朴实。“我们村里有些人家不做农家乐，专门种菜，南瓜、白菜、胡萝卜、白萝卜……客人说吃我们家的白菜都是甜的。其实，我们就是买邻居家自己种的这些新鲜菜。”对于来自大自然的馈赠，金娣也是大方的，“我是从山上捡回来的，不能收你们的钱，大家交个朋友就好了”。

三

属于十八洞村的富有生命力的细节，在李老师的故事里扑面而来。

老主任施进兰总结了“习主席来之前……我们这里，以前有‘三怕’”。他谈到自己请假遭遇阻力，原因是老板“就关心他的产品、他厂里的收入，他不关心你家乡的变化，他不管”。现实生活就是如此，它比故事更生动，比故事更残忍。他回忆起当初的心态，十分诚实，“我当时是抱着回来分钱的心态。习主席来之前，也有不少领导来，来了都拨钱，当时我就有这个想法，习主席来了，官儿比他们都大，肯定钱更多……但是，我回到家乡一看，哎哟，这回不一样！习主席来到村里没给大家分钱……要让我们自己干出钱来”。

“跟隆英足约了几次，她都很忙。”李老师是这样开始谈养猪专业户隆英足的。隆英足历经千辛万苦学会养猪技术，回到十八洞村，希望把这门技术推广，做大做强，但创业的路却是坎坷的。讲述中，她多次提到了落泪。男教师蒲力涛在课间接受采访，“毕业后响应号召来支边。一起来的还有两个人，没过几天，他们就走了。原因：一个是太落后了，学生基础太低，教学任务太重，再一个是工资太低……”“每节课，我安排一年级的先温习昨天的课文，二年级的跟我学习新课文。学前班的孩子们先去闹去，闹够了，回过头来再教他们。”所以，故事结束时，李老师在文末附了蒲力涛的论文《试谈如何提高农村教学点的教学质量》。

龙拔二大妈得知要采访她，忽然提高了嗓门儿：“我见过您。您住在阿雅家，是来写十八洞村的。对不?”不矫揉造作就把读者带到了那个扯着嗓门儿说话的龙大妈面前。《头上剃字的人》中的村民杨超文当过养殖个体户，出去打工，后来返乡养鸡，开农家乐、民宿，他说：“我只有经历，没有故事，但是真实。像我这样的人十八洞村不少。”他对十八洞村的爱，是剃在头上的字。他让理发师在后脑的头发间，精心剃出“十八洞”三个字。

村支书龙书伍总结过去的十八洞村有“五鬼”守家，即赌鬼、懒鬼、酒鬼、大鬼、小鬼。还总结了十八洞村人的“四大皆空”，即脑袋空、钱袋子空、家庭空、集体经济空。用一个老农民的讲述，把一个只有老人、孩子和赌鬼、懒鬼、酒鬼留守的越走越破败的贫困落后的十八洞村呈现在读者面前。多年的村部工作，他得出经验，“在村里做的事必须要具体，不是喊口号，喊口号老百姓不喜欢听”。实干才能赢得支持，干出实事才是根本。村民龙金彪回忆起多年后返乡看到的情景：“我回来看到的第一个变化，原来进村的小道没了……我走的时候还是泥巴路，到处都有牛羊的粪便。习主席来过了，家乡变样了。我回来就再也不走了!”杨老师谈起总书记来村里时说：“握完手以后，我不知道怎么突然胆子大起来，说，总书记、总书记，我没想到，万万没想到您会到我们这个地方来!”

国家的扶贫攻坚，是符合广大人民群众的热切期待的。每一个十八洞村人都希望生活好起来、日子富起来，虽然思想转变的过程是艰难的，各种条件起初十分简陋，争取政策也很不容易，但正是从这些艰难中一步步走来的，十八洞村人对现在的安居乐业分外感恩，格外珍惜。

四

十八洞村包括梨子寨、竹子寨、飞虫寨和当戎寨四个苗族村寨。那些扑面而来的人物、故事和细节，便来自李老师在寨子里不断地穿梭、行走和深入细致地采访调查。

时值初冬，北方已经集中供暖，湘西地区进入漫长的湿冷季节。李老师拉一个超大行李箱，提一个不小的行李包，塞得满满的，从北京来。因担心李老师不能适应湖南山区的气候和生活，临行前，我们多次联系接洽。抵达十八洞村时，李老师把一件件行李铺展开来，以显示出他此行有充分准备，保暖衣物准备足了，连烧水壶都从北京带来了。

为了方便挨家挨户走访，李老师住在村里。一住就是十几天，每天走石板路，上台阶、下陡坡，逮着谁就坐下来听对方说村里的人和事。村里人都知道来了个李老师。采访中，“我从梨子寨赶到了村委会。值班的人告诉我会已经开了不短时间，马上就要散了。我在大厅的角落里选了一张桌子，坐下来，等候她”。这样的等候是十八洞村采访的常态。大家都忙，忙工作，忙生意，忙家人。采访便只能逮，逮着做买卖时，就陪着叫卖，逮着开会时，就守到会场门口。“我要采访的不少人都在这个会上。我当时心里很激动。不过，天色已晚，我只能捉住隆英足了。”正是长期的坚持和蹲守，李老师才能顺利完成采访。

返京后，强撑着的李老师病倒了，十八个故事的书写都是在卧床疗养期间完成的。如今，他正在病床上整理最后几个故事。相信，读到这些扑面而来的故事，人们的掌声一定会如扶贫队长所说，“像春天的雷”。

（原载2020年8月作家出版社出版的《十八洞村的十八个故事》）

寻找生活的源头活水

——读李迪报告文学集《永和人家的故事》①

马毅杰②

被铁凝主席赞誉为"一位无愧于时代和人民的作家"李迪，离世前拼尽全力完成的最后两部著作，一部是《十八洞村的十八个故事》，一部就是《永和人家的故事》。

作为跟随李迪先生历时近三个月采访永和人家的我，手捧着由作家出版社刚刚出版的《永和人家的故事》一书，想到突然离世的李迪先生，禁不住潸然泪下。

这是一部为老百姓书写的书。写老百姓，让老百姓读。

李迪先生在他所走过的半个多世纪的文学道路上，写着五个大字——"为人民书写"。创作《永和人家的故事》，如同他创作《加油站的故事》、《英雄时代——深圳警察故事》、《十八洞村的十

① 《永和人家的故事》，作家出版社，2020年6月第1版。

② 马毅杰，山西省临汾市作家协会副主席、永和县文联主席。

八个故事》等诸多优秀作品一样，关注的依然是最基层的劳动者、普通人在艰难困苦的环境中自强不息的奋斗历程。书中，没有宏大叙事、重大题材，你看不到“高大上”的形象，也听不到什么“豪言壮语”。在那一个个小人物身上，你能读到他们所经历的人生繁难、磨难，甚至面临的绝境，展现的是他们从不放弃的努力和与命运抗争的坚强，其中不乏对生活独特而含蓄的乐观态度。在《我是你的腿》、《蹚过没有桥的河》、《爹，你在山上看着我》、《没有退路》等篇章中，你能强烈地体味到那一个个小人物身上闪现的人性光辉和不屈不挠的力量。读着让人荡气回肠，感佩于心。给予读者的是生活的能量、勇气、信心，和对未来充满的希望。

这是一部“故事”性很强的书。读它，你会闻到“人间烟火”，看到人生百态。

接触过李迪先生的人，都有一个共同的感觉，他脑子里的故事，怎么会那么多？那么生动？铁凝主席在纪念他的文章中也说：“他是多么喜欢‘故事’这个词啊！而他正是一个讲中国故事、传中国精神的作家。”

李迪先生有一句常说的话，“生活是口井，找到井，有水喝”。多少年来他一直就是那个找井的人。

几年前，他为写《004号水井房》，三进路途遥远、风沙弥漫的塔克拉玛干。为写《加油站的故事》，年逾古稀的他，一口气跑遍了西藏、青海、云南、新疆等九个省区，采访了数不清的加油站和加油员。为写《永和人家的故事》，他五上吕梁山深处的永和县，冒着酷夏时节的“桑拿天”，一门心思“扎”到生活中，在山庄窝铺、田间地头、窑洞土炕、黄河岸畔，都留下了他深深的足迹。

一个个被湮没在茫茫岁月里的故事，被他挖掘了出来；一位位在人海中“不起眼”的人物，被他关注到了。这里有卖粉条的、做豆腐的、搞剪纸的、开早点铺的、修自行车的、唱永和道情的、养驴喂牛的、送快递的，整个一幅黄土山地的“清明上河图”。

为采写这些人物，他的身心完全沉浸在其中，同主人公一起哭，一起笑，一起揪心，一起舒眉，大伙儿都把他当作了知心人、自家人，心里有啥苦闷、有啥难处，都愿意与他倾诉。

在创作中，李迪先生不单单是把这些故事只当“故事”来写的，而是当作一种精神去写。书中《跟山水》、《问世间情为何物》、《人生如剪纸》等都是典型的篇章。

《跟山水》是一篇讲述黄河岸畔的艄公在黄河上靠打捞讨生活的故事。所谓，靠山吃山，靠水吃水。但他们都懂得打捞上来的东西，什么是可以作为劳动所得，什么是不可以的，什么是必须打捞，什么是不必冒险的。这些通过主人公于直环的讲述，你会看到人性中复杂的一面和最善良的那一面。

在《永和人家的故事》创作手法上，李迪先生还是沿用了独具特色的“李氏”笔法。

读他的作品，你会发现，他的每一篇作品的叙事，几乎都是用“第一人称”表达，人物的举止语言，最大限度地保持一种原汁原味的原生态，很少用形容词，很少用定语，极具现实感、在场感，而这样的人物语言的表达又绝非是自然主义的流露，他总是将人物塑造得那样生动、丰满、个性鲜明，又充满力量。叙事中从来不会将作者的意志强加给主人公，强加给读者，而是将“评判”的权力留给读者，表现的是对主人公和读者的极大尊重。

我觉得这也是李迪先生表现手法中最高明的地方，也是他的作品最具魅力的地方。

李迪先生的作品，关注基层，关注民间，关注普通家庭、普通行业，关注一个又一个小人物、小故事，而把这一个又一个小人物的故事汇总起来，又何尝不是一个民族的奋斗史?

《永和人家的故事》无疑是李迪先生写作初心的延续，这一切又都成为他留给文学的遗产。

（原载《山西日报》2020 年 10 月 23 日）

附录一
“李迪的文学道路研讨会”发言摘要

“李迪的文学道路研讨会”发言摘要

主持人张亚丽（作家出版社总编辑）：尊敬的铁凝主席，各位领导，各位嘉宾朋友们，大家上午好！欢迎参加由中国作家协会创研部、作家出版社共同举办的“李迪的文学道路研讨会”。2021 年 6 月 29 日被铁凝主席称作“无愧于时代和人民”的著名作家李迪因病去世。李迪是一位经验丰富、才思敏捷、勤奋高产的优秀作家。自 1972 年发表处女作短篇小说《革命后代》近半个世纪以来，他共发表出版作品 500 多万字，小说、散文、报告文学、儿童文学均有涉猎，并荣获多种重要文学奖项，他最得心应手的创作体裁是报告文学、纪实文学。他是一位扎根生活、服务人民、讴歌时代的热情劳动者。人民生活是一切文学艺术取之不尽、用之不竭的源泉，李迪多次提到，生活这口井给了我好多水。正是秉持这样的创作理念，他的很多作品都是双脚丈量出的真情，特别是最近几年，七十高龄的他仿佛焕发了青春，不知疲倦地常年奔波于山南海北，从丹东看守所到塔克拉玛干沙漠，从无锡小镇到边远西藏的加油站，从西北贫困山区到高寒阴冷的湘西苗寨，他马不停蹄，以磅礴的激情与才华，讲述了一个个生动的故事，书写了这片热土上一个个动人的时代篇章。《丹东看守所的故事》、《警官王快乐》、《加油站的故事》、《永和人家的故事》、《十八洞村的十八个故事》等优秀现实主义作品相继出版发表，广受各方关注。今天我们汇聚一堂，在这里一起研讨李迪的文学道路，纪念我们的好朋友、人民的好作家李迪先生。

铁凝（中国作家协会主席）：各位嘉宾，同志们，朋友们，大家上午好！今天我们相聚在这里回顾李迪同志的创作道路，总结他留给我们的经验和启示，同时也是为了表达我们对这位优秀作家的深切怀念。我代表中国作家协会向李迪同志的亲属表示诚挚慰问，向到会的各位作家、评论家，社会各界朋友们表示衷心感谢。李迪同志离开我们已经 63 天了，我和很多朋友一样震惊、痛心。他总是精力充沛，神采飞扬，他的大嗓门儿，他的爽朗大笑，还有他标志性的大红上衣，我们很难接受这样一个人竟然这么突然地走了。在给《人民日报》的文章里我写道，这是一位无愧于时代和人民的作家，我想这是李迪一生所追求的、所实现的。他走得太早了，但为了时代和人民，他全力以赴，他做了自己该做的、能做的，他不负此生，他一生的道路都为他的人品和作品所照亮，他留给我们这么多沉甸甸的作品，他的精神激励着我们。李迪的创作始于上世纪 70 年代，那时他是云南生产建设兵团的一名知青，后来他是解放军的一名战士，他的创作一开始就和广袤的土地、广大的人民紧密相连。这么多年以来，他不知疲倦地行走着，从公安一线到加油站，从塔克拉玛干沙漠到湘西苗寨，都留下了他火焰一般耀动的身影。每到一个地方，他都不是蜻蜓点水，不是走马观花，而是敞开他的心，以心换心去体会那里的生活和那里的人，也正因为如此，人们才认识他、记住他，都愿意和他说心里话，聊家常事。他笔下的人物鲜活灵动，他讲述的故事感人至深。现在把李迪的作品摆在一起我们都能看到，正如一滴水一朵浪花反映着江河，这些具体而微的人和事为广大的现实、为新时代新生活和新人留下了真实的写照。

生活无穷尽，故事写不完，李迪曾用这句话概括自己的写作。从《丹东看守所的故事》到《加油站的故事》，从《听李迪讲中国警察故事》到《永和人家的故事》，他始终保持着对变化着创造着的生活的忠诚和热情，始终把讲述这种变化与创造作为自己的责任，这是他一生朴素而崇高的文学追求。直到最后，他还在病榻上坚持完成了反映湖南湘西十八洞村脱贫攻坚历程的《十八洞村的十八个故事》。这两天我读了这部作品，这十八个故事曾经深深地打动了李迪，现在经由他的讲述，这十八个故事也深深打动了我们。李迪没有使用多么新奇的技巧，也不铺排多么反复的结构，他只是热忱地素描一个个人物，写出他们的心，写出他们的奋斗，把他们鲜明生动地呈现在读者面前。也正是在这些朴实的人物形象中，在他们娓娓道来的生活故事中，我们感受到蓬勃向上的时代精神，感受到中国的巨变和人民的伟力。深入生活，扎根人民，与时代同步伐，以人民为中心，这是习近平总书记为新时代中国社会主义文艺指明的根本方向和道路。在这条道路上，李迪为我们作出了榜样。他深爱着祖国和人民，他为时代的进步和人民的幸福而兴奋而激动。他的信念不是抽象的，而是饱含炽热的感情，很多朋友回忆，李迪写作时经常会流泪，我想这是用情至深的缘故。习近平总书记指出，人民不是抽象的符号，而是一个一个具体的人，有血有肉，有情感，有爱恨有梦想，有内心的冲突和挣扎。要写出好作品，就要热爱人民，爱得真挚，爱得彻底，爱得持久。正是这样广大而具体的爱，让李迪对无穷的远方、无数的人们，始终满怀热情，欢乐着人民的欢乐，忧患着人民的忧虑，成为了时代的记录者、中国故事的讲述者。

前些天我在《文艺报》上读到的史佳丽的一篇《十八洞村的十八个故事》的编辑手记，里边很多大的方面不说了，有两个细节，一个说《十八洞村的十八个故事》在签合同的时候，李迪已经病得很严重了，史佳丽说，李老师，你合同都签好了，你别忘了签版税，你要多少版税？李迪怎么说？说你们随便给，这个我不填，我没任何意见，我没什么条件，我什么条件也没有。第二个细节是他对自己作品的认真程度。他一丝不苟，精益求精，反复修改，他说一个人送孩子出门的时候，当然要给他收拾好，打扮好，他确实把自己的作品当作自己的孩子。这两个细节深深地打动了我，这两个细节让我们感受到了体会到了李迪为人的品格。2020 年是极不平凡的一年，中国人民经历了新冠肺炎疫情的严峻考验，全国疫情防控阻击战取得重大战略成果，这一年更是决战脱贫攻坚之年，中华民族伟大复兴的第一个百年目标即将胜利实现。无论是在决胜全面建成小康社会、决战脱贫攻坚的伟大历史进程中，还是在抗击新冠肺炎疫情的人民战争中，中国作家都是积极活跃的在场者、参与者，是满怀激情的书写者，李迪同志就是其中的优秀代表。李迪远去，但李迪的精神激励着我们，中国广大作家一定会在习近平新时代中国特色社会主义思想的指引下，行走在辽阔的祖国大地上，讴歌人民的奋斗，记录人民的奋进，为伟大的新时代书写新诗史。

高洪波（中国作家协会副主席）： 参加这样一个会议，我首先想到毛泽东评价他老同学何叔衡的话。何叔衡是他的同学，而且是中共一大代表，长征之后牺牲了，他说何叔衡是感情一堆，血肉一堆。我突然想，李迪也是感情一堆，血肉一堆。李迪的青年时代，曾在边疆十年，当过知青当过兵，那时他就开始发表文学作品了，已经是一个比较知名的青年作家了。归来之后，他到了人民文学出版社做编辑，1984 年在《啄木鸟》杂志发表了《傍晚敲门的女人》。他的晚年，最后十年，我称之为：绽放生命路，十年风雨路，这是生活馈赠李迪的大礼包。因为这十年才有了今天这个会议，才有了铁凝主席对他高度的评价。李迪是一个不知疲倦的行走者，对这位多年的老友我总结了八个字：热情、真实、快乐、认真。他走的那天，我把他给我的最后一本宣传册拿出来，上面有好多字，我用这种方式再次和李迪一起享受我们当年的军旅生活，我无数次边读边笑出声来，他等于用这种方式和我们告别了。

何向阳（中国作家协会创研部主任）： （见《讲故事的人活在我们心里——李迪和他的文学追求》）

颜慧（作家出版社副总编辑）：感谢大家今天来到这里，一起回顾我们共同的朋友李迪老师的文学道路。我跟李迪老师认识有十来年了。2009 年李迪参加中国作协和公安部监管局组织的“中国作家走进公安监管场所”活动。此后两年多，当时已年过花甲的李迪先后七赴丹东，最终完成了近 30 万字的《丹东看守所的故事》。当时我还在《文艺报》新闻部工作，2011 年 9 月去丹东参加《丹东看守所的故事》研讨会及采访李迪的时候，我被李迪老师深深打动，写了一个头版头条，还有对他的专访，两篇文章同时刊登在同一期的头版，这在《文艺报》也是非常少见的，可见当时中国作协对李迪和他作品的重视。下面我介绍一下《十八洞村的十八个故事》的出版情况。2019 年 9 月底，中国作协召开“脱贫攻坚题材报告文学创作工程”座谈会，李迪老师参加会议，并决定写十八洞村。我在会后给他发了微信，说十八洞村的故事在作家出版社出版，我们预定了。李迪老师当即回电话，用他一如既往的大嗓门儿说，咱俩想到一起了，我正有此意，就这样他动身去湘西采访了。采访过程中，他几乎每天都会发照片或者视频讲述他的采访见闻或采访对象，能感觉到他已经完全沉浸其中。11 月 22 号，他回到北京，安顿好后发来微信说，十八洞村采访 19 个人，我知道他要写 18 个故事，就说您是劳模，超额完成任务。回来不久他就因为腰椎间盘突出卧床不起，接着是漫长的疫情，其间我们经常保持联系，讨论他的采访和书稿，印象深刻的是他对十八洞村的脱贫欢欣鼓舞，也因当地只有一所学校一个老师几度落泪。3 月初，他打电话说腰好了一些，很庆幸去年底就去了十八洞村，完成了采访任务，素材到手就剩写作了，如果准备春暖花开再去就赶上疫情了。他还说采访素材已经委托速录员全部打成文字，只等腰好点儿就能坐起来写了。3 月底他开始恢复写作，微信说，人有点儿躺虚了，动不动就累，但是可以略微走动，我们当时也都特别替他高兴。此后他陆续完成了十八洞村好多篇故事的写作，每写完一个都会发过来跟大家分享。5 月 18 号他打电话说情况不好，要住院了，这期间我们一直劝他安心养病，他仍然记挂着要完成书稿。5 月 26 号他发来语音说，书稿已经交齐了，你放心吧，这是我最大的心事也是最大的心愿，终于了结了，在手术之前没有辜负中国作协，没有辜负出版社对我的期待。27 号手术前夕他又发来微信说，一本书十八个故事，文艺报、文学报、中国艺术报分别选发三个，其中中国艺术报选发的上了《学习强国》，应该说这是一本成功的书，没有辜负大家的期望。这是他给我发来的最后一个微信。中国作协领导对《十八洞村的十八个故事》的出版高度重视，敬泽书记几次问起书的进度和出版情况，并指示说一定要把书出好。《十八洞村的十八个故事》作为中国作协“脱贫攻坚题材报告文学创作工程”的系列报告文学作品之一，被列为中宣部 2020 年主题出版重点出版物，我们特别出版了精装版。大家手里有一个袋子就是李迪老师在作家出版社出版的几乎所有作品，还有两个绘本没有在其中。《十八洞村的十八个故事》的责编是史佳丽和李亚梓，其余所有作品的责任编辑都是宋辰辰，他们今天都在会场，我知道他们都对李老师有着非常深厚的感情，都是在尽全力把书做好。正如铁凝主席说的，李迪老师是时代的记录者，是人民的歌者。我们认真做好这些出版工作，正是对李迪这样一个把自己的命运与人民的命运、时代的命运紧密相连，真正热爱文学、深入生活、扎根人民，无愧于时代、无愧于人民的优秀作家的敬仰和纪念。我们都很想念李迪老师！

杨浪（李迪昆明军区战友，作家，著名媒体人）：有幸在这个场合读李迪的作品，说几句吧。我跟李迪认识将近半个世纪了，这两个月老不愿意想这个事，一想就想起我们最初认识的时候，年轻参军，充满了理想；然后就是在得知迪兄身体不好的时候，我们这些好朋友说，迪兄最后没有组织，我们来给他操办后事，所以我受众好友之托人生第一次写了给一个人，也就是给迪兄准备的讣告和生平介绍。到 6 月 7、8 号那几天，微信群中传来好消息，说迪兄身体有所好转，我们还很欢乐地说，迪兄要是病好了，他看着我们给他拟的这个讣告和生平介绍会是一件多么欢乐的事情。我们身边这样一个哥们儿、兄弟、战友，这么好的一个充满着人生情怀的人已经成了历史，而且是让我们永远怀念的历史，所以感谢出版方，让我有机会今天能读李迪最后一部作品中的其中一个故事。

梁鸿鹰（《文艺报》总编辑）：说起李迪确实有许多话说，我非常同意刚才铁凝主席讲的，确实他为了时代和人民全力以赴，确实是这样。巴金说要把心交给读者，李迪老师也是，把心交给读者，交给自己那些热爱的人民，也交给他的同行。回顾李迪的创作道路，我觉得他发生了一个很大的变化，就是早期他的创作实际上是以小说为主，虚构、想象，把自己的生活所见用小说的形式表达出来。特别是他 2014 年出版的《花自飘零》，我特别喜欢这部小说，我曾经写过一个评论，这里边能够看到与他同时代的这些人的心跳和他们对生活的美好追求，通过一个叫菊儿的女性的三次婚姻讲了大时代中小人物所有的平凡和不平凡的追求。我跟他说了多次，我每次见到他，我都要说，李迪，你里边写到两个小女孩儿去十三陵水库路上她们的交谈，她们对身边一草一木的感悟，你怎么这么会写？这部书我特别喜欢，到现在我印象还非常深。他早期也写了大量的儿童文学，作家出版社最近也再版了。他喜欢孩子，喜欢动物，在他出差的时候，他要反复叮嘱魏老师喂养那些流浪猫。他对世间万物有非常柔软的感情，非常令人感动，儿童文学是他童心的表现。后来他接触法制文学，到法律出版社，又写了推理文学。我们多年以来结下了很深的友谊。最让我惊叹的就是他后来的大转变，就是他转入了报告文学的写作。他觉得自己的笔用虚构的文体、用小说是无法表达的，这个时代的变化太快了。这个时代所涌现出的那些人物、那些事情，我们人民对美好生活的追求，随着他采访和接触的人越来越多，以及生活面的打开，他觉得如果用虚构的话，他没有办法很好地表达内心对他们的认识。十八洞村和永和人家的故事我看了好几遍，我非常感动，里边他讲到马老师这个故事，从他的爷爷、父亲开始讲起，他总是被这些人所感动。他虽然是一个作家的身份，中国作协、公安部方方面面都给他很大的荣誉，但是他始终没有觉得自己是一个大作家，他始终觉得自己是一个小学生，是一个能为世上的万千事物随时感动的人。他跟我们的老百姓是心心相印的，他关心他们的每一个细节，这些细节他认为通过他们的口讲述出来，通过自己的方式来呈现，可能更不一样。

你能从他的作品里看到他的那种感动，他认为这样他才能足以表达读者对他的信任、当地的这些干部群众对他的厚望。2015 年，白俄罗斯的阿列克谢耶维奇获得了诺贝尔文学奖，她就是把自己的采访对象、自己接触的人作为主体，看似没有对素材加工、提炼，但是看到她的采访，她首先是跟她的写作对象建立起一种非常平等、非常生动的关系之后，真正找到他们内心深处的一些东西，所以她的创作道路确实是对我们有非常深的多方面的启迪。那么对读者来说，我们究竟要读什么样的故事，我们要求文学是什么？我们作为一个人，有丰富的内心世界，我们通过书本来认识别人的时候，难道不是认识我们自己吗？难道不是让我们的内心更丰富一些、更美好一些吗？这是对读者，对作者同样是这样。你怎么对待自己的笔？自己的笔不是为了自己，不是为了挣稿费，不是为了表达你不同凡响、比别人更强的东西，而是要真正地把心交给这个世界，为了让这个世界更加美好，为了让自己的笔能够匹配上人的进步和时代的进步，这是我最深的感触。我跟他还有好多接触的点点滴滴，我跟大家的感受是一样的，这是一个好人，这是一个我们这个时代的好作家。

高伟（《中国作家》杂志副主编）：（见《从深入生活的践行者到人民的歌者》）

包明德（中国社会科学院文学研究所原党委书记）：唐代诗人崔珏在哭李商隐的时候有两句诗，鸟啼花落人何在，竹死桐枯凤不来。李迪的逝世使公安文学失去了一个最勤奋、成果最多的作家，使我们相聚的时候消失了一抹鲜亮的红色，对我个人来说，相识将近四十年，也失去了一个相处不累、永远不能忘记的好朋友。刚才关于李迪先生的整体创作情况，大家已经做了充分的概括，我觉得李迪先生的公安文学作品是把警察故事以真实性和文学性、诗性和人民性融合最好的作品，形成了李迪独特的审美语境，我谈三点。第一点是平民化、底层写作，第二点是人性化写作、人格化写作，第三点就是他的幽默、诙谐趣味等。平民化、底层写作是李迪一贯的追求。李迪在作品中写的都是普通的警察，片警也好，狱警也好，便衣也好，所长也好，他北上南下采访了数百位民警，深入到他们的工作和生活的深处，把虔诚的目光投向他们，如摆摊儿的王所长，喊话的马警官，敲锣的杨苗江，快乐的王警官，等等，歌颂他们平等的姿态，积极主动地为百姓为群众排忧解难，维护群众的权利，维护百姓的尊严，维护群众的安宁，保护人民财产，化解矛盾，表现了优良的业务素养、职业操守，人物生动鲜活、灵动可感。李迪警察故事的人文精神和法治的信念，充溢着现代性文学精神，或有清醒的现实主义立场，看起来我们阅读这些作品很轻松，但正是由于作者身入、心入、情入的警察生活，在复杂的世道人心面前，表现出超越与调整，所以读者不仅仅看到的是赞美，也不仅仅是歌颂。作为一个作家，他带有问题意识，也感到一种反思、一种批判或者是一种救赎。王所长摆摊儿的时候，发现有的老百姓对警察也是讨厌的，也有寒心，为什么寒了心，是因为有的警察不好，过去的一些事情让这些人有伤痛，所以他们不会轻易开口，不会轻易相信你王警官，这是《王所长摆摊儿》中的原话。百姓寒心，说明我们有的官员也好，警官也好，说官话，不办人事，说套话推诿，把人民的概念图腾化、空心化。警风警纪不严，也是在一定范围一定程度上存在的，从这个方面，在《老郭开茶馆》当中，像社区居民董老头儿说的，现在的社会好比一部机器，好多零件有问题了。你看李迪他歌颂、颂扬快乐轻松，但是他有他深沉的思索，这是作为现实主义作家所应该具备的品格和立场。

我们可以看出作家李迪在这种轻松的表层叙述中，透出现代性文学精神，一种批判精神，一种现实主义精神，一种忧患意识。比如有的民警、所长为帮老百姓、群众把事情摆平，很多时候是靠自己的人格、靠自己的魅力、靠自己的意志、靠自己的爱心、靠自己的耐心、靠自己的责任感，以及靠自己的人脉，并没有一个法治的程序和一个规则。我看了很多李迪先生的作品，这方面给我留下的印象很深刻。所以李迪作品中的人格化模式的色彩很重，我说他是人格化模式的书写，这个色彩构成了李迪创作中的特色，也构成了他审美化的语境，这是鲜明的一点。这不细说了，一定要解决难题，碰上战友了，碰上熟人了，碰上好朋友了，碰上同学了，都是这样解决的，老百姓的苦事难事，都得靠这个。没有战友怎么办？没有同学怎么办？没有人脉该怎么办？所以李迪在作品中说，在中国没有好办的事，但是又没有办不好的事。这样很朴实的话语，表达出一个作家对我们生活深层的思索，对我们这个时代、对劳苦大众的忧患意识，非常可贵。

另外我刚才说了，幽默、诙谐趣味是李迪作品的风格，可以看出李迪先生对小说、画本等中华优秀传统文化的传承，不论是侦探作品还是别的，这种知识结构是很坚实的，很丰富的，古今中外的名句、名典，随时引用，加强了作品的文学性，特别是细节生动、精致，能使细小的事情变得引人入胜，乱收费、团伙闹事、两地分居这些事都写得妙趣横生，细节激活人物，细节激活现状，细节激活世道人心，有时代感，大众化，这种幽默和风趣的语言构成了李迪作品的文体意义、文本意义，非如此也就不是李迪了。

孙晓青（《解放军报》原社长）：（见《怀念李迪》文集中孙晓青文——《一日从军 终生许国——怀念战友李迪》）

刘玉琴（《人民日报》海外版原副总编辑）：李迪去世两个多月，其实我一直感觉他还在，没有走远，因为李迪他是一个让人难忘的人。我跟李迪是熟人、朋友，他也是老师，但是从更广泛的意义来说，李迪他是一个好人，他的乐观、洒脱、善良、执着，全力以赴对生活和人民的书写，以及他可贵的人格魅力、人民情怀令人记忆深刻。他的几本书我都写过评论，《花自飘零》、《警官王快乐》等，都是源于被他纯真之心的感染，对他的文学创作特点都有具体的表述和评论。因为时间关系，我在这里只想说一下对李迪为人为文的总体感受，只说一下要点。我眼中的李迪，他是灵魂纯净、为人真诚善良、对人生和生命有着巨大悲悯的人，我觉得李迪的文学精神可以给我们许多思考。第一，在浮躁的世界里，如何以心灵的纯净去对待生活、对待人事，保持内心的坚定。第二，在名利被越来越多的人所追逐的当下，如何以激情热情和真诚善良去感染身边的人，为社会的和谐生长添一点儿力量。第三，在许多人过于注重自我而不愿意顾及他人的当下，李迪对人生、生命包括万物给予足够的悲悯，让笔下发出温暖温润的光，给人以前行的信心和勇气。李迪是一个值得我们崇敬、引起我们思考的人，总之李迪的人品与文品、真心与挚情值得我们认真总结。他不知疲倦地行走，真诚地拥抱生活，对时代和人物朴实而精彩的书写，已经为当今社会的文艺创作和生活态度提供了重要的启迪。

张策（全国公安文联副主席）：时间关系不多说，我从公安文学的发展角度说几句话。我最近一直在做关于公安文学在改革开放期间的发展情况的研究，我发现在我们公安文学发展的每一个重要节点上，都有李迪先生的贡献，都有他的一篇重要作品作为节点上的一个重要突出的标准。上世纪 80 年代初改革开放刚刚开始的时候，那个时期大家都知道，侦探小说是当时非常火热的现象，我找到一个数字，1981 年全国图书销售数量最高的是侦探小说。在这个节点上，李迪先生推出了他的《傍晚敲门的女人》，这篇侦探小说是李迪先生文学风格初步形成的标志，也是中国侦探小说发展史上一个里程碑式的作品。2011 年他又推出了报告文学《丹东看守所的故事》，刚才几位老师都说了，这是他重新开始创作的一个开端。大家可能不知道，当时的公安报告文学是属于无意识的状态，公安文学的作家常常搞不清楚新闻作品和文学作品的区别，这是我们公安文学特别是报告文学、纪实文学在发展过程中很长时间存在的一个问题。李迪先生的《丹东看守所的故事》以全新的状态出现在公安报告文学的舞台上，给了我们很大的启迪，也给我们标明了一个新的发展方向。李迪的《丹东看守所的故事》是他报告文学创作的一个点睛作品，而对整个公安文学、报告文学、纪实文学的发展起到了很大的推动和引领作用。他后来还有一部作品，就是《警官王快乐》。这是一种很独特的文体，它是一个微型小说的合集，是李迪先生多次到公安机关采访之后，大量素材使用之后，对一些边边角角的小细节、小故事，他用一种很独特的形式表现出来。《警官王快乐》的出现，在当时公安文学已经开始繁荣的情况下，在文体上、形式上、语言风格上都做出了鲜明的表率作用，也使公安作家们的思路有了一个开拓。所以我说李迪先生在公安文学的发展上是一个绕不过去的作家，是一块丰碑，是我们永远学习的榜样。李迪先生在公安文学的创作过程中有三点是值得我们永远学习的。

第一，很突出的一点，是他的创作有非常鲜明的正确的世界观和价值观作为基础。这个话题在公安文学上我觉得是非常重要的，因为我接触过很多作家，大家都对公安题材有兴趣，但是并不是说大家的兴趣都在如何写好公安文学，有很多作家采访公安题材是猎奇的，甚至是找黑暗的，而李迪先生不是。李迪先生完全是怀着积极向上的态度来写公安题材，即使是写公安题材一些负面的东西，他也是在深刻挖掘人性，使我们非常感动。第二点，刚才很多老师也说到了，他的创作有非常充沛的激情，这种激情使他不惜付出大量的劳动。他在采访丹东看守所的时候，七次到丹东，两次在看守所与民警和在押人员一起过春节，这个当时让我们非常震动，也非常让我们感动。第三点，李迪先生的创作，特别是近十年来的创作，逐渐形成了他自己非常独特的文字风格，我觉得他的文字特点可以总结成这么几句话：贴近人物，贴近生活，快乐、朴素、亲切，而且有强烈的节奏感，他的作品读起来永远是会让人快乐，永远是会让人感到痛快淋漓，所以李迪先生的逝世对公安文学来说是一大损失，但是同时也为公安文学创作今后的发展树立了一个榜样，他既是行文的榜样更是做人的榜样。在这里我也想代表广大公安文学的创作者表个态，我们将以李迪先生为榜样，用更多更好的作品向李迪先生致敬。

黄传会（中国报告文学学会副会长）：因为都是写报告文学的，所以这几年我跟李迪的接触比较多。李迪是每发表一篇文章都要给我发一个微信，所以我也说李迪不断在激励着我。那么怎么来形容李迪，刚才在车上开车的时候我还在想，应该用八个字，就是热烈似火、灵动如鹿，他的生命像火一样热烈，他的文章像小鹿一样非常灵动。因为跟李迪接触多，所以电话很多，一次在元旦前打电话，我说在哪儿，他说在十八洞村。回来以后，我再打电话，我说怎么样，他说坏了，出问题了。我问怎么回事，他说腰不好。我说这个要动手术的，你是腰椎间盘突出。过了一段时间，他腰好一点儿了，说现在可以坐起来在办公桌前面，每天能写一两个小时。然后又过了一段时间，他突然给我发来一张在 301 医院的照片，说我住院了，疫情期间不能看。我说没关系，我是军人，我有办法。他说不能看。我说那好，你做完手术再告诉我。可是过去就没有消息了，没有消息我就给他发微信，问怎么样，手术做了没有？过了几天以后，魏老师给我回了一个微信，说黄老师李迪做完手术了，现在在重症监护室，等他好一点儿的时候，再让他给你回电话。然后有一天突然看见杨浪先生的一个微博，说但愿李迪能够度过今天晚上，我想坏了，我赶紧给高洪波打了一个电话，问李迪怎么样了，高洪波说，我们已经在给他写悼词了。所以当天晚上我就想写一篇文章想给《文艺报》，题目叫《听李迪讲故事》。我心想李迪尽管没有走，我文章都开始写了，他们都写悼词了，我想李迪万一能够起死回生，那么将来我把这个文章给李迪看，也许是文坛的一个佳话。李迪你如果真的走的时候，那么多人在怀念你。但是遗憾的是，这篇文章我到现在也没有写出来，因为最近的心情一直非常不平静，我想我将来还是会写的。

作为一个报告文学作家，我觉得李迪他有着报告文学作家所特有的特质，他具有优秀报告文学作家的特质，爱国为民。他曾经说过我就是一生一世都要为人民写作，他与时代同频共振。他说我们遇上了一个最好的时代，抒写中华民族的伟大复兴就是报告文学作家的信念。他对生活热爱，他有百般热情，他不是正在采访，就是正在采访的路上。我们通电话，问他在哪里，有时候在十八洞村，有时候在西藏加油站，有时候在公安，所以我说他的生命永远像火一样。前年12月我们在公安出版社开他的作品研讨会，他在冬天里穿着一件红色的衣服，我说李迪老哥，你在我的面前永远像一面旗帜一样在飘扬着，你在报告文学界也永远是一面旗帜。作为报告文学作家，李迪特别重视他对报告文学的追求，我主要谈一谈他对报告文学这种文体的追求。报告文学是一种年轻的文体，报告文学真的产生也就半个多世纪，现在报告文学还有散文等都缠绕在一起。我们在聊天的时候李迪说，我们不必给报告文学下定义，还在分什么是报告文学，他说关键报告文学必须是文学。他对一些报告文学那种假大空表示忧虑，他说报告文学如果没有文学性，就没有生存的必要，这种文体必将式微。他说现在出版的报告文学铺天盖地，但真正有品位的凤毛麟角。

李迪亲力亲为，以自己的创作实践来弘扬倡导呼吁推广报告文学。

主要体现在以下三个方面：第一，讲故事。有人说写小说就是讲好几个故事，一篇好的报告文学，也是讲好一个或几个故事。李迪是讲故事，他的故事悬念不断，峰回路转，让人读得津津有味。大概前年，李迪跟我说，让我写甘肃扶贫，交给我的是什么？是省委书记的一个点儿。后来这个省委书记出问题了，李迪倒没有那种政治智慧能知道这个省委书记将来要出问题，但是恰恰李迪是扎到那个小山村里，写了一篇报告文学《三十里那个干沟沟九十九道坎》。他就是写一个农民，写他的观念的改变，他就写这么一个事。后来他说传会，大幸，我要是写省委书记那个点儿就完蛋了。他是从最佳的角度写，我不管你什么官，作为一个作家我按照我的角度应该写的东西去写。包括他写的副县长挂职，一个副县长到底下亲自推销槐花饼，写得风生水起。我说李迪，这种文章让我写，我写不出来，所以李迪他是一个编故事能手。我也说，李迪你这个书名你改一改，天天就是深圳警察故事、扬州警察故事、无锡警察故事、永和人家的故事、十八洞村的故事，为什么不能改改名字？他说传会，我就是讲故事，所以我就是简单化。他的确是一个讲故事的能手。

第二，李迪的报告文学把人物写活了。李迪的报告文学里都有人物，而且每个人物都被他写得活龙活现。他写多个警察，但是每个警察都有个性，完全是不一样的，包括后来在《人民日报》发的警察故事，他写的每个警察都不一样，都有自己的个性。

元旦前我们通电话，我说你在哪儿，他说在十八洞村。我说那儿很冷，你要注意。他说这些人的故事简直让我太感动了，说着说着，电话那边就号啕大哭起来。我说李迪我们作家采访，发现一个好故事，热泪盈眶是有的，号啕大哭是没有的。这说明李迪把整个感情都投入他的写作、他的人物当中，这些感动他的人物、他的故事也感动了读者。

第三是语言。刚才大家也说过了，李迪的语言生动鲜活。我们现在有些报告文学写得跟社论差不多，李迪的作品都是讲人话，都是鲜活的、生动的。特别是他人物的对话，而且他常常用一些网络语言，如哇塞，哎哟喂……他喜欢用“哎哟喂”，所以我给他打电话，我就逗他，我说哎哟喂你在干什么呢，他就说哎哟喂正在哎哟喂，我说哎哟喂怎么样，他说哎哟喂很辛苦。他就喜欢用“哎哟喂”，这就是他已经把生活常见的语言提炼成文学的语言，变成文学的符号。李迪走了，他讲出的故事一定会留在老百姓的心中。李迪走了，他的名字一定会留在中国的文学史中。

李培禹（北京市杂文学会秘书长、中国传记文学学会理事）：今天所有的发言我觉得讲得都特别好，所以我不想多说，李迪除了《十八洞村的十八个故事》我没有陪他，他从丹东看守所十年来的足迹我都陪他走过一段，好多事，我现在写不出来，我也没法儿写。我在《北京日报》那篇文章，是报社领导逼着我写的，他说李迪为《北京日报》争得过荣誉，获得过当年的中国新闻奖，《北京日报》必须刊登怀念他的文章，所以我赶了一篇很短的文章，但是很多事，以后有机会我会写的。我举个简单的例子，我们到新疆采访的时候，李迪老师肠胃不好，当地陪他的人非常热情，弄一个热的暖袋，李迪老师隔着隔着就睡着了，第二天烫伤了，临时到医院做疗伤，李迪老师乐呵呵说，没事儿没事儿，继续采访。到了辽宁，我跟他登上了一个岛，那个岛当时只有我和李迪，还有中石油的一位当地的站长，他为我们说服当地一个小铺开了门，开了酒店，临时点火做了一点儿饭。那天晚上的采访非常有收获，我们要采访什么呢？大家想不到，中石油加油站，在那个岛上要有一个加油站，因为很多渔民要用柴油供应那些渔船，怎么加油？中石油有一个人就在那儿。中石油就在那儿。李迪老师采访完之后，我们穿着羽绒服都到了那个岛上。李迪跟我说，成了，我说什么成了，他说题目就叫《风里浪里离不开你》。他就是这样一个人，我跟他学了好多东西，所以我不多说了，这样的事数不胜数。7 月 6 号李迪老师刚去世几天，铁凝主席就在《人民日报》发表了《一位无愧于时代和人民的作家》，称赞李迪这位为真善美歌颂一辈子的作家。我当时看到就特别感动。刚才我听到何向阳主任有一句话也打动了我，她说李迪是把以人民为中心这个为人民的观念贯彻到了生命的最后一息。

我还想说一件事，作家出版社的总编、副总编，还有责任编辑们使我特别敬佩。比如说李迪病危之际，他在弥留之际，他的《十八洞村的十八个故事》已经定稿但是还没有出书，这时候《永和人家的故事》的责编宋辰辰就和她的同事连夜自费找人装订出了两本样书，闪送到了 301 医院，一本通过他的主治医生姚医生，在李迪生命的最后时刻送到了李迪的胸口、床前，姚医生大声向李迪喊着，你的书出版了，两本书都出版了，而且你的书列入了中宣部主题出版重点图书。过后姚大夫向魏老师说，说这话时，李迪居然睁开了眼睛。两本书，一个责编做到这份儿上，我觉得就是真善美。两本书，一本随着李迪火化了，一本现在在我这儿，我会永远保留，永远向他学习。我特别希望对这样一位好作家，我们要永远学习他、怀念他、纪念他。我希望把李迪精神传承下去，让更多的中国作家能够像他一样，为我们的时代为我们的人民讴歌。

加天山（原山西永和县委书记、临汾市委办公室一级调研员）： 今天参加李迪老师的这个会议，我的心情很复杂，很沉重。虽然李迪老师我们是2016年开始认识的，只有短短的五年时间，但是在短短的五年中，他五次下永和，给我们留下了很深刻的印象。我已经离开永和县了，去年10月17号离开永和，我在那里当了七年的县委书记，那是我们山西省的深度贫困县，人口少，地处黄河边，黄土高原，比较偏远，土地贫瘠，是国家级贫困县，所以当脱贫攻坚战接近尾声的时候，我作为县委书记，我思考如何使这个地方脱贫之后巩固脱贫成果，我压力很大。这个时候我们遇到了李培禹老师等人，他们去过永和县，帮助我们宣传永和。永和有大峡谷，它是与壶口瀑布可以媲美的最美的一道风景，但是我们这么多年没有宣传出去，他们帮助我们宣传，帮助我们推销槐花饼，推销我们的永和红枣。我觉得这个仅仅是开始，我们永和县在脱贫攻坚中有很多可歌可泣的事迹，真人真事，这会激励一代一代的永和人，今后巩固脱贫成果，彻底摆脱贫困。过去我们说富不过三代，就是不重视文化教育，但是贫穷的地方如果重视文化教育，也穷不过三代。我就琢磨着，找个人好好给我们写一部报告文学，将脱贫攻坚这场战争、战役打赢，对永和人更具有说服力，更具有教育意义。他们去了几次以后，我发现了李迪老师，我看了《警官王快乐》的故事，太好了。李迪老师说你们有那么多的故事吗？我说我觉得有，你来看看，所以2018年我到北京和李迪老师坐下来说这个事，去年他在永和住了两个月，深入农村，深入贫困户家里，到贫困户种的苹果地里、蘑菇地里，到养牛的棚子里面去采访，非常辛苦、艰难。我当时在脱贫攻坚方面的压力比较大，但是每天早上我要陪李迪老师吃饭，吃饭的过程是我最快乐的一件事。李迪老师乐观，他把永和的故事、永和的热情讲出来，比我们讲得更真实、更生动、更有说服力，所以我们期待这本书能够早日出版。当这本书快出版的时候，不好的消息传来，说李迪老师病了。我也和他在微信上通了多次话，我说你一定要注意身体，但是现实是那么残酷，让人无法接受，所以我心情很复杂。

在永和那一段时间，李迪老师给了我个人很大的鼓励、很大的快乐，这一段我心情非常沉重，一提起就想掉眼泪。但是在这里我想说的是我们永和人，我虽然离开了，但是我还代表山西人民，永和人民忘不了李迪老师，因为他为永和留下了可以传世的文字，使永和人脱贫有了精神的滋养。他在《永和人家的故事》这本书中写了33个人、33个故事，就像他说的生活像口井，找到井有水喝，我觉得只要永和人看这本书，每一个故事都是一道风景，都是一条道路，都能摆脱贫困。我觉得他给我们永和留下了传世的文字，永和人民永远忘不了他，他的价值，我们永和人永远忘不了。后来魏老师听说我们那里贫困户多，捐赠衣服，有的给钱，有的帮着推销永和的剪纸、推销永和的产品，做了许多，看似微不足道，却给了我们温暖，给了我们热情，所以我想说李迪老师确实是一位时代需要、人民需要的作家，我们永远忘不了他，我们永远怀念他。

魏桂兰（李迪夫人）：尊敬的铁凝主席、尊敬的李敬泽副主席，以及中国作家协会各位老师！尊敬的到会的或者没有到会的所有的李迪生前的朋友们大家好！感谢大家给我这个感恩的机会。感谢大家高度评价李迪的人品和作品。今天我孩子小迪说，妈妈你今天怎么穿红衣服，我说，这件衣服是昨天现买的，因为李迪喜欢穿红衣服，今天是研讨爸爸作品的好日子，所以我特意穿了这件衣服来，替爸爸高兴。我先生李迪已经离世63天，在这些伤心悲痛的日子里，我们全家深深地感谢中国作家协会主席铁凝及钱小仟书记在李迪生病期间多次委托李朝全主任电话问候。6月29日先生李迪离世了，7月2日李敬泽副主席和李朝全老师受铁凝主席委托，亲自到家里吊唁，安慰我们，充分肯定先生的为人，并说等疫情过了要开一个追思会，不能让他就这样简简单单地离开，并说一定要把《十八洞村的十八个故事》出版好。这些暖心的话，我相信先生听到了一定会非常高兴。作品得到肯定，这是每个作家的愿望。还要特别感谢铁凝主席，多次褒奖李迪的写作精神和情操，并称赞李迪是人民的作家和时代的歌者，对于我的家庭来说，在失去李迪今后的日子里给予了很大的力量和鼓舞，相信我们会像以前一样把日子过好。感谢李迪生前亲如兄弟姐妹一样的朋友们发表了非常感人的追思文章，每篇都是情真意切，每篇都是催人泪下，每篇都是温暖感人！还要特别感谢高洪波副主席、李培禹老师、孙晓青将军、李国强副总编、杨浪先生等，这些李迪文学界的挚友们，为先生李迪离世后做了大量的后事安排工作。他们在经济上鼎立相助，在精神上不惜时间安慰我们母子，使我们母子在突如其来的打击下，惊恐不安中有了依靠。

如果有人说世间人情淡薄，我说人间自有真情在，这样的真情永远温暖着我们全家，这样的真情可以跃然纸上，教育子孙。全国各界的朋友们也都是真情满满，温暖着我们全家。这些深情厚谊，我们全家铭记于心，相信李迪在天之灵也会深深感动。特别感谢中国人民公安出版社李国强副总编，李迪最后的书稿《十八洞村的十八个故事》的最后几篇故事是他帮助李迪完成的。因为当时李迪全身衰竭写每一个字都是非常艰难的，最后他实在是坐不起来了，在床上躺着，用手机跟李国强老师一起来完成这个稿子。有时候太晚了我心疼他劝他早点儿休息，他哭着跟我说：小魏呀！国强是好兄弟，他是好人，他每天晚上陪着我写稿、校对熬到一两点钟，他多辛苦啊！我们要谢谢他！在李迪最后的日子里，他把所有人对他的好，都哭着跟我说：他们是好人，是好兄弟。他总是在感恩，感恩对他帮助过的每一个人。这里还要特别感谢作家出版社史佳丽主任和陈情女士等，还在为李迪作品的后续出版忙碌着。特别感谢中国图书进出口公司正准备把李迪的作品《丹东看守所的故事》推向国外。更要感谢李培禹老师、孙晓青老师、李国强老师、李国和老师、高伟老师亲自到昌平为李迪选择墓地，并由好友杨浪先生、李培禹老师、高洪波主席、孙晓青将军、李国强副主编等亲自撰写李迪的生平简介。特别感谢培禹老师，他就像李迪的亲兄弟，不辞辛苦，为李迪做着各种各样的事情。这一桩桩的事情真是感人肺腑，催人泪下。先生李迪过早地离世是不幸的，但是他又是非常幸运的，因为有足够正能量的作家协会各位领导，有无数侠肝义胆的好朋友们，关心帮助李迪，关心帮助李迪的家人。先生李迪此生没有白来，他收获了很多殊荣，收获了深厚的友谊，收获了事业的成功，收获了那么多人对他的喜爱和敬重，收获了家庭的温暖，尤其最后知道他牵挂的《十八洞村的十八个故事》出版了他安然离开了这个世界。在这里感谢感恩的字句不足以表达我内心的谢意，我不知道怎么说才好，但还是要发自内心地感恩、感谢厚爱李迪、喜欢李迪，给予李迪诸多帮助及温暖的所有的朋友们、老师们！我以先生李迪为荣，以先生李迪的好友们为荣！祝大家健康安泰，家庭幸福美满，万事如意！李迪全家敬上。

附录二

李迪作品研讨会有关报道

“作家定点深入生活现场座谈会暨《丹东看守所的故事》研讨会”在丹东隆重召开

由中国作家协会创联部、公安部监所管理局、全国公安文联、群众出版社、中国作家杂志社主办，丹东市公安局承办的“作家定点深入生活现场座谈会暨《丹东看守所的故事》研讨会”于2011年9月24日至25日在辽宁省丹东市隆重召开。中国作家协会党组成员、书记处书记、副主席高洪波，中国作家协会创联部主任孙德全，公安部监所管理局副巡视员刘秀琴，全国公安文联秘书长张策，中国人民公安出版社副总编辑李国强，《中国作家》副主编萧立军，辽宁省公安厅政治部副主任周左盾，中共丹东市委常委、宣传部部长宋立跃，以及著名评论家、作家阎晶明、王必胜、孔庆东、彭程、李建军、李朝全、李培禹、陈新、高伟、赵宁、易孟林、胡玥、颜慧、朱竞、梅佳等三十多人出席会议。

李迪是中国作家协会2010年在全国选出的第一批定点深入生活的作家。其上世纪80年代创作并发表于群众出版社主办的《啄木鸟》杂志上的中篇小说《傍晚敲门的女人》开创了中国推理小说走向世界的先河。2009 年 11 月他参加了由中国作家协会、公安部监所管理局组织的“中国作家走进公安监管场所”活动，第一次来到全国公安监管战线先进单位丹东看守所采风，就被这个特殊场所蕴含的令人震撼的人性光辉和爱恨情仇的故事所深深吸引，被民警们长年累月不顾透支生命的苦累和常人难以承受的心灵冲击为构建和谐社会而默默无闻工作的精神所深深打动，决心以纪实文学形式真实记录其所见所闻所思所想。此后近两年来，他先后七赴丹东，与看守所民警同吃同住同值班，两个春节都在看守所跟在押人员共同度过，精心收集素材，最终完成近三十万字的长篇纪实文学《丹东看守所的故事》。作品完成后，《中国作家》杂志首先分两期全文发表，《光明日报》、《北京日报》、《北京青年报》分别以整版篇幅多次选登，《天津日报》、《丹东日报》予以连载，《文艺报》发表李迪创作感言，《人民公安》杂志、《人民公安报》、《啄木鸟》等报刊也都进行了选登，在社会上产生广泛影响。2011 年 9 月，《丹东看守所的故事》由群众出版社正式出版。

24 日，与会人员首先来到丹东看守所与李迪笔下的民警进行了面对面交流。在戴晓军、王晶等所领导的引领下深入到监区，采访民警和在押人员，身临其境，体验监管场所的特殊环境。

在座谈会上，丹东市公安局局长周良佺首先致欢迎辞。高洪波代表中国作协作了重要讲话，他说中央当前大力提倡“走基层、转作风、改文风”，李迪早在两年前就深入基层并潜心写作拿出精品，这种遵循创作规律、真诚热情的创作态度值得提倡与表彰。中国作家协会创联部主任孙德全在会上全面总结了中国作协近两年来作家定点深入生活的情况，指出李迪是作家定点深入生活的一个突出典型，他的长篇纪实文学《丹东看守所的故事》发表后引起很大反响，充分体现了作家定点深入生活的创作成果。他以自己的实际行动实践了中宣部刘云山部长“真正下得去，蹲得住，有收益”的批示精神，佐证了中国作协组织作家定点深入生活的制度是非常正确的，也为今后作家定点深入生活提供了一个样本。

与会评论家、作家阎晶明、王必胜、孔庆东、彭程、李建军、李朝全、李培禹、胡玥等在发言中一致认为，《丹东看守所的故事》以人性化的独特视角，满怀激情地写出了在看守所这一鲜为人知的特殊环境里，发生在民警与在押人员之间的有血有肉的故事，充分表现了人性之美、人生之苦、人间之爱。作品真实感人、催人泪下、引人思考，是近年来扎实深入生活而创作出来的具有标杆意义的长篇纪实文学作品，是纪实文学贴近现实的重要收获，也是用真实生动的故事向世界展示中国人权状况的文学报告。

（原载群众出版社网站 2011 年 9 月 29 日）

李迪长篇小说《花自飘零》作品研讨会在京举行

2014年2月23日，由中国作协创作研究部、中国作协小说委员会、作家出版社共同主办的“李迪长篇小说《花自飘零》作品研讨会”在京举行。中国作协副主席高洪波、中国作协理论批评委员会副主任雷达、中国作协小说委员会副主任胡平、作家出版社社长葛笑政、作家出版社总编辑张陵以及作家、评论家包明德、刘玉琴、彭程、胡殷红、彭学明、李国强、杜芳伦、高伟、纳杨等出席并作了发言，中国作协创作研究部主任梁鸿鹰主持会议。

由作家出版社出版的长篇小说《花自飘零》，是中国作家协会2013年重点扶持作品。作家李迪以生活中的真实人物为创作素材，在长达一年多的对人物原型的跟踪采访中，倾听诉说，收集故事，走进被采访对象的内心世界，最终完成了这部动人的作品。小说讲述了一个叫菊儿的女人的曲折命运和缠绵悱恻的爱情故事，情真意切，催人泪下，是一个地地道道的北京女孩儿到北京女人的成长史、受难史。菊儿五味杂陈的人生，以及她面对世事变幻的风云，独自打拼奋斗、独自悲伤欢乐的经历，构成了一个具有很强审美感染力的独特世界。这是李迪七下丹东与民警和在押人员共度两个春节写出长篇纪实文学《丹东看守所的故事》之后，关注现实、关注社会、观照心灵的又一部好作品。

与会作家、评论家一致认为，真正吸引读者的，除了世事难料和其间欲罢不能的爱恨情仇，更有交织在情感纠葛背后的鲜明的时代烙印，让读者在充满悬念的故事中，品味人生之苦和人性之美，品味久违的感动和不向命运低头的正能量。

与会作家、评论家指出，写作态度决定作品成败。面对真实生活中的曲折跌宕，一切凭空杜撰都显得苍白。《花自飘零》所以成功，所以让读者在阅读中感同身受而形成典型的被带入、被牵引、被感动的情绪，既源于作者扎实深入生活捕捉创作原型的生动故事，同时也看出作家本人作为与小说主人公同时代人而同呼吸共命运的印记和影子。李迪出生于新中国成立初期，这个时期的人们大多反反复复经历过一些大大小小的波折，他们总是随着我们国家的变化在变化；“文革”、下乡、回城、改革开放、九十年代、新世纪，大起大落、大悲大喜，他们的命运沿着这些大的线索行走了半个世纪的路。这些自我经历被提炼出来写进小说主人公的命运中，真实可信，很容易得到读者的认同并跟随其体味到一个成长于混乱时代的女孩儿在进入新时期后，所承受的压抑与颠簸，以及得到的失去、失去的再得到，而得到后又陷入深渊的痛苦挣扎与刻骨铭心。

与会评论家在发言中，对作品生动的京味儿语言及讲究叙事艺术给予高度评价。大家共同认为，恰如人生的每一步都无法躲过一样，这部小说同样是没法儿“红烧头尾”的作品。读者没有办法在中间哪个地方停下来、跳过去，因为故事连续性强，而且太吸引人。情节中充满了奇遇、惊险、意外，任何试图看个头尾就对其下判断的，最后会发现自己想得太简单、太自信。不难看出擅长写推理小说并以《傍晚敲门的女人》开创了新时期中国推理小说走向世界之先河的作家李迪布局谋篇的功力。

高洪波为祝贺小说出版赋诗："花自飘零水自流，迪兄惯写闺中愁。情深掷笔无觅处，窗外闲云正悠悠。"高伟有感和诗："花自飘零水自流，迪兄又春再登楼。脱手绘得女儿传，旧宿归来新作稠。好向真情掘深井，乐为凡人写春秋。热肠化作文章暖，窗外老树绿枝头。"包明德在发言中也以诗作收尾："浩劫虽过邪恶残，改头换面作人间。金玉肤表败絮内，翻云转瞬成大款。花自飘零水自流，真情苦女命多舛。正直男儿长相守，缉毒不测遗恨天。农耕文明应超越，都市小说拓先验。感人形象平民泪，呼唤世间心向善。"

（原载中国作家网 2014 年 2 月 24 日）

《警官王快乐》研讨会在无锡召开

2016 年 4 月 10 日，作为“贯彻讲话精神　讲好中国故事”系列研讨会之一，由中国作家协会创研部、全国公安文联主办，无锡市公安局承办，江苏凤凰文艺出版社协办的小说《警官王快乐》研讨会在无锡召开。中国作家协会副主席高洪波以及武和平、胡平、范咏戈、刘玉琴、彭程、李国强、李建军、刘笑伟、高伟等评论家参加了研讨。研讨会由全国公安文联秘书长张策主持。

三年来，著名作家李迪深入江浙警营，采访了几百位民警，特别是六下无锡公安，收集了大量的创作素材。公安民警恪尽职守，鞠躬尽瘁，尤其是社区民警扎根社区为人民的精神深深打动了他，激发了他的艺术想象，从而创造了一个社区民警王快乐的形象，演绎了 100 个短小幽默的故事，生动讲述了新时期社区民警一心为民的奉献精神。故事皆有出处，原型分属多人，集中体现在王快乐身上，借写个体神采而折射出群体的面貌。《警官王快乐》在《啄木鸟》杂志 2015 年第 2、3、4、5 期首发连载，引起社会的热情关注，《人民日报》、《解放军报》、《光明日报》、《人民公安报》、

《北京日报》、《天津日报》分别选载连载，后由著名画家刘学伦配图，在江苏凤凰文艺出版社出版，被列为无锡市委宣传部“五个一工程”重点立项作品。

在研讨会中，与会专家们一致认为，《警官王快乐》这部系列小说所以受到读者的欢迎，是作家本人长期深入生活、扎根警营、踏实采访的结果，因而笔下的人物最生活、最百姓、最基层、最接地气。阅读快感的来源，首先要归功于王快乐这个生动传神的形象，使人如见其人如闻其声。王快乐生就一张鸭梨脸，这首先就赋予了人物形象以鲜明的喜剧性色彩。他天性乐观豁达，正直善良，面对纷繁复杂、千差万别的矛盾纠纷时，灵活变通，不按常规出牌，一把钥匙开一把锁，方式方法多样，使得每件事情都得到了妥当的解决。他用快乐化解不快乐，让快乐像阳光一样，普照社区群众。

专家们在发言中指出，习近平总书记在文艺工作座谈会上的重要讲话中指出，文艺家只有深入生活，扎根人民，才能创作出精品。《警官王快乐》的创作，就生动地印证了这一点。正如李迪在本书的后记中写道：“生活是一口井。找到井，有水喝。”这是他发自肺腑的感悟，也应该成为一切有理想的作家、艺术家的共同追求。

（原载“全国公安文联”微信公众号2016年4月27日）

《社区民警是怎样炼成的》作品研讨会在扬州举行

2016年10月22日，为了深入贯彻习近平总书记在文艺工作座谈会上的重要讲话精神，落实全国公安文艺座谈会精神，进一步加强公安文化建设，繁荣公安文学创作，由全国公安文联主办的著名作家李迪先生创作的长篇报告文学《社区民警是怎样炼成的》作品研讨会在江苏扬州举行。

该书记述了全国公安系统一级英模、扬州市公安局广陵分局副政委陈先岩亲民爱民为民的故事，2016年6月由公安部群众出版社出版发行。陈先岩是扬州市公安局的一名普通社区民警，自转业以来，一头扎进百姓中，在婆婆妈妈的工作中开创出一片崭新的天地，被公安部授予全国公安系统一级英模称号，当选第十届、第十一届全国人大代表，并被推选为第十一届全国人大主席团成员。作家李迪深入扬州实地探寻陈先岩的事迹，用生动的笔触展现了一曲普通民警奋发向上的励志之歌。

中国作协副主席高洪波、全国公安文联副主席武和平、人民日报海外版副总编辑刘玉琴、作家出版社副总编辑张亚丽、《中国艺术报》副总编辑康伟、中国作家协会小说委员会副主任胡平、中国作家协会影视委员会副主任范咏戈、中国报告文学学会副会长黄传会、中国社会科学院文学研究所研究员李建军、天津市作家协会副主席龙一、中国作协创研部综合处处长赵宁、《解放军报》文化部主任编辑赵阳、《中国艺术报》文艺部副主任金涛、《北京日报》文艺部主任赵婷、中国作家杂志社影视编辑部主任颜慧、《人民公安报》副刊部编辑蔡小玲、北大培文创意学院副院长朱竞、全国公安文联联络部副主任戴东英等出席研讨会。

会上，与会领导、专家学者进行了精彩发言。研讨会由中国人民公安出版社副总编辑李国强主持。

（原载群众出版社网站 2016 年 10 月 31 日）

报告文学《听李迪讲中国警察故事》研讨会在京举行

2017年3月25日，由公安部宣传局、中国人民公安出版社主办的国家2016年主题出版重点出版物、报告文学《听李迪讲中国警察故事》研讨会在京举行。中国作家协会副主席高洪波、公安部宣传局副局长孙洁、全国公安文联副主席张策等出席研讨会。

孙洁代表公安部宣传局在讲话中指出，《听李迪讲中国警察故事》是公安战线贯彻落实习近平总书记在文艺工作座谈会上的讲话精神的实践成果；唱响了主旋律，弘扬了正能量，吹响了时代前进的号角；是我国近年来一部反映当代公安民警忠诚奉献、勇于担当、服务人民、积极进取的优秀形象的不可多得的原创报告文学精品力作。

与会者从作家如何深入生活，作品如何反映时代，作品如何达到思想性、艺术性和可读性的高度统一等多个角度，对李迪创作中反映出的当代作家的责任与担当，对《听李迪讲中国警察故事》这部书所产生的思想价值、艺术价值、社会价值和积极意义等给予了高度评价。

《听李迪讲中国警察故事》是著名作家李迪近年来多次深入辽宁丹东，江苏无锡、扬州、徐州，浙江湖州、绍兴、宁波等地公安一线，扎根警营生活，潜心创作出的一部优秀报告文学作品。作品以质朴生动的语言、真实可信的情节，对派出所、看守所、刑侦、经侦等各警种民警进行了塑造。书中人物栩栩如生，故事催人泪下。李迪作为中国作家协会2010年在全国选出的第一批定点深入生活的作家，以自己的创作实践，为作家深入生活，走以人民为中心的创作道路提供了一个值得借鉴的样本。

著名评论家刘玉琴、彭程、王山、李朝全、包明德、雷达、胡平、李炳银、李建军、刘琼等，本书作者李迪，本书责任编辑、中国人民公安出版社文艺分社社长易孟林等出席研讨会。研讨会由中国人民公安出版社副总编辑李国强主持。

（原载法制网2017年3月27日）

长篇报告文学《英雄时代——深圳警察故事》研讨会在京举行

2018年12月22日，作家李迪创作的长篇报告文学《英雄时代——深圳警察故事》研讨会在北京举行。研讨会由中国人民公安出版社主办。中国作家协会副主席高洪波，中国作家协会书记处书记吴义勤，全国公安文联副主席张策、武和平，深圳市公安局政治部主任谷云宏等出席。

《英雄时代——深圳警察故事》是深圳公安史上首部长篇报告文学作品，浓墨重彩地记录了“对党忠诚、服务人民、执法公正、纪律严明”的深圳警察为改革开放保驾护航的奋斗历程！为创作这部作品，70岁高龄的作家李迪三下深圳，采访160余名功模民警及其家属，从中遴选30多位典型代表，历经八个月，潜心创作完成了这部真实感人、生动鲜活的长篇报告文学。这部作品由群众出版社出版，是我国第一部可读、可视、可听的报告文学。

与会专家从作家如何深入生活，作品如何反映时代，作品如何达到思想性、艺术性和可读性的统一等多个角度，对李迪在创作中反映出的当代作家的责任与担当，对这部作品的艺术价值、社会价值和积极意义等给予了高度评价。与会专家在研讨中指出，《英雄时代——深圳警察故事》是公安战线深入贯彻落实习近平新时代中国特色社会主义思想和党的十九大精神，以及习近平总书记在文艺工作座谈会上的讲话、在全国宣传思想工作会议上的讲话等系列重要讲话精神的实践成果，是我国近年来一部反映当代公安民警勇于担当、服务人民、积极进取的优秀形象的原创公安文学精品，是庆祝改革开放40周年、讴歌为改革开放事业忠诚奉献的人民警察的不可多得的力作，唱响了主旋律、弘扬了正能量。

著名评论家、作家梁鸿鹰、李朝全、艾克拜尔·米吉提、范咏戈、包明德、康伟、李炳银、黄传会、张亚丽、高伟、王国平、李培禹、朱竞等参加研讨会。研讨会由中国人民公安出版社副总编辑李国强主持。

（原载中国公安文学精选网2018年12月23日）

“李迪的文学道路研讨会”在京举行

两个多月前，71 岁的报告文学作家李迪溘然长辞，永远离开了我们，给后人留下了一个红衣白裤的火热背影和一部部滚烫热忱的文学作品。2020 年 8 月 30 日，由中国作协创研部、作家出版社有限公司主办的“李迪的文学道路研讨会”在中国现代文学馆举行。中国作协主席铁凝出席会议并讲话。中国作协副主席李敬泽、高洪波等出席会议。30 余位作家、评论家，以及李迪的家属、好友故交参加会议。研讨会由作家出版社总编辑张亚丽主持。

讴歌人民的奋斗，记录民族的奋进

“沉睡在贫困中的十八洞村，自此蝶变，张开多彩而勤奋的翅膀，飞翔在脱贫奔小康的春风里。那样耀眼，那样明亮!”这是李迪写在《十八洞村的十八个故事》开始的一段文字。在手术前的病房里，他将这最后一部书稿交给了作家出版社。近日，该书作为中国作协“脱贫攻坚题材报告文学创作工程”系列作品之一出版，并被列入中宣部2020年主题出版重点出版物。

铁凝在讲话中说，李迪同志离开我们已经63天了。我和很多朋友一样，震惊、痛惜。这是一位无愧于时代和人民的作家，他走得太早了，但为了时代和人民，他全力以赴，做了自己该做的、能做的，他不负此生，他一生的道路被他的人品和作品所照亮，他留给我们这么多沉甸甸的作品，他的精神启示和激励着我们。李迪的创作始于上世纪70年代，从那时起他的创作就和广袤的土地、广大的人民紧密相连。这么多年来，他是不知疲倦的行走者，从公安一线到边地加油站，从塔克拉玛干沙漠到湘西苗寨，都留下他火焰一般跃动的身影。每到一个地方，他都不是蜻蜓点水，不是走马观花，而是敞开他的心，以心换心地去体会那里的生活、那里的人。也正因为如此，人们认识了他，记住了他，都愿意和他说心里话，聊家常事。他笔下的人物鲜活灵动，他讲述的故事感人至深，现在，把李迪的作品摆在一起，我们都能看到：正如一滴水、一朵浪花反映着江河，这些具体而微的人和事，为广大的现实，为新时代、新生活和新人留下了真实的写照。

铁凝指出，李迪始终保持着对变化着的、创造着的生活的忠诚和热情，始终把讲述这种变化与创造作为自己的责任，这是他一生朴素而崇高的文学追求。直到生命的最后，他还在病榻上坚持完成了反映湖南湘西十八洞村脱贫攻坚历程的《十八洞村的十八个故事》。李迪没有使用多么新奇的技巧，也不铺排怎样繁复的结构。修辞立其诚，他只是热诚地素描一个个人物，写出他们的心，写出他们的奋斗，把他们鲜明生动地呈现在读者面前。也正是在这些朴实的人物形象中，在他们娓娓道来的生活故事中，让我们感受到蓬勃向上的时代精神，感受到中国的巨变和人民的伟力。

铁凝强调，深入生活，扎根人民，与时代同步伐，以人民为中心，这是习近平总书记为新时代中国社会主义文艺指明的根本方向和道路。在这条道路上，李迪为我们做出了榜样。他深爱着祖国和人民，他为时代的进步和人民的幸福而兴奋而激动。他的信念不是抽象的，而是饱含炽热的感情。要写出好作品，就要热爱人民，爱得真挚、爱得彻底、爱得持久。正是这样广大而具体的爱，让李迪对无穷的远方、无数的人们始终满怀热情，欢乐着人民的欢乐，忧患着人民的忧患，成为了时代的记录者、中国故事的讲述者。2020年是极不平凡的一年，无论是在决胜全面建成小康社会、决战脱贫攻坚的伟大历史进程中，还是在抗击新冠肺炎疫情的人民战争中，中国作家都是积极活跃的在场者、参与者，是满怀激情的书写者。李迪同志就是其中的优秀代表，李迪远去，但李迪的精神激励着我们。中国广大作家一定会在习近平新时代中国特色社会主义思想的指引下，行走在辽阔的中国大地上，讴歌人民的奋斗，记录民族的奋进，为伟大的新时代书写新史诗！

生活和人民是李迪创作的源头活水

李迪曾多次提到："生活是一口井。找到井，有水喝。"生活和人民，是李迪文学创作的源头活水。正是秉承这样的创作理念，他七上丹东、六下无锡、三季走过九省、数月往返永和、访遍十八洞村。他的每一部作品都是用双脚丈量出的真情，都是用双手耕耘出的实感。

高洪波认为，李迪可以称得上是"感情一堆，血肉一堆"。边疆十年是李迪文化品格形成的重要阶段，最后十年则是他绽放生命、历尽风雨的沉淀过程，这是生活馈赠他的"大礼包"。"热情、真实、快乐、认真"这八个字，可以成为对作家李迪为人为文的整体概括。

中国作协创研部主任何向阳说，李迪是一个立志以人民为中心，并将文学的人民性贯彻创作始终的作家。在李迪的故事中，我们读到的是一位作家对于人民的真挚热爱，这是一位作家与生俱来的品格，同时也是作家在深入生活、扎根人民的具体实践中，对写作者自我品性的不断陶冶和修炼。我们怀念李迪和他所坚守的文学信念，并愿意沿着他和广大中国作家所走的广阔的现实主义文学道路而砥砺前行。

在《中国作家》副主编高伟看来，李迪是一个讲述中国故事、传播中国精神的优秀作家，从他的作品中，我们能够感受到广袤的大地与人民，感受到一个个平凡而伟大的劳动者身上推动历史发展的伟力。这样的作家是时代的记录者、是人民的歌者，在寻找感动和激情的创作中，李迪完成了从践行深入生活的作家到为时代、为人民而歌的跨越，成为一名坚持以人民为中心创作的作家。

学者包明德说，李迪是从事公安题材文学创作的作家中最为勤奋、成果最丰富的一位。他的作品将警察故事的真实性、文学性、诗性和人民性融合在一起，形成了独特的审美语境。正是因为李迪身入、心入、情入基层警察生活，扎根他们的工作和生活深处，才能将警察故事的人文精神和法治的信念深刻而淋漓地呈现出来。

作家孙晓青说，李迪的文学道路起步于军营，在大量创作军旅题材文学作品的同时，人民军队的诸多优良传统也在潜移默化地滋养着他，培育了他忠诚、勇敢、刚强、务实和“一不怕苦、二不怕死”的军人品格，筑牢了他践行为人民服务的宗旨为人生追求的思想根基，李迪的创作活力正源于他对国家、对军队、对人民、对生活的无尽热爱。

不是在采访，就是在采访的路上

《文艺报》总编辑梁鸿鹰认为，李迪从早期的小说创作转向用纪实文学的手法为时代记录，把自己接触的人以及人民对美好生活的追求作为最重要的呈现主体。他把心交给读者，交给自己热爱的人民，为了时代和人民而全力以赴。李迪的创作是为了让这个世界变得更加美好，为了让自己的笔力能够匹配得上人的进步和时代的进步。

评论家刘玉琴说，李迪为人真诚善良、灵魂纯净，对人生有着巨大悲悯。他以心灵的纯净去对话生活、对待人世，以激情热情和真诚善良去感染身边的人。他的人品与文品、真心与挚情都值得我们认真总结，他对时代和人民朴实而精彩的书写，为当今社会的文艺创作和生活态度提供了重要启迪。

谈及李迪近十年来的创作，全国公安文联副主席张策表示，李迪逐渐形成了非常独特的文字风格，贴近人物、贴近生活，快乐、朴素、亲切，而且有强烈的节奏感和锐利感，他的作品读起来永远让人快乐，永远让人感到痛快淋漓。

中国报告文学学会副会长黄传会说，李迪有着优秀报告文学作家的特质，爱国为民，他曾经说过自己就是一生一世都要为人民写作，他与时代同频共振。他经常说，我们遇上了一个最好的时代，抒写中华民族的伟大复兴就是报告文学作家的信念。李迪热爱生活，对生活有百般热情，他不是正在采访，就是在采访的路上。

与会者回顾了与作家李迪的交往点滴，探讨了李迪《丹东看守所的故事》、《警察王快乐》、《004号水井房》、《永和人家的故事》、《十八洞村的十八个故事》等作品的文学成就与艺术风格，及其带给当代中国纪实文学创作实践的现实影响和深刻启示。讲故事的人走了，但他把故事永远地留给了我们。举办此次研讨会不仅是对作家李迪的追思与纪念，更是对其高远的创作追求和人格精神的延续与传承。

“我不太会讲，也不太会写，只希望大家给我一个感恩的机会。”李迪的夫人魏桂兰一开口便泪流满面。她说，李迪此生没有白来，他收获了殊荣，收获了深厚的友谊，收获了事业的成功，收获了那么多人对他的喜爱和敬重，收获了家庭的温暖，他可以微笑着去往另一个世界，享受那里的快乐。作品得到肯定，这是每个作家的愿望，李迪得到了许许多多朋友的支持、鼓励和肯定，这足以告慰他在天之灵，相信这些作品会成为他留给大家的一份特殊的记忆，成为他的朋友和读者对他最真切的纪念和缅怀。

李朝全、颜慧、艾克拜尔·米吉提、张陵、萧立军、李国强、彭程、杨浪、董宏君、李培禹、朱竞、李晓重、赵阳、张琳、加天山、马毅杰、李国和、孙明旭、李生儒、华静、剑钧等参加会议。

（原载作家网2020年8月31日）

附录三

李迪主要文学作品发表、出版年表

李迪主要文学作品发表、出版年表

作品名称	发表、出版者及时间
《革命后代》	收录于《磨刀歌》，昆明军区政治部宣传部编印，1972年2月
《射手》	《解放军文艺》杂志，1974年第5期
《张连长的家》	《解放军报》，1975年11月14日
《红尾巴鲤鱼的秘密》	云南人民出版社，1976年8月第1版
《桥》	《解放军报》，1977年4月4日
《遥远的槟榔寨》	云南人民出版社，1977年5月第1版
《拉练途中》	《解放军报》，1977年12月8日
《捉熊》	人民美术出版社，1978年6月第1版
《野蜂出没的山谷》	人民文学出版社，1979年第1版
《石榴花》	云南人民出版社，1979年7月第1版
《这里是恐怖的森林》	《解放军报》，1980年2月5日至4月26日连载
《恐怖的森林》	少年儿童出版社，1981年11月第1版

《代号叫蜘蛛》	湖北人民出版社，1982年10月第1版
《豹子哈奇》	少年儿童出版社，1983年10月第1版
《枪从背后打来》	浙江少年儿童出版社，1984年3月第1版
《傍晚敲门的女人》	《啄木鸟》杂志，1984年第4期
《傍晚敲门的女人》	群众出版社，1985年7月第1版
《〈悲怆〉的最后一个乐章》	《天津日报》，1986年7月13日至9月13日连载
《〈悲怆〉的最后一个乐章》	法律出版社，1987年2月第1版
《预审员笔记》	天津人民出版社，1987年11月第1版
《第三条毒蛇》	少年儿童出版社，1987年12月第1版
《我们永远年轻》	《解放军报》，2010年12月21日
《想念你，我的班长》	《解放军报》，2011年3月3日
《丹东看守所的故事》	群众出版社，2011年8月第1版
《你可知道，那草帽在何方》	《啄木鸟》杂志，2012年第8期
《贵妇兰惊魂》	群众出版社，2012年10月第1版
《004号水井房》	《北京日报》，2012年11月13日
《我的眼泪为谁飞》	《啄木鸟》杂志，2013年第5期、第6期
《雷霆三十分》	《解放军报》，2013年7月10日
《老郭开茶馆》	《光明日报》，2013年8月16日
《星星点灯——走近湖州公安“警务广场”》	《啄木鸟》杂志，2013年第9期
《樱桃沟里樱桃红》	《解放军报》，2013年9月24日

《枫桥枫叶红愈红》　《啄木鸟》杂志，2014年第1期
《花自飘零》　作家出版社，2014年1月第1版
《王所长摆摊儿》　《人民日报》，2014年1月10日
《敲起锣来唱大戏》　《人民日报》，2014年1月31日
《百姓叫他章警官》　《北京日报》，2014年7月23日
《新华书店》　《中国作家》杂志，2014年第11期
《警官王快乐》　《啄木鸟》杂志，2015年第2期至第5期
《好像一只蝴蝶飞进我的窗口》《中国艺术报》，2015年9月9日
《铁军·亲人——无锡公安协奏曲》
　群众出版社，2015年11月第1版
《山丹丹开花》　《中国艺术报》，2015年12月25日
《警官王快乐》　江苏凤凰文艺出版社，2016年2月第1版
《社区民警是怎样炼成的——陈先岩的故事》
　群众出版社，2016年6月第1版
《画面无声》　《光明日报》，2016年7月22日
《便衣陈森》　《中国艺术报》，2016年10月21日
《听李迪讲中国警察故事》　群众出版社，2016年11月第1版
《面向太湖　春暖花开》　《中国作家》杂志，2016年第12期
《宣传队》　广东人民出版社，2017年5月第1版
《走着走着花开了——社区民警郝世玲的一天》
　《啄木鸟》杂志，2017年增刊
《天网难逃》　《中国作家》杂志，2017年第7期

《9601 航班，目标：九寨》	《北京日报》，2017 年 9 月 12 日
《如果哪天轮到我》	《光明日报》，2018 年 2 月 9 日
《徐州刑警》	群众出版社，2018 年 3 月第 1 版
《英雄时代——深圳警察故事》	《啄木鸟》杂志，2018 年第 8 期、第 9 期
《英雄时代——深圳警察故事》	群众出版社，2018 年 11 月第 1 版
《罗布泊的春天》	《中国艺术报》，2019 年 2 月 25 日
《野蜂出没的山谷》	作家出版社，2019 年 6 月第 1 版
《豹子哈奇》	作家出版社，2019 年 6 月第 1 版
《这里是恐怖的森林》	作家出版社，2019 年 6 月第 1 版
《书包里的秘密》	作家出版社，2019 年 6 月第 1 版
《獴！獴！獴！》	作家出版社，2019 年 6 月第 1 版
《黑林鼓声》	作家出版社，2019 年 6 月第 1 版
《我的眼泪为谁飞》	广东人民出版社，2019 年 9 月第 1 版
《芳梅过上了好日子》	《光明日报》，2019 年 9 月 13 日
《加油站的故事》	作家出版社，2019 年 11 月第 1 版
《黄桃金灿灿》	《文学报》，2020 年 4 月 23 日
《就是悬崖我也要跳》	《文艺报》，2020 年 4 月 29 日
《腾飞的十八洞村》	《人民日报》，2020 年 5 月 6 日
《让我在山上把眼泪哭干》	《中国艺术报》，2020 年 5 月 8 日
《永和人家的故事》	作家出版社，2020 年 6 月第 1 版
《十八洞村的十八个故事》	作家出版社，2020 年 8 月第 1 版